柄谷行人対話篇I
1970-83

karatani kōjin
柄谷行人

講談社文芸文庫

覚え書き

柄谷行人

ここに収録された対談は、一九七〇年から八三年にかけてなされている。自分がその頃何を考えていたのかは、よく覚えていない。ただ、つぎのような経緯があったことだけは確かである。

私は六九年五月に「漱石試論」で群像新人賞をもらって、文芸批評家となった。しかし、七四年に、『マルクスその可能性の中心』を群像に連載した時点から、当時の文学批評の枠を出るようになった。さらに、その翌年からイエール大学で客員教授として教えながら、のちに『日本近代文学の起源』に書いたようなことを考えるようになった。一方、そこでポール・ド・マン教授（比較文学）と知り合ったことで、アメリカの現代批評の先端とつながる仕事もするようになった。そこまでは順調であったが、八〇年に再びイエールに滞在して以後、厄介なことに取り組み始めたのである。

私は先ず「形式化の諸問題」を論じ、次に「言語・数・貨幣」について体系的に解明する仕事を始めたとき、その限界に直面した。たとえば、霊界（あの世）を位相空間として示すというようなことを考えるようになったのである。そして、それはたんに理論ではすまなかった。その結果、私は本当に頭がおかしくなったようであった。実は、森敦氏との対談「現代文学と〝意味の変容〟」や中沢新一氏との対談「コンピュータと霊界」に、その時の、というより、そこから何とか抜け出た時のことが語られている。私がこの状態から完全に脱したのは、八四年末に『探究』連載を始めた頃である。逆にいうと、この間の悪戦苦闘が『探究Ⅰ・Ⅱ・Ⅲ』という新境地をもたらしたのである。

（二〇二一年一月）

目次

覚え書き　柄谷行人　三
批評家の生と死　吉本隆明　九
思想と文体　中村雄二郎　五七
アメリカについて　安岡章太郎　一〇九
ツリーと構想力　寺山修司　一六五
ソシュールと現代　丸山圭三郎　一九五
現代文学と〝意味の変容〟　森敦　二五五

コンピュータと霊界　中沢新一　二九一
対話者一覧　三四〇

柄谷行人対話篇Ⅰ　1970-83

批評家の生と死

吉本隆明

意識と自然

吉本　いま最も主要な関心をもって書こうとしているとか、準備をしているとかいうのは何ですか。

柄谷　じつはいま「吉本隆明と小林秀雄」（『畏怖する人間』所収）というのを書いています（笑）。

以前から考えているのは、自然論ですね。

吉本　その場合の自然というのは、風景とかいうことですか。

柄谷　「自然過程論」というのを書いたのですが、それを拡大していくということで、幻想論を逆の側からやってみようということなんです。

吉本　テーマとして、どういうことを取りあげてやるわけですか。

柄谷　意識が自由に生みだしていくように見えるときの、そのつど限界性として自然が現れます。あるいはそういうものを自然と呼びたいわけです。そいつをひっくり返しちゃって、自然の側からむしろ意識をやっつけるという、そういうモチーフですね。

吉本　人間の意識の向こう側にあるものに目を据えて、その逆に意識現象とか何か、そういうことを見るという、そういうことですか。それは具体的なあれとしては。

柄谷　端的な例を言うと、年齢ということがありますね。

ヘーゲルなどハッキリ言っておりますが、生理としての年齢と精神としての年齢は違う。区別すべきものであるけれども、いちおう対応しているということですね。精神としての年齢は、自己と自己の関係、言い換えれば個体と共同性との関係によっている、というのがヘーゲルの考えだと思います。

そうしますと、年をとらないということは、自己が自己に対立するというか、激突するということが持続していることです。そういう意味でいくと、生理的には年をとっていっても、精神としては年をとらないということは可能なわけで、にもかかわらず、それが大体対応していっちゃうのはなぜか、というようなことなのですけれども。

吉本　ぼくも、ヘーゲルの年齢についての考え方には興味を持っているんです。いま身体論というのをやっているでしょう。その中でぼくもそれを取りあげたいわけですけれども、その場合、生理的な年齢というのは、いわば自然過程というふうに見るわけですか。そのほうから精神の年齢というのを見ていく、ということになりますか。

柄谷　だから、精神のほうも自然過程を歩むのであるということになります。

吉本　精神のほうが自然過程を歩むというのは、生理的な年齢の自然過程というものに対応するものが、やっぱり精神における自然過程だということですか。それ以外に、永久に年とらないみたいなことがあるということですか。

柄谷　一般論として述べる能力がないので、文学者のケースで考えているわけですけれども、普通のすぐれた作家は、えてして夭折するわけですよ。夭折しないで、そういう精神的な自然過程を歩まない人があるとしたら、たとえば漱石と谷崎がいい例だと思うのです。前からそういうモチーフが、ぼくにあるのです。

吉本　漱石なんていうのは、割合夭折しないで何ものかであるというものがありますね。たいていの作家は夭折しちゃったほうがいいのに、自然過程で書いているものでもなければ、精神過程で書いているものでもない。まず三度の飯を食うのと同じ意味で、習慣的な過程で書いていることがありますね。

ある意味では、どうも凡人というのはそれを避けられないみたいなところがありますね。結局、習慣的に書いているといいましょうか、そういうのは自然過程論から見たら、どういう人間に見られるべきですかね。

柄谷　ぼくは、まだ習慣的にすらなりかけていないから、わからないんですけれども（笑）。

吉本　そういうこともないでしょうけれども。

つまり、誰でも、もし個人の生涯というのをとってみれば、作家であろうとものを書かない人間であろうと、幸いにも、あなたがおっしゃる自然過程の年齢と精神過程の年齢がピッタリといくという時期が、ある時あると思うのですよ。その過程は、もう過ぎたら二度と帰らない。二度と帰らないのに、なお、あなたの言う意味とは違うかもしれないけれども、不可避な精神過程だという意味あいで、なお書きうるという人は非常に稀なわけでしょう。

大部分は、中間かどっか、曖昧なところか知らないけれども、そこで書くというふうになりますよね。それが、作家にとっては内的な格闘の大きな部分を占めるわけでしょうけれども、そういうものの位置づけがわからないです。

というのは、習慣過程で書いていても、押し進めていく、あるやり方を持てば、習慣じゃないというところまで突破できるものなのか、初めからダメなのか、そういうところは、よくわからないのですけれどもね。

柄谷　ぼくは大体こういう感じがするんですが、それが自意識というようなものであると、わりに年をとると消えていくと思うのです。

小林秀雄の場合は、自然というところに収斂していきますね。しかし、自分が自意識を克服してきたつもりで、じつは向こうのほうから逃げていってしまったというものじゃないか。結局、性欲に苦しんでいて、それを克服したときには実際に性欲がなかったというような、それに近いものだと思うのです。つまり、あまり自慢にならない。

そうすると、漱石などは五十歳近い年齢で書いているわけです。それを、もちろん年とった人も読むけれども、主として青年が論ずるわけでしょう。あるいは青年的な人が。ぼくは、そういうのにとても疑問を感ずるわけです。

これまでの、江藤淳などは別ですけれども、それなりに自己本位だとか我執だとかいうことを論じた人の場合、漱石と同じ年齢になってしまうと、全然関係なくなるわけですね、漱石が持っていた問題とは。二十代でそれを論じていたにもかかわらず、結局五十になれば、唐木順三にしても、漱石となんら関係もない。

漱石の場合は、その年齢まで、そういうものをもちこたえて来ているということは、単なる自意識という問題、あるいは単に意志とか実生活だけの問題じゃないように思えます。

それは谷崎の場合もそうで、普通ならば『細雪』で終わっちゃうところを、『鍵』だとか『瘋癲老人日記』にまた踏みこんでいくという、そういう秘密みたいなものは何だろうかという問題がありますす。ぼくは、青年的自意識というのは当てにしないのです。そういうものだったら、すぐなくなっちゃうだろう。

吉本　その場合の秘密というのは何ですか。ぼくは谷崎についてはちょっと疑義を生ずるけれども、漱石などの場合、そういうもちこたえている秘密というのは何ですか、何だと思いますか。

柄谷　それは、おそらく病理に関係すると思うんですけれども、つまり、意識が自然に収斂していくということを、意識そのものが拒むようなものがある、と考えられるのです。

吉本　こうですか。自然過程に対応するのでなくて、それからは思いも及ばないところまで拡大できる、何かそういう精神の不可避性みたいなものを持っていた、ということですか。そのこと自体も、自然な病理的な過程であるということですか。

柄谷　病理じゃないと思うのです。病理であれば、漱石みたいなのがいっぱい出てもいいわけです。

それはつまり、自分と自分が激突するということが、ある人間にとっては意志として保とうとしているのに、漱石の場合には、それをむしろ嫌悪しながらそうならざるをえない、というところがあるのじゃないか。それが他人には病理に見えるとしてもですね。

吉本　その場合、それをひき戻そうとする最大の力は、家ですか。日常性ですか。関心もつね。何が、いちばん自然にひき戻しちゃう力なんだろうか。

柄谷　たしかに、ひき戻す力は家庭であるとか、日常性だとかは思います。しかし実際は、外的なものではないような気がする。

吉本　その問題の一つの解決の方法は、精神の世界とか表現の世界を、最初から日常性から切り払っておけば、ある程度可能性があるということでしょうか。

柄谷　そうじゃないと思います。そうだったら、ある意味では簡単なことですから。たとえばぼくは、老人でありながら若々しいという人に会うことがあります。それは何というのかな、保守的な青年より硬直していますね。『都市の論理』のじいさんでもいいし、「第一次戦後派」でもいいですが、漱石たちの年代より超えていて、しかも一見若いですよね。体も若いし精神的にも若いのですが、あの若さというのはダメだと思うのですよ。少しもよくないものだと思うんです。

吉本　それは実感的にはわかるわけですよ。つまり『都市の論理』のじいさんの若さというのは、ペテンだと思うのですよ。けれども、それじゃ、どういうふうにして生理的年齢に抗して若さを獲得しうるか、と考えますよね。これは実感的方法だから論理はつけないですが、ともすれば自分より若い人を理解しようとするじゃないの。そういうふうになったらアウトだと思って、わりと意志的に脇目もふらず、そういう余裕はないと自己限定しまして、かろうじて生理的年齢に抗しているところがありますね。

『都市の論理』のじいさんみたいに、手放しに若いのに迎合しちゃうとアウトよ、といいましょうか、てめえが年とっている証拠よとなるわけです。

しかし、その心理状態は、わかるような気がするのです。実際は何でもないのかもしれないのに、老人が若さに特別な意味を与え、あるいは、そういう若い人の行為なり思想なりに特別な意味を与えようとするのはなぜか、何となくわかるような気がするのですが、若い人の行動なり思想なり、そういうものが所定の距離で見えて、それにあやかろうという気になったらアウトだ、と思うのです。

だけれども、そういう必然はありますよ。それを意志的に拒否しますね。何よりも脇目もふらず、とにかくやみくもにやってしまえというようなところで、かろうじて拮抗しているようなところがありますけれども。

生理的自然を免れるもの

柄谷　そのやみくもにやっちゃうというのは、吉本さんは意志としてみなされておられるけれども、あまり意志でもないのじゃないかと思うんですね。やはり、衝迫でしょう。そういう問題があるんじゃないかと思います。どこから、その衝迫はくるか。そう考えると、生理というのと意識というのとは、分離できないんじゃないかと思うんです。

たとえば吉本さんの『初期ノート』などにさかんに出てくるのは、「生理」という言葉ですね。『高村光太郎』にしても「マチウ書試論」にしても、そうです。

「マチウ書試論」なども、ぼくなんかが面白いと思うのは、姦淫について述べてあるところですね。生理をねじ曲げようとする、そういう倒錯したマタイ伝の作者の心性を見ている吉本さんの眼に、興味がある。生理というものを、精神の動きとは絶対に分離しないというところがあったと思うのです、吉本さんが「マチウ書試論」を書かれた当時には。

最近、ぼくが思うには、生理という問題、生理に揺すぶられるという問題は、吉本さんの内部ではかなり消滅している感じがするんですよ。そういう過程を辿りますと、体系というようなものを目指せるということは、ある程度、そういう生理から解放されたところがあるからじゃないでしょうか。

吉本　そういう見方というのは、できるわけなのですかね。ぼく自身の主観の中では、体系性というのは、別の世界のベースを作っていかないかぎり、あなたの言う生理的自然に精神の何がしかの過程が収斂してしまうことは避けがたいのじゃないか、というところから出ています。

そうすると、体系というのは、自分の中では、ここはこうなっているから、これ以上は収斂しようにも収斂できないというベースを作っていることになります。

柄谷　結局、分離するという……。

吉本　生理的自然とか生理的年齢、そういうものに拮抗しようという意味あいがあると思います。

柄谷　それはわかりますけれども、そういう分離というのは、なかなか明瞭に分離できないものじゃないかと思うんですね。明瞭に分離しえたと思うと、その瞬間にダメになるところがあるわけでしょう。分離しえたと思っていても、思っているだけであるというところがある。

吉本　そう言えば、そういうことがあるでしょうね。自分では、そこまでは考えないわけですけれども。

ただ、誰でも生理的年齢に対しては割合に従順ですね。小林秀雄でも谷崎でもそういう気がするのです。正宗白鳥でも従順でしょう。

柄谷　従順であろうとしても、逆にそうでなくなっちゃうというところが、たとえば谷崎にあるのじゃないですか。

谷崎は、生理としては老化していくけれども、それと拮抗するというよりは、それを逆用しようとしているように見えます。たとえば、小林秀雄が『瘋癲老人日記』を書くということは、とうてい信じがたいわけですよ。

吉本　批評としての『瘋癲老人日記』というのは、どういうものなんだろう。批評として『瘋癲老人日記』。

柄谷　それは『Xへの手紙』みたいなものじゃないですか。だから谷崎さんの場合だって、『瘋癲老人日記』は初期の作品とは本質的には変わっていないわけですね。そこにまた行っちゃうということは、ぼくは高校一年のときでしたけれども、とても奇異な感じがしたわけですよ。『鍵』が『中央公論』に連載されて、『細雪』でこの人は先が見えたと思っていたら、ああいうものを書きだしたので、すごくショックを受けた憶えがあります。

吉本　『細雪』などから見れば、あれはやはり年齢に抗する意味あいというのはあるでしょうね。

柄谷　とくに抗するという意志があるのではない、と思うんです。むしろ意志のある人のほうが、つまり『都市の論理』のじいさんみたいになると思うんですよ。自分と自分がいつも激突するようなものは、『都市の論理』のじいさんにはないわけですね。言っていることがどんなに革命的でも、ただ一つ、そういうものだけはないわけです。インテリでない谷崎のほうに、それがある。

たとえば、ある人間が貧しい状態にいるとしますね。いつも劣勢状態にあるときは、不安定な精神状態で、自分と自分が激突しているわけですね。それが金持になって、何ということなくなってくると、そういう不安定状態は自然消滅してしまう。最初は慣れないが、じきに慣れてしまう。

ところが、わりかしそういう状態になってもなお持続しうるものというと、そういうものこそが自然過程を免れるものだ、とぼくは思うんです。批評の根拠もそこにあると思う。それは、むろん立場なんかではない。革命的ということとも違う。そうだったら、むしろたやすいことです。

年をとるということも、生理的にだけでなくて、いろんな人間の関係で年をとるわけですね。意志的には、それを拒むことができると思います。意志としてならば、自分は革命的だとか、いくらでも言えるわけですが、自分と自分が激突するということだけは、自分の意志では決められないものじゃないでしょうか。

そういうものを持続しているか否かということは、それもまた何に基づくのかということになっちゃうわけだけれども、ただぼくは、そういう文学者がいることを信ずるわけです。

吉本　百年に一人とか二人とか、近代文学を見てもいると思うのですよ。でも、なかなかそういうことは難しいんじゃないですか。

柄谷　難しいですね。

吉本　ぼくは、サルトルが何年か前ですが、日本に来たとき、加藤周一と対談していたのをテレビで観ていたのです。サルトルが、『細雪』というのはいいと言うんだよね。なぜいいかというと、日本人の生活がよく描かれてわかる、と言っていました。

ぼくらは『細雪』という作品を評価しないわけですよ。なぜダメなのか。描いている世界でも感性でもないのだけれども、あそこには何というのかな、自然力が、微細な点で肯定的に積み重ねられた世界がある。はじめからこれは生理的な老いといいますか、老年といいますか、そういうものの一つの姿なのじゃないか。この世界は、少なくともぼくにはわからない。しかし、同じ年齢の人が見たら、わかるかもしれない。だけど、ぼくらにはわからないし、また評価できないです。

しかし、サルトルが老いていった場合、どっかアパートの一室でくたばるということが、いわば生理的年齢の最後だと思うのですね。それが理想であるかどうか知りませんが、そういうものから見ると、あれが何か違うものに見えるのかな、というふうに感じたのですけれども、そういうところは、あまりヨーロッパがわからないのですが、どうなんですかね。

柄谷　ボーヴォワールが『老人論』（邦題『老い』）というのを書いているらしいですね。それは読んでないけれども、このあいだ『世界』でインタビューという形で述べているのを見て、失望しました。老年の問題を、社会救済的な観点から考えているんですね。いわゆる老人問題として考えている。もっともインタビューだけではわかりませんが、年をとるということを、心的な過程としては考えていないみたいです。

また、西欧人というのは、生理的なものを支配するという強い意志があるんじゃないですか。それは、宗教的なものだと思うんです。たとえばニーチェにしてもそうだし、エマーソンとかローレンスとか、こういう人たちは、みんな病弱者なわけです。かなりひどい病弱者で、この連中が、力ということを言ったり、肉体ということを言うときは、そうとうすごい意志なわけですね。

しかも、それが若いときじゃないですから、そこに非常に強い意志が働いているわけで、日本人の場合ですと、そこまで逆倒していくということはないんじゃないか、と思うんですね。結構うまい凌ぎ方がある。漱石などは凌ぎ下手で、どう現実を受け入れていっても、本当はうまくいかない。たぶん長生きしたとしても、そうだったと思いますが。

理論的認識と外界との繋がり

柄谷　ぼくなんかが吉本さんの書かれたものを読んでいると、若いころのはいつも、自分の実践とかが、自意識などに引っかかってくる問題として読まざるをえないわけですが、現在のものですと、たとえば「南島論」などそうですが、根本的に構えを変えないと、入っていけないところがあるわけですね。

ぼくは、大学の一年のころは吉本さんを熱心に読みましたが、安保が終わって一年ほどしてから後は、まったく読めなかった。それが三年ぐらいして、突然読めるようになりました。たとえばヘーゲルなどが急激に面白くなって、キルケゴール、サルトルはバカバカしくて読めない、そういうものはどうでもよくなる。そこで初めて、理論的な認識というものが面白くてたまらない、という気持になりえたわけです。しかしながら今は、必ずしもそういうわけではないんですが。これはきっと、ぼくのなかに周期性があるのかもしれないけれども、ということは案外、意識的な問題じゃないような気がするんですね。

そういう理論的なものに没頭できるということは、むしろそれは、外界とどこかで確実に繋がっているのだという根本的な信頼というか、存在感があってできることのような気がするんです。そういう抽象的なものに没頭できるということは。その、外界に対する繋がりがなくなってくると、むしろ抽象物が非常に疎遠なものになってくる、という気持がするわけです。

吉本　江藤（淳）さんが、本当にそうかどうかまた別問題になるが、あなたは概念的な情勢論みたいなものに足をすくわれていたけれども、『季刊芸術』に書いた時評というのは大変よろしい、というふうに時評で言うでしょう。なぜ江藤さんがそう言うのかということは別問題として、そういう場合に、江藤さんがよろしいと言っているものは何なんだろう。

つまり、感性的に実感を重んじているところがいいと言うのか、肉がつき、衣裳がつきといいますか、ちゃんと人の形がしてあるのじゃないか、ということを言っているのだろうか。

柄谷　ぼくにはわかりませんが、概念的な情勢論にふけったつもりはないわけですよ（笑）。

吉本　ぼくもそう思うな。そう思って読んでいないのだけれども。これは、どう読むかということは距離の問題で、距離のとり方いかんによっては、そう読めるということはあると思うのですよ。ぼくはそう思っていないのですが、だけれども、これはいいという場合に、いいという基準は何なのであるか。

江藤さんの『漱石とその時代』、それの評価ならば評価に関連するのでしょうけれども、そういえば何を信じているのだろうか、何を基準にしているだろうか。自分の批評の根源として。

江藤淳と夏目漱石論

柄谷　やはり、江藤さんの場合、ある距離をとるということじゃないでしょうか。

たとえば長続きしている友人というと、ぼくは半年に一回ぐらいしか会っていない。それ以上でもそれ以下でもまずい、ということがあります。文学者の場合はとくにそうで、もし近づきますと、それなりに見えてくるものがあるだろうけれども、書いたものは逆に見えなくなるわけです。もし近づかないでいるならば、こんどは逆に、書いているものから虚像を作っていくということになりますね。

そういう中間的な距離というのが、ぼくはいいのじゃないかと思います。それで、たとえば人間の関係の場合でも、お互いが完全にエゴイズムというのを了解したうえで、そういうところから優しさというものが滲み出てくるような関係は、とても清潔だと思うのです。

現実には、そうはいかないです。むしろ、今の学生など見ていると逆ですね。自分と他人はどうしようもないのだ、違うんだ、そういう認識がないわけですよ。それどころか彼らは、自分と他人が違うんだというところから始めるとかえってダメなわけで、そうすると、ものを言う必要はなくなってしまう。自閉的な呪文を唱えていればよくなってしまう。とにかく、相手にコミュニケートするという意志はほとんど持っていないで、どうせ伝わらないのだというふうに、簡単に諦めちゃってるようですね。

中間的な距離をとっていると、諦めることもできないかわりに、他人に強制することもできないというような、そういうところに生まれる言葉が、本当の散文じゃないかと思うのです。江藤氏が言うのは、おそらくそういう散文を基準にしているんじゃないでしょうか。

吉本　江藤さんの『漱石とその時代』は、たいへんいいと思ったんですけれども、それもそうでしょうかね。漱石に対する距離のとり方がいいということでしょうかね。それとも何か、いわゆる記述している事実の背後に、実感的な裏打ちがあるということなんでしょうかね。

柄谷　そういう意味では、漱石でもって自分を語ろうというような、ベッタリしたところはないですね。

吉本　さらばといって、学者的でもないでしょう。そういうのは距離でしょうか。あの人の

『夏目漱石論』というのがあるでしょう。最初『三田文学』で書いたあれは、場合によっては、誰にでもできないことはないような気がするんです。それは才能の多少のあるなしはあるかもしれないけれども、できないことはない。

　しかし、『漱石とその時代』は、なかなかできにくいものですね。書き出しのところに、何月何日、江戸に風が吹いてどうだとか書いてあるでしょう。この場合、小説ならフィクションですよね。それから、いわゆる批評の筋だけで言えば、気象台の記録をひっぱったところ、そうであるということになるんですが、あの人がそういうふうに書くと、何となくそういう気がするんじゃないですか。そういうのが距離ですかね。

柄谷　そういう意味では距離ということじゃないでしょうけれども、ただ、そういう事実を書かざるをえないというのは、距離の問題だと思いますね。

　たしかに、風が吹いていたかどうかはどうでもいい。しかし、それじゃ何となくおさまりが悪いというところが、あの人の持っている距離感覚じゃないでしょうか。以前、吉本さんとの対談でも江藤さんが言っていたと思いますが、そのとき風が吹いていなければ困る。どうでもいいことだけれど、そうでないとイマジネーションが働かないというような……。

吉本　ぼくなんか、江藤さんの批評を読んで、たいていのことは、どうでもいいことが書いてあるような気がするんですよ。ここの何行から何行というふうに見ていけば、どうでもいいことしか書いてないような気がするんです。ぼくならば絶対に書かねえな、ということが書いてあるんですね。

だけど、トータルで見ますと、何月何日、風がこっちからこう吹いていたということが、やはりこう書かなければいけないんだというふうになっていますね。ただ、それはあまり、意識の問題とは関係ないわけですよね。まして漱石の生まれたときに天候はどうだったとか、そういうことはどうだっていいじゃないか、ということになりそうに思うんですけれども、そういう自然描写みたいなものが、全体を見ると、何となくこういうものだなというふうになりますね。

そういうところが、江藤さんの批評のいちばん面白いところでもあるし、ある意味で、つまらないことじゃなかったのかな、と思うところでもありますけどね。

柄谷　『漱石とその時代』出版の前に『新潮』に書いたでしょう。「登世という名の嫂」、あれは説得力があったですね。『漱石とその時代』は、拡散しているような気がします。「その時代」に重点が移っていますから。

他の人が書くと、あれは下品な種明かしになってしまうものですね。説得力があるのは、実在した漱石と漱石の作品とへの距離のとり方が、微妙にいいからではないかと思います。ふつうの意味じゃ、嫂の存在は「どうでもいい」と言っていいんですけど。

吉本　漱石論というものは、大なり小なり誰がやっても、でき、ふできはあってもできるんだということですけれども、あれはなかなかできないと思うことは、一つは、あの人が年とったような気がするんですよ。

年とったような気がするというのは、成熟したということかもしれないんですけれども、事実というものに、事実以上の意味を見つけ出している気がするんですね。これは鷗外の晩年の史伝小説でも、そういう気がするんですよ。荷風の調べものもそう思うんですが、そういうところは、ある意味では年とったなという気がするんですね。

それと、そういうふうに事実を記述しながら単一な流れではなくして、つまり今の流行りの言葉で言えば、重層的ですよね。そういうことは、これはなかなか皆がんばっても、とうていできないんじゃないか、というふうに思えました。そこのところは、ここで一つ、あの人は跳躍したな、一つ老いたなといいますか、成熟したな、どっちでもいいですが、そういう二つを感じました。あれはなかなか書けないだろうと思いましたね。

老いと精神の過程

吉本　江藤さんみたいな、若くして才能ある人は、年とったら一体どういうことになるんだろうと心配ですね。大江健三郎でもそうですが、年とったらどうなるだろうなということがありますね。夭折してくれるといいんですけれども（笑）、なかなかそうはいかないんですからね。

柄谷　案外、瘋癲老人になるかもしれない（笑）。

青年期というのは、年をとることを課題にするという性格があるわけですね。批評の場合は、とくにそうだと思うんです。簡単に言えば、早く年をとりたいということなんで、それが現実に年をとっちゃうとどうなんだという……。

吉本　ケチになりますよ、時間に対して。

本来ならば、年寄り、老齢になったほうが死に急ぎをしていいはずなのに、何か青年のほうが死に急ぎしたくて、年とるとケチになっちゃいますね。ケチになるとどうするかというと、谷崎なんか、その典型だと思うんだけれども、居住性から変えるわけですよ。時間がケチケチできる所に、ヒョッと居住性から移すわけですよ。そして、できるだけケチケチするわけですよ。

それは、先が短いのになすべき仕事はたくさんある、ということじゃないように思うんです。そのケチさというのは、たいへん不可避のような気がするんですが、それを惜しげもなく使える人がいたら、年寄りでもみごとなものだと思います。

そういう場合に、確かなことは、生理的自然過程で言えば、高が知れているわけです。年とってきて、あと幾許というか、高が知れているわけです。そうだけれども、精神の時間というのは必ずしもそれと合致しませんから、これのほうはそれとは別に、やっぱり少なくとも、ある瞬間瞬間をとってくれれば、無限に生きるような感じになることは、精神的には不可避的にそうだと思うんですね。無限に生きるような感じを感じていると思うんです。ときどき生理的に制約を受けて、そのとき思い知らされると、改めてケチしなければいけないのだと考えると思うんですよ。

許すかぎりの方法を講じて、時間のケチをするというのが、老後、日本の文学者の一般的な方法のような気がするんです。伊藤整の病気のときの日記を読んで、そう思ったんです。自分の仕事が終わらずして死ぬのは残念だ、と夜中に涙を流したことが書いてあるんですが、そういうことはないはずだと思います。自分の仕事がどうだということは、あまり問題にならなくて、ただ涙を流すということはあると思うんです。しかし仕事が中絶するとか、精神の過程が中断される、それが残念で涙を流すというのは大ウソだと思います。

精神の過程は、もうすぐアウトであるということは考えない、と思うんです。いつだって、そのつど何事か新しく考えたり、やったりというふうに働いていると思うんです。

生理的な年齢はどうしようもないということは、初めからあると思うんですが、そこのところの分裂の場合、日本の文学者が仮に夭折しないで長命を保ったとすると、どうもできるだけ生理的意味あいと精神的意味あいと、両面から、いちばんケチで、いちばん効率がいい、というふうに生きるような気がするんですね。

あまりケチしないで、漱石がちょうど『明暗』でそうだったように、それまでは、年齢じゃないんだというところで考えを展開して、ある日パッタリという、そういう文学者はあまりいないような気がするんです。

柄谷　そうですね。それは、自分が自分に激突するということを持続している文学者が少ない、ということに繋がるような気がします。そういう文学者は、物騒なところがある。

谷崎などは、そういう意味では中絶したところはなくて、みごとな円を描いたというふうに見えますね。しかし『鍵』を書いている途中で死んだとしたら、もったいないことをしたと人は言うでしょう。ケチをして『細雪』路線で終わってればよかったのに、と。

吉本さんが最初におっしゃった「習慣」過程、あれはケチになることではないかしら。言い換えれば、安定した自己関係を持つことではないですか。

体系を壊す「直接性」と「美しい女」

柄谷　話は変わりますが、吉本さんにお尋ねしたいことがあります。

たとえばヘーゲルは、その体系の中では「直接性」を最初にもってきて、バカにしておりますね。その直接性というのは、個別的で偶然的で拡散していて、概念としては最も程度が低い、ということになっている。

吉本さんも「南島論」のなかで、柳田（國男）とか折口（信夫）が、個別的な事実の集積と言うならばわかるけれども、ほかのやつが言うならば信用しない、と言っておられます。それは確かにそうだと思います。理論は、抽象性において成り立ちうる。直接性というものを、一つの抽象体系のなかに組み入れていくことが、理論の成立する根拠じゃないかと思います。

ところが直接性というのは、実はそういう体系に入らないものを指して直接性と言うんじゃないか、と思うんです。あるいは、体系をぶっ壊すようなものを指して。そうすると、体系に入っちゃう直接性というのは、かなり御しやすいんですね。

例をあげますと、平岡正明の評論集に書かれた解説を読んで、ちょっと面白いなと思ったことなんですけれども、女の顔の美形というものに惹かれることに対して嫌悪を感じた、ということを書いておられるでしょう。それを読んで、昔、小林秀雄が、美しい花というのはあるけれども花の美しさなどというのはない、と言ったのを思い出しました。つまり、女の顔の美形などというのはないけれども美しい女はある、ということが成り立つわけですね。

吉本さんは、おそらく昔ならば、女の顔の美形と言わないで、美しい女と言ったと思うんです。美しい女と言った場合、美しい女に蹂躙されているというか、かき回されているという関係が成り立っているんですね。女の顔の美形と言うときは、自分はそいつとは関係ないという、理論的に眺められる状態にいると思うんですよ。自分がふり回されるような直接性、美しい女というような直接性から遠くなければ、女の顔の美形ということは言えないんじゃないかと思うんです。

これはまあ比喩にすぎませんが、吉本さんのなかで、ある変化が生じていることは事実だと思うんです。その点はどうでしょう。

吉本　そうかな。今でも美しい女性に惹かれますしね。やっぱりかき回されることもありうるのではないか、ある契機があれば。

ただ、こういうことだと思うんですよ。美しい女性という場合に、いずれにせよ、一つは性の問題だということがあるでしょう。もう一つは、美しい女性という場合には、完備した環境ということと同じように、何かその女性に責任がないところがあるでしょう。その女性に責任がなくて、その女性の両親に責任があるのかもしれないんですよ。

そういうのを美しい女性と言う場合に、美しいと言うなかには、そういうのが含まれているでしょう。それがいかにも区別はできないんですけれども、それが曖昧に見えてきているということはあると思うんです。

柄谷　曖昧に見えている状態のときに、ふり回されているのじゃないですか。
　ふり回されている人間は、曖昧にしか見えないと思うんです。明晰に見えるということは、ふり回されないことでもあるので、明晰な人間でも、ふり回されているときには曖昧にしか見えないことがある、と思うんです。

吉本　それはいかにもそうであるように思うんですけれども、ぼくが、そういうことについて疑問を持ったのは、若いときだったんです。若いときから続いている疑問で、バカげたことというかアホらしいことで、言ってみれば単純なことでたくさんあるんです、疑問というのは。
　そういうのは、自分がやっているようなことに関連して言うと、あまり出てこないんですよ。素朴、単純なことで、わからないことがたくさんある、というような感じがありますね。多少は女性についても経験を積んだから、オレはそう思ったんだというふうに言いたいところだけれども、一種の通であるということを、あまり信じないんですよ。

柄谷　そういうところの通というのは、全然信用しないですね。

吉本　いつだって、ふり回される要素もありますし、ふり回されたあげく、明晰と見えていたものが曖昧になるということもありうると思います。何か、そういう可能性といいますか、危惧というか、そういうものはあるように思いますよ。
　そういうところでは、谷崎が『瘋癲老人日記』を書いた時点でも、生理的年齢だけで言っても、迷いはあるんじゃないでしょうか。そこは類推する以外にないんですが、その時でもあるんじゃないでしょうか。

柄谷　おっしゃる通りで、むしろ谷崎はふり回されることで、官能を見出していたと言えると思う。しかし一般には、通になっちゃうと思いますね。そういう人は、これはこういうものだというふうに、決めこんでしまうところがある。むしろ、それで成り立っているんじゃないかと思います。だから逆にそういう意味でいくと、漱石などは野暮のきわみですね。全然、通人じゃない。

それから政治的な問題についても、そういう通人が多くて、野暮な人がいない。そういう印象を持つわけです。若いくせに通人なわけですよ。政治とはこういうものだと高を括っている。ふり回されるということを感じていないんじゃないか。ふり回されたことのない人間が、それについて分析するということは、おかしいんじゃないか。

吉本　ぼくも、それはそう思う。

距離からの批判と距離ゼロの行動

吉本　これも距離の問題になるんだけれども、柄谷さんも取りあげていた学生運動の内ゲバかなんかで、こういうことをしちゃったという場合に、所定の距離から眺めますと、痛烈な批判ができると思うんです。それはべつにモラリズムからでなくて、痛烈にできると思うんです。それを一種の政治的なかけひきに使おうというような、見えすいた意図に対しても、痛烈な批判はできると思うんです。

それは距離の問題で、さて、てめえが当事者だったら、やる可能性があると思っているんです。

柄谷　学生というのは、やっている連中は割合スイスイやっていると思うんですよ。それはわかります。まわりのインテリが言っているほど、たいしたことじゃない、どうということはない、というふうな感覚でやっていると思うんです。

吉本　だからそういう意味あいでも、自分がある距離、つまりゼロの距離に立っていた場合、やりかねない人間だということ、そういうことはいつでもありますけれども、もちろん、やらないかもしれないし、止めるかもしれないんですけれども、しかし、やりかねない人間だということがあると思うんです。

それからもう一つは、人間というのは、やりかねないんだということがある、と思うんですよ。つまり、どんな人間でもやりかねないんだ。けれども、やりかねない人間といえども、ある距離にいる場合は、まことに愚行であるというふうに見るということはある、と思います。だけれども、ぼくは愚行だということをあまり実体化したくないので、それは、自分が距離ゼロだったらやりかねないからです。

柄谷　ぼくは、この間まで距離ゼロの立場にいまして愚行をやってきたわけですが（笑）、そういう時は、やはり判断がつかないんですよ。そういうところに置かれないと決められないんだ、という気がしましたけれども、今はそこから離れていると言っても、いつの場合でも離れていられるかということは言えない。これは一つの例ですが。

吉本　そういう意味あいでは、人間の意志力というやつは、まず半分くらいの力しかないので、そのあとの半分は違うものだ、と思っています。

もし方向性というものがありうるとすれば、そこでは、意志力などはたいしたことでない。せいぜい半分くらいしか通用しないんだろう。あとの半分は、どうしようもない何かが加わり、そこでしか方向性は決定できない。そういう問題というのは、絶えず、あるんじゃないかと思います。

小林秀雄と満州事変

吉本　小林秀雄、読んでいるわけでしょう。何が一番いいですか。初期ですか。

柄谷　ぼくは今は、戦争期に関心を持っているんですが。

吉本　『歴史と文学』のような宮本武蔵が出てきたりするのかな、『無常といふ事』かな。

柄谷　それより前に、満州事変とか。

吉本　ああ、そうか。向こうに行きますね、戦争中に。

柄谷　満州事変以後の小林秀雄は、三角関係の渦中にあった当時にもう一度戻ったように見えます。ものが見えて見えて仕方がないという状態から、一転してしまうわけです。

だから、三角関係という形で、小林秀雄がどうしようもなく動きまわったり、動かされたりした状態を、満州事変あたりから再現しているというか、同じことを経験しているような、そういう感じがするんですよ。それでそのときには、もう「私小説論」を書いたときのようには言えないわけで、すでに実践的人間になっている。事変に黙って処するというところにいくわけです。

吉本　戦後のはどうですか。

柄谷　戦後は今のところあまり関心がないですけれどもね。

話をもとへ戻すと、小林秀雄の場合、『Xへの手紙』とか、左翼との論争の過程では、ものがよく見えていると思っていたのではないですか。それで、見えているということが、また見えないことだというふうになるのが満州事変だと思うのです。

ぼくは、結局見えたと思っていることは当てにならないぞという、それがかえって邪魔になるというような、そういうものがあるんじゃないかという気がするんですね。

そうすると、小林秀雄が戦争期に論争していたというか、批判していた相手というのは、「世界史の哲学」とか、つまりは文化についておしゃべりしている人たちでしょう。彼らにしてみれば、戦争の意義から、日本文化の世界史的位置づけから、全部わかっちゃうわけですよね。これは左翼とも人脈的にも繋がっているだろうし、発想としても同じだと思うんですけれども、小林秀雄がとったのは彼らとは逆で、結局わからないというところに自分を置いていく方法であろうと思います。わからないといっても、博識ですし、たいがいの左翼なんかより何もかも知っていたでしょうから、「わからない」ということ自体、そういう人でしかわからないものでしょう。

吉本隆明とエピゴーネン

柄谷　吉本さんは、もちろん原理的には全部わかってやるぞというような方法だろうと思うんです。しかし、今までのお話でもわかりましたが、吉本さんは経験の直接性に対して、とてもナイーヴな姿勢を保っておられる。現在のように、あれほど抽象レベルの高みにのぼっていて、なお原初的な自己への畏怖というものを抱いている、とはたぶん他人には見えないかもしれないが、ぼくはそう感じます。そういうところで、吉本さんはただの理論家ではないと言えるんだと思う。

しかし、吉本さんのエピゴーネンと言えば悪いですが、被影響者というのは割合、概念を先験的に受けとっていますよね。それで世界を解釈しているように見えます。だから全然わかっちゃいないけれども、結果だけとっていく、あるいはその結果だけを批判したりあれこれやっている、というような光景が見えるわけですが……。

吉本　そこのところになってくると、ぼくもちょっと言葉があまりないのですが。つまりぼくのほうから言えば、何をしているか、書くことがどういう意味を持つのかは別として、自分がやっているようにお前もやれ、という以上のことはないのです。

だから、自分がやらなくなればアウトだ、おしまいだという感じしかないので、ぼくの概念を使って云々するということは、ご当人の側から言うと、棺桶に入れられているような感じがするのですよ。

それは、けっして肯定的な評価であるとか、否定的な評価であるとか、あるいはあなたのおっしゃるように、概念だけを使っているのだとか、そういうことにかかわらず、自分が棺桶に入れられているような感じがするのですよ。それが実感であって、それ以上のことはあまりないのですけれども。だから、ただ棺桶に入れられているという感じは、いつでもつきまとうと思うのです。

だけれども、こちらは、少なくとももう少し深刻な仕事に、これから少しかかろうというふうな気持はありますからね。できるできないは別として、ちょっと今、棺桶に入れられたら困るという気持がつきまといますね。それは、けっして愉快なものではないですよ。たとえば概念を使っているだけであっても、そういうふうにしている過程で、やがて何か自分のものが見つけ出せれば、それはそういうものだろうというふうに思いますね。

ぼくは、文章とか、表現とか、そういうものの力というのはあまり信じていないので、たとえば柄谷さんが言うようなことがあっても、それは束の間のことであろうというふうに思うのです。やがて自分を発見していくまでの何か束の間のことであろうと思いますので、そういうことには、あまり意味をつけてはいないのですけれど。感性的には、かなり自分が限定されてしまっているというような感じがあります。

柄谷　影響というのは、吉本さんに対する距離のとり方しだいだと思いますけれども、そういう距離が、吉本さんの書かれているものに対しては、とりにくいところがあるんですよ。マルクスなどならいくらでも距離はとれるわけですが、吉本さんには、とれないところがあるんですね。自分の感じていることすらも、吉本さんの言葉で言えるというような、そういう性質の文章なんですよ（笑）。

それは別にしまして、ヴァレリーがたしかこういうことを言っています。人はそのエピゴーネンに影響されるものだ、と。割合そういうことが多いと思いますね。気がつかないでそうなっている。だからエピゴーネンは放っておけ、とはいかないところがある。たとえばマルクスとエンゲルスの関係を見ると、そう思わざるをえない。

ところで最近、吉本さんは若い人を批判されることがありますね。その連中は、ぼくの知る範囲では、いずれも吉本さんの支持者だと思います。それで何か甘ったれているところがあるわけですよ。オレは吉本と同じことを言ってるつもりなのに、というような、そういう甘ったれたところが、政治的セクトにだってあるわけですね。それを厳しくやっつけていくのは、いいことだと思うんです。そうなれば、いやでも自己発見しなければならなくなるからです。マルクスだと、たとえば、オレはマルクス主義者ではないと言ったというエピソードがありますが、吉本さんには一種の寛大さのようなものがありますね。その寛大さというのは、どこまで限度があるのか、そういうのはどうなんですか。

吉本　ぼくの文章にそういうものがあるかどうか別として、日常性のなかではあるように思うのです。その場合、虚心坦懐というふうに言われたことがあるのですが、虚心坦懐じゃないのですよ。ものすごくムシャクシャしているのだけれども、寛容だみたいなところがあるのですよ。

たとえば、家の修理を頼むでしょう。見ているとハアッと思って、よくもこれだけ怠けられるものだと思うぐらいのスピードでノラリクラリやって、約束の三倍ぐらいの時間がかかるわけですよ。ぼくは、文句は言わんと思って、最後まで言わなかったわけですけれども、しかし、あまり虚心ではないわけで、ハアッと思って、よくもこう怠けられるものだと思って、へえ、これで一日……かと、カッカしないこともないわけですよ。ちっとも虚心ではないわけですよ。

言わんということで徹底的に言わないで、まず一カ月のところが三カ月だったからもちましたが、いったん契機が生じたら、やっぱりパッパッと出てくるような気がします。寛容というようなものじゃないでしょうね。

かなりの程度へえ、へえと思って、黙って見ておられるようなところがあるような気がしますね。それは寛容じゃないのですよ。昔ながらの寛容とか太っ腹とか、そういうこととは全然関係なく、少しも虚心じゃないのですけれども。

最後は、すっとどっか行っちゃうこと

柄谷　そうしますと、吉本さんにとって、現在の敵対物というのは何ですか。明瞭な対象性としては、もうないわけでしょう。

吉本　敵対物というより、こういうことがあると思うのです。

敵対物と対立しながら自分を進めていく場合に、ほんとうに敵対物に対して本気に突っかか

るということは、今は確かにないですけれども、目に見えない敵対物みたいなものがありま す。さっきからの言葉で言えば、何と言いますか、脇目もふらずというふうに考えたときに、初めて出てくるような気がするのです。

それは何かを具体的に言えば、こういうことは自分は全然知らないということがあるとして、それに対して誰かの書かれたものとか何かを参照すれば、知らないということが知れるかどうかもわからないという場合に、それが漠然とした敵対物みたいなものとして出てくる。それが、いわば脇目もふらずというふうに意志的に自分を方向づけたときに出てくるものだ、と思うのです。

そのほかのことは、ほんとうの意味では、あまりないのですね。どうでもいいことは、どうでもいいのじゃないですか。

柄谷　小林秀雄が、思想と思想がシャボン玉のようにポンポンはじけあうというような光景は、もう信じられない、もともと信じていなかったけれども、しかし、自分のやったことを見ると案外そうでもなかった、と言っていますね。ぼくは、その意味がわかるような気がします。

吉本さんの場合、抽象レベルの高さからいけば、結局、周囲の相手というと抽象レベルの低い連中ということになっちゃうでしょう。そうすると、まともなケンカはできないですね。論争はとるにたらない。

ただ、抽象レベルなんてものが全然通用しないような場所では、それこそ夫婦ゲンカみたいなものでやりあっているわけでしょう。それについて、吉本さんの場合は知りませんけれども、ぼくなどは、そっちのほうが何というのか……。

吉本　切実ですか（笑）。どうせケンカするならば切実だ。

柄谷さんの最近の菅（孝行）君との論争かな、見ていても、ぼくなんかだったら癇癪をおこしてベランメエというふうに言うところを、丁寧に言っていて、いやに冷静なものだなと思うわけですね。別な意味で言うと、もっと罵詈雑言いったほうが面白いな（笑）。野次馬としては面白いなと思いますけれども、なかなか冷静に書いているのですね。

ぼくは、そう冷静にはできないですが、どうせ具体的にケンカするならば、夫婦ゲンカしたほうが切実だ。そういうことというのはあると思うのです。やはり、ぼくもそういう気がしますね。

最後にどういうふうに発想するかというと、これはそれぞれ家庭の事情があるでしょうが、ぼくは、すっとどっか行ってしまう何代目市川団蔵みたいなあれが理想ですね。つまり、ああいうふうに脇役ばかりずっとやってきて、いかなる事情があったのか知りませんけれども、すっといなくなってどっか行っちゃって、どこにどう死んだのか、まあハッキリわからないようなやり方があるでしょう。やっぱり、それはいつでもありますね。オレのほうで叩き出してなどという発想は、あまりないのです。

それから、夫婦ゲンカの場合でも、子供がいるからまあまあ我慢してやれという発想もあまりないのです。すっと行っちまってどっかでというような、実現というのは難しいでしょうけれども、理想ですね。そういう行き方というのですか、たとえば夫婦ゲンカといった場合でも、そこらへんまでは窮極的には覚悟はあるのですよ。

柄谷 そいつは面白い（笑）。これは今日の収穫だな。

吉本 本当にそうですよ、ええ。子供がいるから我慢してやれとか、面倒くさいからみんな叩き出してというのは、あまりないですね。もっとペシミスティックなものですね。やはり、あの役者は理想ですね。そこらへんまでは、いちおう考えますね。

柄谷 あれはそうとうエネルギーがいるでしょうね。

吉本 団蔵の場合には、どういう理由かわかりませんが、いつでも脇役みたいなものをやらせられて、陽の当たらないところにいて、それに対する世間的な評価もそんなにないということもあるかもしれないし、貧困ということもあるのかもしれないし、それに対する奥さんの何かということがあったのかもしれませんけれども、それは通例言う意味での女性上位とか男性上位とかということとはあまり関らない問題で、一人の生き方の軌跡としては、あれほどみごとにやれればいいな、というふうに思いますね。

それは、おそらく誰にでもある願望のようなものであって、それをまさに地で行っちゃったと言いましょうか、やっちゃったという意味でも、なかなか立派なものだというふうに思いますしね。

柄谷 トルストイの家出と似ていますね。

吉本 それこそ小林秀雄の問題で、細君のヒステリーに悩まされてということが、たとえ事実であったとしても、小林秀雄の言うように、抽象的、思想的煩悶がトルストイになかったら、家出なんかしてあんなところで野たれ死にするものか、あの場合には小林秀雄の言い方のほうが正当のように思います。家などというものはまったくリアルなものですから、そういうところの事実の強さでもって、それ見たことかという言い方には、あまり惹かれないのです。

女性をめぐる生理と精神

柄谷　さっきエネルギーという言葉で言ったのは、そういう意味なのです。たとえば、ぼくの周囲の友人で離婚しているのを見ると、確実に明らかなことは、どっちかに女がいるか男がいるんですよ。別れるといっても、もうべつの相手がいるという、わりと安定した状態で別れていますね。そういう離婚というのは、エネルギーはいらないと思うのです。そうでなければ、結婚の日が浅くて、まだ本当に夫婦の関係に入っていないような場合ですね。これは離婚といわず、あらゆる転向の場合にも当てはまることですが、次のを用意しているということが、まるでダメなんだと思う。

そうでない人間が別れようと言うのは、相手がイヤだとか、そんな単純なことじゃないと思うのです。それにはものすごく精神的エネルギーがいる。しかし、そういうものは周囲を見るとあまりいないですね。たいてい次の女がいるわけで。

吉本　そうでなければ、それを契機につくって、振子のほうはそっちに寄せておいて、ということですね。

そうでなくて抽象的、思想的煩悶で、それがまことにリアルな場面とぶつかってという場合は少ないでしょうし、かりにそうなった場合には、いろんな制約があって、そのためにそういうことは座礁する、というふうになるのが普通なのでしょうね。だけれども、本来的にはそうありたくないですね、やはり団蔵のように行きたいですね。

年齢的にいきまして、多少柄谷さんと生理的年齢が違うから、違うところがあるかもしれないけれども、割合ずるくやれるところがあるのですよ。四十男のいやらしさと言うけれども、片方はそっとしておいて、片方で結構うまく若い女性とやっている、というような着想はとりやすいのですね。それは、生理的年齢に依存する要素が多いと思うのです。ぼくは、否定しますね。

だから、若い独身の女性が妻子ある男を好きになってというのが、もしあるとすれば、ぼくだったら、お前やめろやめろと言いますね。女性のほうに言うと思います。

なぜならば、ある年齢におけるそういう使い分けというのは、まったく自然に近いところでできやすい。片方にはそのままにしておいてということが、割合にできやすい。当事者どうしではいかに誠実真実に見えても、生理的にできるところがあるのです。その場合には、男のほうでみんな蹴飛ばしてということができないならば、やめたほうがいいという結論に達しますね。

オレならそうはしない、そういう発想はとらないというふうに、逆に言えばなりますね。何かそういう時には、独身の女性のほうが損をするに決まっているわけですよ。結論は、初めからわかっている。男のほうが、好きだったという意味では傷つくかもしれないが、何ということはない。そのまま過ぎていっちゃうように思うのですけれども、そういう着想はとらないですね。

それは、家という問題をどうするということと、ほとんど無関係と言っていい。

批評家の根拠

編集部 平野謙氏が、最近の新人の書くものはわからない。わからないから選者を辞退する、という発言をして問題になっていますが、どうお考えですか。

柄谷 ぼくはその小説は読みましたが、「わからない」という言い方はまずいので「よくわかってつまらない」と言わなければいけない。事実、そういう意味だったのでしょう。あとは、チボーデの言う「批評の生理学」の問題にすぎないと思う。

吉本 平野さんの場合は、どういうふうな意味あいで言っているのですか。

前にそういうことを書いていたこともあったと思うのですけれども、自分の息子や娘ぐらいの年齢のやつの書く、落書みたいなものをとり上げて言う気がしないという、自然の過程、生理的年齢の、そういう問題で言っているのでしょうか。

それとも、オレは――あの人、そういうことをいつか言ったことあると思うのですが――個人の生涯では秒読みの段階に入った。そういうことはかまっちゃいられないのだ、という意味あいで言っているのでしょうか。そういうふうに言うなら、ちゃんとやってくれ、仕事を脇目もふらず、何といいますか、批評の最後の段階にオレは突入するという仕事をやってくれ、というふうにぼくは思うのですよ。

見ている範囲では、あの人は依然として昭和文学私論みたいなものを書いているでしょう。どう考えても、最後の土壇場に追い詰められた、そういう仕事にかかっているとは思われない。

そういう疑問を生んだ、自分の息子や娘のようなものの書いた訳のわからないものに、いちいち言っていられるかというのは、わかるように思うのです。自然的年齢として、それはわかるような気がしますね。そういうのはあまりにアホらしい。そうだったら、そうだと思うのです。

そこのところで引っかかりやすいし、若い批評家は、平野謙も老いたり、若い作家はこういう問題意識を持って、こういうふうに現れているのだ、老いたる証拠だというふうに言って、すましてしまうというふうになれば、これまた自然的な、生理的年齢の問題であって、あまり批評の問題でないような気がするのですね。そこのところは、両方にそういうような要素があるのじゃないでしょうか。

ぼくは江藤さんの『漱石とその時代』を読んでもそう思うのだけれども、あれも一つの跳躍だと思うのです。知らないけれども、批評家としてある段階に達した場合に、自分に引き寄せて、自分のことで言えば、彼は批評家であるという場合、彼は批評家であるということに何か根拠があるか、批評の仕方ということでなくて、批評の方法がどうだとか、体系がどうだと言う前に、彼が批評家であるということに何かがあるかどうかということを、自分に問われる段階のように思うのですよ。それから類推して、江藤さんなんかも、そういうことがあるのじゃないかと思うのです。

そういう場合に、批評の方法でもなければ、批評の仕方でもない、そのときどきに起こってくる時事的批評でなくて、お前が批評家であるということに何かあるのか、あるということで、批評家であるということ自体が何かであるか、そういうことがやはり問われると思うのです。そういう場合に、批評家というのは途方に暮れた場合にどうするのだという、何にとっつくのだということがあるでしょう。

そういう時に、ぼくは年齢でもなければ、今までやってきたことがどうだからということでもなくて、自分が批評家であるということ自体を初期とある意味で同じように、ある意味では違ったように、自分の資質といいましょうか、そういうものの再検討に突き当たって根拠を与えざるをえない、ということがあると思うのですね。そういう段階になったときに、江藤は何をするのだ、どういう仕事をしたのか、ということが問われるような気がするのですよ。

そういう意味あいから言えば、江藤さんの『漱石とその時代』でも、それに対する一つの回答の仕方だというふうに思えるのですが、だから、あれは資質の問題がからまってきますから、そうたやすくは書けねえぞということになります。

柄谷　小林秀雄論の場合でも、冒頭から、人はいろんなものになれるのになぜ批評家になるのか、という問いから入っていますね。

それ以前を見ますと、わりと自然的に批評に入ってきているところがあるでしょう。よく言っていることだけれども、誰が勧めたからとか、そうでなかったら書かなかったろうとか……。にもかかわらず、それがきわめて自覚的になったのは、『小林秀雄』からだと思います。『作家は行動する』を書いた時点では、公人としての名声が高いし、若い世代の代表者というような意識があるでしょう。そういうものと私的なものが非常に矛盾していくということがあって、どっちを取るかというところに追いつめられたと思うんです。「私」のほうを選ぶという時、小林秀雄の姿が、まるで違ったように見えてきたのだろうと思います。

そこから漱石にまた戻っていくということは、その時いちど放棄した「公」と、「私」は切り離すことはできないということから、自分の資質を公的なものとの緊張関係において見直そうというモチーフがあったと思う。もう一回、批評家であることはどういうことかという問いを、別の観点から問うているという……。

吉本　ぼくなんかも、そういう気がするのです。ある意味では自分の資質もからまってきますから、どうしようもない仕事だ。悪かろうがよかろうがどうしようもないというような仕事のような気がしますし、それだからこそ、飛躍だというふうな気がするのです。

それは、やはり何かある段階で問われるような気がするのです。そうすると、あまり行きがかり上の批評の方法であり、体系でありということはあっても、本当の意味では、お前は何々であるというふうなことは、どうしても自分に問うということにならざるをえないのじゃないでしょうか。自分の実感から、わかるような気がしますね。

そういう場合、平野（謙）さんには、そういう問いがないような気がするのです。生理的年齢、生理的成熟、そういうものはあると思うのですけれども、そうなれば、やはり自分に問わなければならない、最後の問いを発しなければいけない、ということがあると思うのです。それは、批評家であろうと詩人であろうと同じで、自分に対する最後の問いを発しなければならない。そういう場合に、その問いがあるかないかということだ、と思うのです。

その問題に対して、ただ世代的に若いということ、生理的年齢として若いということで、あるいは若い傾向の作家というのは、お前はわからないと言うべきが、わからなくなったというような言い方ならば、生理的問いにしか、つまり年齢にしかすぎないみたいな気がしますけれども、そこのところで平野さんを問題にするならば、なかなか大変な仕事を全体として、してきている人だから、それ全体の問題を問わなければ平野さんを問うことはできないのじゃないか、というふうにぼくには思えますけれども。

編集部　最後に、吉本さんは詩を書いておられて、それがなぜ批評をやるようになられたか、お聞きしたいんですが。

吉本　どうして詩を書いていて批評をやるようになったかということは、くだらぬ理由から高尚な理由までたくさんあると思うのです。

そのくだらぬ理由とかくだらぬ偶然とか、どんどんとっ払っていった場合、何が残るのか。最後には、お前は詩人であるとか、お前は批評家であるという、そのこと自体に意味があるのか、そういう問いにどうしても還元されてしまう。それを問うならば、オレは何々である、詩人である、批評家であるとかということに理由があるというふうに断言することを、願望としてはそうしたいですね。どういう表現形態をとろうということは、したいわけですね。

また、したい、したくないというふうに言おうが言うまいが、客観的には、お前には何もないという評価もありうるでしょうし、どうしようもなくそうなっちゃったという根拠を見つけ出す見方というのもあるでしょうけれども、その種の問いというのは、いずれある段階で問わなければならない。必ず問われるのだ。

その問いに、もし言葉でなくて、そういう文章を書くという行為で応えられるかどうかということは、柄谷さん流に言えば、ある生理的年齢から生理的死滅までの曲線のなかで初めて解決がつくことで、言葉で言っても主観的に言っても、それにはあまり根拠がないような気がするのですけれども。

柄谷さんだったら、生理的年齢ということも基盤に考えて言えば、これから無限の拡がりと無限の可能性というものがあるように見えるわけですし、また事実ありうるわけです。だけれど生理的年齢の段階で言えば、ぼくらはそういうふうには構想しないですね。お前が何々であるということにどんな根拠があるのだということを、応えられなければ何でもないということになりましょう。どうということはないじゃないか、ということじゃないんでしょうか。

そうすると、そういうふうに考えるときだけは、現在自分が客観的にどう評価されるかとか、どう批判されるかとか、どう否定されるかということは、いずれにせよどうでもいいような感じがします。そこのところが一番のピンチといえばピンチですし、カンどころといえばカンどころで、そこのところで、いろんなことが決まるように思うのです。

日常的な生き方とか生活とか、そういうものの達人、名人というのはいると思います。そういう名人、達人は何かを考えてみますと、ある所定の年齢のときに、個人が当面する問題のなかに割合に普遍的なことがあるのですよ。たとえば三十幾つかになって、自分の親とかというのはもう老いて、いつどうなるかわからないみたいなことがあるとか、そういうことには、柄谷さんの「自然過程」として言えば、普遍的なことがあるのですね。

生活の達人とか名人とかいう人は、先読みができる人だと思うのです。先読みができるから、こういうことに当面するという場合に、当面してからアタフタとそれを片づけてやっとこさ切り抜けたというのでなくて、必ずその年齢で当面する問題の主要な条件の一つ二つは、あらかじめ解決しているのです。いざ、当面したときに、そんなにアタフタしないでいいのですよ。

ぼくらは、そんな達人でも名人でもないから、バッとぶち当たって、さまざまな問題が出てくるときに必死になってこうだ、こうだと言って、何とか片づけてやっと切り抜ける。そういうことばかりくり返してきている。それは、まずい生き方だと思うのです。だけれども、それはどうしようもないと思います。資質の問題もありましょうし、いろんな問題があって、どうしようもないと思うのです。

三島由紀夫（底本註＝対話収録後の一九七〇年十一月二十五日、自決）という人がいるでしょう。あの人は、達人だと思います。達人だから生活過程の中の、生理的年齢で当面するだろう問題については、とにかくあらかじめ主要な幾つかの条件は解決していますね。あれは達人だと思うのですね。

達人とそうじゃない人間は、どうやったらわかるかと言うと、たとえば文士でなくて世のいわゆる、いるじゃないですか、松下幸之助みたいなやつが、ああいうやつとぶつけてみればいいのですよ。ぼくがぶつかるとすれば、ぼくはあいつを軽蔑しますよ。むこうも軽蔑することを免れないと思うのですよ。

文士などというのは、軽蔑を自然に起こさせると思うのです。ぼくのほうも、なんでこんちくしょう、おめえなんぞはということで、軽蔑すると思うのです。そういう相互関係になる。そういうやつは、生き方がまずいやつですよ。

三島由紀夫さんなら、松下幸之助とぶつけると、むこうは軽蔑できないと思います。やってみなければわかりませんけれども。それから、三島さんも軽蔑しないと思います。それは、イデオロギーでもなければ、思想でもなければ、金を持っているか持っていないかでもない。名人、達人というのはそういうものだと思うのです。そういうことで、文学者でそういう人はあまりいないですね。三島さんという人はそうだと思いますね。

そうでない人というのは、ほかの分野の名人、達人という人とぶつけると、どっかで軽んじられる要素とか、あいつはあそこは甘めえなという要素は免れないと思います。こっちから言えば、あの野郎ただ金儲けているだけじゃないかというような、そういう意味あいでは、ちゃんとありますけれども、その意味での達人というのはないと思いますし、文学者では、そういう人はほとんどないと思いますね。

編集部　どうしようもないやつのなれの果てが文士だ、と平野謙氏などはよく言いますね。

吉本　これからはそうじゃないタイプも出てくるかと思いますが、しかし、どう考えても達人とか名人はいるものだと思いますね。ぼくらは、どうしようもなく、その場にぶち当たらなければわからない。ぶち当たってみて、あたふたと片づけてという、そういう生き方しかできないですね。

だから、資質というのは何かということを問いつめていく場合には、やはりそこのところの問題はそうとうハッキリ問いつめていかなければならないし、それを小説の形でもできないでしょうし、詩の形でもできないかもしれないでしょうが、批評の形ではできるかもしれませんね。ぼくは、そういう問題のような気がしますけれどもね。

〔『三田文学』一九七一年二月号、七〇年十一月十四日収録〕
本書註＝初出時表題「私はなぜ批評家になったか」

思想と文体

中村雄二郎

文芸批評と哲学

中村　同時代にものを書く仕事をしていれば、お互いに読むチャンスはあるわけだし、まして主題の点で似ているというような場合には、いっそう読む機会が多いわけだ。しかし、だからといってそれだけでは何ということはない。『ユリイカ』（一九七二年四月号）で「サド」の特集をやったときに、たまたまあなたと一緒に書いたことがあった。そのときのように、テーマ（「サドの自然」）が重なることさえもある。

しかしテーマが重なり合うということ以上に、問題の問い方だとか、アプローチの仕方だとかで、関心が出会うのは、わりあいに少ないんですよ。哲学の領域と文学の領域では、クロスするところも少なくないはずなんだが、まだまだわが国の現状では、かなり風通しがわるいんだな。

あなたがマルクスのことを書いたり、柳田國男のことを書いたりしているのをたまたま読んで、「おや」と思うことが何回かあった。最近では、新しい評論集の『意味という病』という表題。人によって、表題が非常に重要な人と重要でない人とがいると思う。たとえば、短い文章でも単行本でも、書きながら絶えず表題と対話しているタイプの人と、表題などは要するに一つの印だからどうでもいい、と考えている人がいる。

わたしはどちらかというと、まあ表題に苦心し、うまくつけられないと落ち着かないほうだから、他人のものでも表題のよし悪しはわかるつもりなんだが、『意味という病』には、ほんとに「おやおや」と思った。自分の問題の一つとして、このところずっと、意味の濫用というのか過剰というのか、固定化というのか、そういう問題を考えてきていたものだから。

それにしても、あなたが自分の領域で、自分の関心からとりあげてきた作家や主題、それとこちらが自分の領域で、自分の関心からとりあげてきた作家や主題とは、ずいぶん重なっているところがあるらしい。

ある程度、離れた領域で無関係にやってきて、問題がクロスしたり捉え方がクロスしたりするのは——なにもこういう対話をするとかしないとかに関係なく——、現代ではわりあいに珍しいことだし、大事にしたい。客観的に大事なことだというよりは、その場合、一人一人が自分で大事にしなければいけないんじゃないかな。

そこで、こんどそちらのほうにボールを渡したいと思うんだけれど、どうですか。……おそらくわれわれが仕事をしていて、自分のテーマは、最終的には、ほんとに自分のなかのものしか展開できないことは明らかなんだけれども、そこにある一種の符合みたいなものね。つまり一致というのか呼応というのか、そういうことを、あなたのほうからは、どんなふうに見ているんだろう。

柄谷　ぼくは、『朝日新聞』のコラム（「日記から」）で中村さんに褒めていただいて、とても嬉しかったんですけど、意外な気がしたのです。それから『現代思想』編集部からもそういう話をちょっと聞いて、最初に聞いたときは、たいへん驚いたわけですね。

というのは、コンプレックスということではないんだけども、自分では、哲学的なディシプリンがないんだってことを、つねづね感じているわけです。しかも、どうしてないのかということも、実は大きな問題だとは思っているんです。中村さんの『感性の覚醒』（岩波書店）の序文のなかで、この本を書くときに、一応最初は話し言葉で書いて、それを文章体にしたと書いておられるけれども、その過程なんか、ぼくはすごく重要なことだと思っているのです。哲学的教養というと、これはフランスの知識人だったらみんな持ってるわけですね。根本的に鍛えられてると思うんです。日本の場合には、まあ哲学科が独占していて、哲学科以外から、哲学する人は出てこないと思うんです。

ぼくも、哲学ではないんだけども哲学科に行ってもいいと思ってたんですが、なんとなくイヤなわけですね。ああいう言葉づかいに慣れていくのが、なんとなくイヤだという感じ。実際は哲学の本ばかり読んでいましたけれども、どういうわけか、それがちっとも生きた基礎にならないような感じが、常にあるんです。

それは結局、日本語の問題だろうと思いますけどね。それで常に文芸批評的なスタイルで、つまり一見哲学的ではない文章で哲学の問題をやっていけるんではないか、ということを考えていた。哲学においても内容と形式は分離しえないのであって、表現すること自体に哲学上の困難があるとしたら、まずそこからやる他ない。哲学用語でなく、生きた言葉で考える、そういう実践がないとダメだということを考えていた。しかも、それを説くだけじゃダメで、実行しなくちゃいけない。

そういう志があったけれども、しかし実際それが、いわば専門の哲学者にはどういうふうに映るかについての自信は、まったく持ってなかったわけです。ですから、中村さんにそれを認められたときには意外で、かつ嬉しかった。ふつうの文学関係の人に言われたのとは、ちょっと違った嬉しさがあったわけです。

ぼくが中村さんの本を最初に読んだのは、アランの翻訳だと思うんです。それは非常に影響受けていますからね、考える土台みたいなところで。アランという人は、そういうことをさせる人だと思う。それがベースにあるんじゃないか。それから『パスカルとその時代』（東大出版会）ですか、これをぼくは大学院のときに、それなりに読んでるんですね。

それから『日本の思想界』（勁草書房）というのを、これは買って読んでるんですが、最近読み返してみたら、思いがけないことに、そのころは前半しか読んでなかったのですが、後半にチェーホフと漱石に関するエッセイがありましたね。「漱石ブームの漱石の問題」というタイトルですけれども、漱石の問題は自然というものに対する問いかけだ、ということが書かれていた。

実は、ぼくはそれを読んだ記憶がないんですよ。ところが、ぼくが雑誌に、『群像』新人賞のときですけど、最初に書いたエッセイは「意識と自然」という漱石論だったんです。同じようなことを、知らずに考えていたわけですね。

それ以後、中村さんのものでは、フーコーの翻訳、評論ぐらいしか読んでなかったんですけど、構造主義には基本的に親和性を感じていたのです。あの厄介なターミノロジーを除けば。いずれにしても、ぼくが中村さんとどっかで話し合うとか、共通のベースに立つとか、そういうことは考えたことがなかった。

　ですから、急にそういうふうになったので、こちらはかなり驚いたというのが率直な印象ですけれども、ふり返ってみると、関心のありようみたいなところが重なっていても、無理はないかもしれません。ただ、ぼくのほうでは、文芸批評の領域外の人が読んでくれることが、何よりも予想外だったということです。

　しかし、ぼくは今までは考えたり書く上で、想定している読者が何人かいたんですが、最近はいないんです。そういう文芸批評の場に今いるんですが、それは言い換えれば、他の人が見えてきたということでしょうけどね。その実、何も見えないと言ってもいいけれども。

　ぼくはこれまで、文芸批評にある程度自分を限定して、そこでものを考えてきたんですが、自分でもそこからはみ出てきていますからね、最近。それで、マルクスを書いた場合には、マルクス学者を意識しないで書くわけにはいかないですし、柳田をやれば、その研究者と交叉しないわけにいかない。そういうこともありますし、いろんなレベルで、自分が文学に限定して考えてきた問題が、外と出会い始めているというような感覚はありますね。

構造主義の刺激

中村　あなたはマルクスのことを書き、柳田のことを論じている。それらを読んでいて感じたことなんだが、そこでの接近方法ね。意識的にどういう方法をどう使っているか、なかなか他人のことはわからないわけだけれども、ひとつハッキリ言えそうなのは、フーコーなどの意図していることと同じ方向が見られることですね。

フーコーと言えば、まあこちらは、ある意味ではフーコーに振りまわされた面もある。まあ、振りまわされざるをえなかった段階というのもある、とは思うんだが。それはともかくフーコーが、たとえば在来の思想史あるいは思想史の叙述に対して、ある疑問を投げかけている。それに対して打ち出している新しい方向、たとえば分散とか脱中心化とか言われるものがあるわけだけれど、あなたの場合、そういうのを、べつにフーコーとかなんとか言わないでやっているように見えるんだな。

それと、あなたのほうから、自分は文芸批評の領域で、これが哲学だと思う問題をやれるんじゃないか、という話が出たわけだけれども、下手に哲学というものを専門にすると、いろいろな手続きがあるわけですよ。

時によっては、手続きを踏むことが基礎を固めることになるんだけれども、時によると、それが非常に足手まといになるわけでね。方法なら方法のエッセンスみたいなものを、自由に使うというか、そういうことを実践する人が出てきたのは、いいことだと思うんです。

それから、さっき話に出たことなんだが、哲学というのは、たしかにヘンな領域なんですね。このあいだも、ある人とその話をしたんだけれども、昔から哲学科へ行く人には二種類あって、一方は、哲学というものに何かハッキリしたイメージを持っていて行く人。そのイメージがいいか悪いかは別として、とにかく実存主義でもいいし、分析哲学でもいいし、そういうふうに何らかのイメージを持って行く人。それからもう一方は、他はどこも行きたくないから哲学科へ行くという人。その二種類があるらしい。

わたしの場合など、後者の典型だ。考えてみれば、他はどこにも行きたくなくて、自分がやりたいことがきっと哲学になるだろう、と思って行ったほうだから。そういう点では、初めから哲学へのコンセントレーションではなくて、むしろ脱中心化みたいな、反対の方向を選んでいたわけなんですね。

それと、言語の問題ね。しばらく前に、フーコーやその他の構造主義理論との関りあいで深入りすることになったんだけれど、構造主義に接する前の日本の哲学の言語論というのは、ほとんどみんな分析哲学（論理実証主義）の延長上の言語論だった。

そういうものの中にも、たとえばヴィトゲンシュタインみたいな人がいて、彼の場合、初期の『論理哲学論考』では、明らかに論理実証主義者のものとはちがう言語表現を実践していたわけだけれども、とにかく一般には、ただ言語を透明化する方向ばかりの言語論が大手を振っていて、これじゃどうにもしようがない、というふうにずっと思っていた。

自分でものを書く場合も、いわゆる概念の体系的な構築よりも、あとでどうなるかわからないけれど、とにかくしばらくは、フランス・モラリスト風のスタイルを実践してみようと思った。このような形の哲学は、それ自身としては体系をなさないかもしれないけれども、とにかく出発しないと、現実というものに接近できないという考えがあった。あとになってだんだん気がついたんですが、おかげで現象学に対して、ある距離を持つことができた。

現象学に対しては、現在でもいろいろ関心が持たれているけれど、日本で現象学というとほとんど原理論ばかりで、それを実践しようとしない。まあ、こちらは今、モラリスト風というようなことを言いましたけれど、モラリストとは一種のムールス（習俗）の観察者であるわけで、その観察が現象学の原型、あるいは少なくとも素朴な形態だろうと思うんです。

そういう形で哲学をやっていると、言語の場合も、厳密な一対一の対応を持つ科学言語を志向するという方向に、どうしても行かない。されぱと言って、自然言語の豊かさを理論的に捉えるにはどうしたらいいか、その手がかりがうまく摑めなかった。

そういう点では、いわゆる構造主義による自然言語の再発見からは、大きな刺激を受けたわけです。つまり、ただ概念あるいは「意味されるもの」（所記）だけでは、生きた思想は成り立たないということね。言ってみれば、「意味するもの」と「意味されるもの」との〝戯れ〟だな。両者のどちらを欠いても、ダメだと思うんですよ。

そのへんのところの問題が、おそらく今、哲学と文学のもっとも大きな接点でしょうね。

哲学と文体

柄谷　そうなんですね。

ぼくが、いちばん問題だと思っているのは、要するに哲学の文体ということですね。哲学であれ何であれ、文章である以上は、なんの区別もないと思うんですよ。

その場合に、これは小林秀雄が三木清に言ったことですけれども、お前の文章はなってないと。それをまた林達夫が、これはもうしょうがないのだと、フランスのモラリスト系の人から見たら、ドイツ系の野暮天はどうしようもないのは当り前だとか、そういうことをコメントしてたのを憶えてますけどね。

思想と文体を、文学者はけっして分離しないが、どうも日本の哲学者はそのことに一般に鈍感で、ちょっとバカにしたくなる心理をぼくも持っています。

哲学者の文体という問題は、じつはこれは柳田國男とも関係するんですけれども、漢字を輸入して以来の日本人の思考の問題、そういうまことに根深い源泉を持っている問題で、その問題をいつもふだんから考えてないと、思考するということがなくなって、思想が残るだけじゃないか。つまり動詞としての思考がなくて、名詞としてのそれだけが残っている。

今おっしゃったように、現象学といえば名詞として受けとっていて、その実践的形態としての現象学というのは何もない、というふうなことがある。文学の場合は、現象学を実践的にやっていると言えるでしょう。ただ、それを知らないでやっているんですよ。

柳田の場合、それを自覚的にやっているように思います。つまり、いま言ったことでも、そのことを言うだけではやっぱりダメだろう、自分でそのことを実行しなくちゃいけない。その点で、フランスの哲学者は、それを実行できる場所にいますね。

だから、日本の小林秀雄以来の文芸批評は、英米とも違うし、ドイツとも違う。どこに似てるかと言うと、むしろフランスのモラリストに似てると思うんです。すると案外、哲学者であるよりは文芸批評家のほうが全部やれるんじゃないか、という予感は昔からあったんですけどね。

ただ最初に言われた、訓練があったほうがいいという、その問題はとても重要なことで、ぼく自身には訓練がないということがすごく重要な欠陥であるし、しかもその訓練たるや、たんに大学ではできない、社会的になされる訓練だろうと思うんですよ。だから柳田というのは、そこを深く考えてる人だと思うんですけど、大学で哲学の訓練を積んだから哲学的に考えられるなんてことは、絶対にない。これはとても重要な問題で、個人的な努力では解決できないと思います。しかし、個々人がその努力をするほかないことも事実です。

それともう一つ、先ほど言われたように、ぼくはマルクスを書いたときも（底本編集者註＝『群像』一九七四年三月号〜八月号連載「マルクスその可能性の中心」。当対話から約三年後、大幅改稿して出版。従って対話中の「マルクス論」は、そのまま単行本を示していない。）、フーコーやアルチュセールの意図に近いところがありますけども、ほとんど言及してないんですね。これはにもアルチュセールを引用するとまずいとか、そういうことじゃないんです。

ぼくが、どうしてヴァレリーとマルクスだけ引用したか、あるいはニーチェやフロイトだけ引用したかというと、彼らを読むと、考える自由が残されるわけですね。しかし、直接にフーコーをやると、こっちは考えられない。だけどたとえばプラトンを読むと、考えられるわけですね、いろんなことを。

こちらに考える自由があるということが大切なので、さらに言えば、彼らの言葉は哲学的でなく、日常の当り前の言葉から出発している、ということです。つまり、いつも考えるスタートポイントに立てるわけで、ややこしい哲学概念の建築を放り出して、裸で、素手で、出発できるのです。

マルクスその可能性の中心

柄谷　マルクスの場合、誰でも疎外、対象化、類的本質などという概念を平気で使いますが、わかったような気がするだけで、わかりはしない。わかるわけがない。ぼくは理解しない。理解できても、しない。そんな言葉の組み合わせで、人間がものを考えるということが信じられないのです。

要するに、考えているのではなく、言葉によって考えさせられているにすぎない。そんなものが哲学であるわけがない。ガタガタになってしまうような建築である。それじゃ自分にわかることから考えてみようじゃないかというのが、ぼくの方法です。

ぼくがマルクス論でやろうとしたのは、単純化すれば疎外論の否定ですね。そこにアルチュセールと重なるモチーフがありますが、方法が違っています。

疎外の問題を論じるには結局、疎外の原義である交換ということからやっていけばいいだろう、という考えですね。疎外という概念は、ぼくは理解しない。交換ならわかります。商品の交換だけでなく、罪と罰、作者と読者、言い換えれば、法や言語の問題も、根本に交換という行為がひそんでいる。

マルクスの場合、『資本論』のほかに、法、言語、芸術について書かれた断片を寄せ集めてもしようがない。彼の肝心の思想は、「交換」に関する彼の熟考のなかにすべて表れている。

ています。

それは、ヴァレリーが書くことと読むことの問題として考察したことがらと、基本的に一致しています。経済学は狭い領域ですが、文芸批評も狭い。しかし、狭いところで彼らが考えたことが、広い意味を持つのであって、はじめから森羅万象を解こうなんて考えてる思想家は、何ひとつ正確な認識を持ちえない。

そこで、価値形態論のことで言いますと、フランスのものを読んでも、『資本論』に関しては、あまり正確に読んでいないと思いますね。ぼくは経済学部を出て、宇野弘蔵と鈴木鴻一郎をわりと読んだんですが、彼らのほうが、はるかに綿密にやっているという感じがします。その影響は、今でも大きいです。

それから、哲学者では廣松渉を駒場のときから知ってまして、彼の考えにはある程度共感していました。それでフランスの構造主義が日本に紹介される前から、一種の構造主義的な雰囲気があったわけです。だから特別な衝撃というよりも、人間どこでも同じことを考えるんだな、という感じのほうが強かったです。むしろ、『資本論』の読み方では、哲学者より、レヴィ＝ストロースなどのほうが、はるかに面白かった。

彼が言う親族構造の交換体系というのは、『資本論』で言うと、貨幣形態が出現する前の価値形態、各商品が実体ではなく関係項としてのみあるような世界ですね。彼は、いわば貨幣形態によって中心化されて視えなくなってしまう、商品の関係体系を取り出しているように思われるのです。直接『資本論』について書かれた本より示唆的ですね。

中村　いまアルチュセールを使うとか使わないとかいう話がでましたが、アルチュセールを使わなくても決して不思議ではないんですね。

一つには、アルチュセールのマルクス研究は、日本のマルクス研究に較べてレベルが低いというようなことを、日本のマルクス学者は言うわけだけれども、それは一面当たっていると思う。というのは、宇野（弘蔵）さんのもののような独自の研究が日本にあって、それは確かに、レベルから言えば、アルチュセールより高いと言えると思うんです。

ただ問題は、フランスでこれまで永い間、マルクス主義が主観主義的になっていた。主観主義化（主体主義化）することによって、フランスのマルクス主義は、たとえばアンリ・ルフェーヴルのように、疎外論の領域で成果をあげたわけですね。マルクス主義の人間主義化が大きな背景としてあり、それのリアクションとしてアルチュセールの解釈も出てきている。だからアルチュセールは、「認識論的断絶」とか「テオリー」とかいうことを、ことさらに強調するわけね。

思想というのは、多くの場合、ペアになっている。だから一人ですべてをやろうとすることがおかしいんで、それぞれがある役割を演ずることによって、はじめて全体として、あるディアレクティークも行なわれるわけですね。そういう点では、単独のアルチュセール評価の問題と、全体のなかでアルチュセールが持つ意味とは、ちょっと違うんだな。

あなたの書いた「マルクス」でも、疎外論の否定が一つのポイントになっていたが、その疎外論の否定をやってるのを読んでいて、二つ感想を持った。

一つは、疎外論に対する否定という考えが出てくるのは、「疎外論」が、かつてお手軽な形でまかり通っていた結果じゃないか、というふうに思える。疎外論万能、みたいな時期があったわけだから。これはまあ疎外論だけじゃなくて、戦後の日本の主観的な進歩主義とつながると思うが。

それから、実を言うとわたしも、かつてある人々から、マルクスについて共同研究しようという話をもちかけられたことがあってね。やるとすれば何を受け持つかというので、それでは「マルクスのレトリック」をやろうか、と言ったことがある。マルクス理論が、もっぱら整然たる社会科学としてだけ考えられ、2×2が4と同じように思われていた時期のことです。マルクス理論について、そういう信仰があったなかで、わたしが言いたかったのは、マルクスが言語を使って思想を表現し、しかもすぐれた言語の使い手だということだった。そのレトリックが社会科学とどう関係するか、ということを突っこんで考えてみたいと思っていた。しかし、現実にはそういう試みは実現しなかったわけです。

あなたは、『資本論』のなかの商品のことをまず取りあげて、「商品というものは一見非常に自明の理の平凡なものにみえるけれども、よく分析してみると……」というところを引いていた。そのあとのところが、とっても面白い。「……形而上学的な繊細さと神学的な意地悪さとに満ちた極めて奇怪なものであることが分かる」。この部分を使える人と使えない人、また、どう使うかで、大体マルクスをどう見るかがすぐわかる、と言ってもいいとさえ思うんだ。あなたがこれを使っていたのを見て、わが意を得たんだけれど、欲を言うと、せっかく使うのなら「形而上学的繊細さと神学的意地悪さ」とマルクスがあえて言ったことを、もうひとつ掘り起こしていたら、もっと面白かったんじゃないかな。

マルクスと言えば、形而上学を否定し、神学を否定しているもの、と簡単に考えるのが通俗的見解でしょう。たしかにある意味では、マルクスは形而上学を否定し、神学を否定している。けれども、たとえばこの用語法がただナンセンスなものだったら、こういう言葉を使うはずがないと思うんだ。

つまり、「形而上学」とか「神学」とか言われてるものがどういうものであろうと、ともかく人間の行為のなかで、あるいは知的活動のなかで、無視できない面を表していることを認めなければ、この命題は成り立たないと思う。

あなたの場合、「自明であることの奇怪さ」という点にはうまく突っこんでいたと思うんだが、「神学的、形而上学的」というほうも、もう少し突っこんでいったらって思ったんですよ。

言語論と商品論

柄谷　そうですね。今のところ、何もかも不十分なので、これからまもなくアメリカに行くことだし、そこで根本的に考えなおそうと思っているのです。
たとえば、「はじめに言葉 word ありき」というわけですが、語というものは実に奇怪なものですね。語をたとえシニフィアンとシニフィエと言い換えても、それも結局、語に依存している。同じように、商品を使用価値と交換価値と言い換えても、結局は商品に依存しています。つまり、語と商品は、たんなる基本形態ではなくて、そこにすでに形而上学的・神学的な思考を招来するようなものを持っている、と思うのです。

経済学の場合で言えば、商品という実体は、貨幣形態によって可能なのだと思います。商品を見るとき、すでに貨幣形態がひそかに前提されているわけです。言語学の場合、たぶんそれは文字形態だろうと思います。

ソシュールなんかは、文字を排除して、関係の体系としての言語を取り出していくのですが、そして、それによって「語」がもたらす形而上学を批判するのですが、それは「語」そのものの神秘性を解くことにはなっていません。

たとえば、音声的な言語の体系の場合だと、コミュニケーション（交換）は問題にならないけれども、文字化されたテクストだと、たちまち解釈学的な問題になってしまう。商品の価値体系の場合も同様で、貨幣によって、商品——貨幣——別の商品という流通過程は、相互に切り離されてしまいます。貨幣形態は、それ以前に還元できない一つの水準を形成します。

したがって、形而上学の問題も、神学の問題も、じつは貨幣形態ということの秘密にこそあるのではないか、と考えるのです。その場合、ぼく自身にとって一番わかりやすい場所は、書いたり読んだりする場所ですね。作品が書かれ、それが読まれる、その過程を厳密に考えていけば、商品が交換されるということと同じ問題がある。

ヴァレリーを引用したのは、たとえば彼は、読む側と書く側を同時に見ることはできない、と考えたからです。作品の「価値」は、そういう不透明さに根拠を持つ、と彼は言った。その過程がすべて見えればヘーゲル美学になると言って、ヘーゲル美学をそこで否定してるわけですね。ぼくは、これはマルクスがヘーゲル批判をやったのと同じ視点だと思うんです。つまり、両方の過程が見えるか。見えるのならば、これはいとも簡単なことなんですね。つまりそこで「人間」的な神学が、できあがるわけです。そこにヘーゲルの疎外論ができあがる。すなわち、彼にとっては読者も書き手もいらないわけで、作品とは、精神というものの自己疎外態であると考えればすむ。

これを、初期マルクス風に「類的本質云々」と言い換えたところで、同じです。彼らは、作品が一つのテクストとしてすでに存在してしまっていることを、見落としている。それは、経済学で言えば、貨幣形態という位相を見ないのと同じだ、ということになるでしょう。

したがって、資本制生産というものは、ある根本的な不透明性を持っているがゆえに存続するのであって、道徳的な見地や社会工学的な観点では、これを解けない。しかしマルクスの書き方は、宇野弘蔵や鈴木鴻一郎が言うように、ダメな書き方をしてまして、最初から商品の内在的価値を設定しているわけです。だから、わりあいつまらない批判がされるんですよ。しかし、肝心なのは価値ではなくて、価値形態に関するマルクスの省察だと思います。

ぼくがフーコーを読んで面白いと思うのは、十九世紀になって人間が出てきた、という彼の言い方です。

あの『言葉と物』という本のわかりにくいところは、ヘーゲルの『精神現象学』みたいに、誰のことを指して言っているのか、よくわからないってところがあるんですが、いまの文脈で言えば、それはフォイエルバッハだろうと思うんです。フォイエルバッハにとっては、「人間」という実存があって、それが疎外されている、という考えですね。マルクスがフォイエルバッハを批判して言ったのは、結局そんなものは想像的主体にすぎない、と考えたからでしょう。

にもかかわらず、『資本論』の展開において、初めから価値を実体的なものとして設定している。だけどそれは、マルクスにとっても、ほんとに書きにくかった問題じゃないかと思うんですね、実際は。

アリストテレスは、或るものと別のものとが等価だということに、ほんとは根拠はないんだと言うんですが、マルクスは、それはギリシアには奴隷がいて、人間の労働の同質性というものがなかったからだ、だからそれが見えなかったんだ。現在においては、商品の価値を構成している、人間の労働の同質性が存在する。ゆえに価値とは、人間の労働の結晶であるということが言えるんだ、というふうに言うんですよ。ですが、それだったらマルクスは、アダム・スミスにすぎない。

マルクスのすぐれたところは、価値というのは根拠を持たない、と言っているアリストテレスに戻ったところにあると思う。そうでなかったら、価値形態論を展開する意味が全然ないんですね。だから重要なのは、価値＝労働時間説（スミス以来の）ではなく、哲学に置き換えたらヘーゲルになるような考え方の、批判だったと思います。

そしてマルクスの場合、つぎに重要な問題は、相対的剰余価値だと思います。絶対的剰余価値だったら、要するに相手を乱暴に搾取すればいいんですが、相対的剰余価値というのは、まあ生産性を上げていくとか、そういうことで知らず知らずに搾取していくという剰余価値でしょう。だから、マルクスがほんとに重要視していたのは、そういう直接的な形をとらない、媒介的に現れてくるような構造、それを解明することだったんだろうと思います。

そういう意味で、当事者にとってはコードによる等価交換であるものが、いつも不等価交換になってしまうような媒介的構造をハッキリさせようとする意志が、『資本論』を貫いている。それが、「人間は、自分のやっていることを知らない」というマルクスの言葉につながる問題になっていくんじゃないか、と思ったんです。

マテリアリズムと唯物論

中村　最後に話に出た、相対的剰余価値なんだけれど、その相手が見えないということは大きな問題で、フーコーたちが十九世紀から二十世紀にかけて、大きな転回点としてマルクスとかフロイトとかニーチェとかを出してくるのは、その問題をめぐってなんですね。

つまり、マルクスにしても、自分でハッキリ意識して書いたところと、意識せずにおのずと書いてしまったところとあるわけで、後者のほうを問題にしないで、意識的に書いたことだけ擦ると、まるでつまらないものになる。

あなたの話のなかで、マルクスのアリストテレス批判は大いに問題だ、マルクスにもダメな点がある、というようなことがあった。そういうことがどんどん言われるのはいいんだけれども、それでいくと、ヘーゲルもダメみたいなことになる。両方見えていたという話が、出ていたでしょう。

ただ、最近ちょっと考えているんですが、マルクスもそうだし、さらにヘーゲルがそうであったという問題のうちには、かなり切ない問題があると思うんだ。「切ない」なんて、ヘンな言葉を使ったけれどもね。

柄谷　坂口安吾ですね（笑）。

中村　そうとでも言わないとうまく言えないことなんだけれど、やはりドイツの現実のなかで、ヘーゲルの弁証法というのは一種の一人二役なんだな。たとえば他人のテーゼに対してアンチ・テーゼを出していても、それがまるで思想的に、あるいは理論的に、展開しない場面や状況がある。そのとき、自己劇化による一人二役がおのずと要求される。

ヘーゲルにしても、相対的関係にあるものが全部見えるというのはおかしいと思うんだが、一人二役を演じてみるという形で捉えないと、どうにもならなかったということがありそうだな。

柄谷　それは、そう思いますね。

中村　その線でいくと、つながる問題だと思うんだが、たとえば、あなたはよく「自然」ということを言うでしょう。その「自然」の意味はよくわかるんだけれど、そういうふうに「自然」ということを問題にした場合に、問いかけから返ってくるものがあるのだろうか、という心配があるわけね。

つまり、ある問題を、自分の棲んでいる文学空間や思想空間のうちに投げかけた場合、ひとりでに戻ってくるのならば、一人二役する必要はない。だけれど戻ってこないという心配があると、――両方わかることはおかしいのは承知の上で――無理してもわかる、ということから出発しないとしようがない。

だから、そういう点じゃ、一方だけわかればいいというのは、ちょっと羨ましいような気もするんだな。

柄谷　いや、ぼくの考えは、一方だけわかればいいというんではなくて、両方わかるという考えに錯覚がある、ということです。

一人二役というのは結局、自己意識のなかでの運動であって、他者には出会わない。ヘーゲルが軽視したのは、マテリアルであって、いわば作品というものだと思います。キルケゴールもマルクスも、そこにそれぞれ違ったニュアンスで反撥した、と言っていいと思います。

ヘーゲルにとって哲学とは、哲学史の全体ですね。全体が見えるという観点から成り立っている。しかし時代が変われば、ヘーゲル自身もまた読まれる立場になる。つまり、ヘーゲル哲学の意義は、彼がそこにあると考えた所にはなくて、別の所にあるとみなされる。

したがって、たとえば或る精神が作品として実現されている、というようなヘーゲルの美学は、成り立たない。彼のあげている作品をわれわれが読みますと、作品の向こうに、ヘーゲルの考えたのとは違った精神が考えられる。作品が作者をつくるからです。要するに、ヘーゲルも一人の読者にすぎないのに、あたかもそうではないかのように考えている。

歴史の意味とか目的とかいう問題だって、そうですよ。人類がここまでやってきたというファクトはあるし、行為もある。しかし、その背後に何らかの主体なり、作者なり、精神なりを考えるとすれば、それは想像物にすぎない。

ところが、ヘーゲルはまだよいとして、初期マルクスあるいは青年ヘーゲル派は「類的本質」などという主体を、歴史のなかに勝手に想定し、それの実現こそ課題であるというふうに考える。これが『ドイツ・イデオロギー』以前の思考であることは明白ですが、そうは考えられていない。まるで『経哲草稿』のほうが、人間味豊かであるかのように考えられているのが普通です。

つまり、マルクスがマテリアリストなのは、唯物論者だからではなく、いっさいのイデア（形相）を斥けてマテリアル（質料）に即こうとした、ということにおいてです。

六〇年代のマルクス主義は、ひどいことに、ますますアイディアリズムに戻ってしまっている。ぼくが、全共闘時代のイデオローグが言ってる議論を猛烈に軽蔑していたのは、彼らは自己実現すべき何ものかを前提した上で議論をやっているけれども、そんなものはないんだということ、それが、ぼくが「意味という病」と呼んだものなんです。

実は、ぼくの「マクベス論」（『意味という病』所収）は、連合赤軍のことを書いたのです。たとえば埴谷雄高のように、権力あるいは階級がいっさい止揚された社会を夢想するのは結構ですが、あたかもそれが人類の目的であるかのように考えれば、そこからまさに今日の内ゲバのような事態が生じるのだ。ああいう理想主義ほど暴力的なものはない、と思うのです。

中村　ヘーゲルの場合、哲学史でも、自分を最高段階、つまり完結したものとして書いているし、歴史的ではなく論理的な書物でも、全体がわからないと部分がわからない。言ってみれば、推理小説のように、結末（結論）を前提として書いている。あるいは、後ろから書いているという性格がある。

このやり方、たしかに問題だけど、しかし最後のひとことなり、最後の結末をつくって、あれだけの内容を盛りこんで書くのは、やはりすごいことなんだ。

柄谷　もちろん、そうです。

中村　そういうヘーゲルのやり方、また、それにある程度引きずられざるをえなかったマルクスを、単純に肯定するつもりはないんだけれども、どうしてそういうやり方にならざるをえなかったかを、もう少し突っこんで考えれば、たとえば「マテリアリスムス」をたんに「唯物論」として訳してはならない、ということもわかると思う。つまり「マテリアリスムス」は、まず「質料主義」であると考えるべきことは、虚心になって考えれば、すぐわかることなんですね。

そういう点では、アリストテレスやヘーゲルを、マルクスが言葉の上でというのかな、つまり対抗上否定していることと、だからといって彼らから学ばなかったということとは、まるで別なことなんだ。

柄谷　もちろん、そうです。

中村　相手を「否定する」というのは、否定しないと自分の立つ瀬がなくなるという関係のなかで行なわれることが多いし、「コンチキショウ」と思うから否定するわけだ。だから、マルクスはヘーゲルを否定し、にもかかわらずヘーゲルから多くを学んでいる、と同時にちょっと煽られてもいる。そういうことを確認したうえで、マルクスやヘーゲルや、それからその問題を延長させるべきだと思う。

それから、あまり新しいものにそのまま依拠するのではなくて、少し距離のある、古典化したものから出発して考えることなんだけれども、わたしも前々から、決して新しいものだけをやらない方針をとっているんですよ。たとえば演劇の場合でも、チェーホフを押さえておけば、前衛劇の含む問題がよくわかるわけです。

同時代の人々の書いたものは、同時代の共通問題について、それぞれの規模、それぞれの仕方で首尾一貫した答えを出している。だから、それを否定するか、認めるか、どちらかになる。

柄谷　自由がない。

中村　そう、自由がないんだな。逆に古典のよさは、われわれがそういう自由を持てることにあるのだと思う。

柄谷　そうですね。ぼくはヘーゲルに対してもそうですよ。ヘーゲルのこわさは、キルケゴールやマルクスやニーチェが言うようなことも含んでいることですね。

両義性の回復

柄谷　ちょっと話は違うんですが、マテリアリズムという言葉は、両義性を持っているということ。それはやっぱり日本語の問題になっちゃうんですよ。

ぼくが試みようとするのは、一つには、最も単純なことから考えてやろうということです。誰でも知っている当り前なことから考えていってやろう。ところが、問題がそこに出てくる。結局、言葉のそういう両義性を回復しないと、日本語のタームでは書けない。とにかく日本語の訳語を使ったら、それだけでどっかへ行っちゃう、まるでダメなんですね。観念論でも、もう「観念論」という言葉を使うだけでどっかへ滑っていっちゃって、もとのものへ戻れない。

それは、たとえば「疎外」という言葉もそうだと思いますけど、疎外というのは何だ、要するにこれは「譲渡」することである。そこから考えれば、ホッブズの『リヴァイアサン』でも、ニーチェが『道徳の系譜』で書いているのもそうですけど、道徳とは何であるか、罪と罰が等価であるとはどういうことか。すると、その根本に商業がある。そこから考えればよい、と彼は言っている。罪とは債務であり、「眼には眼を」という観念には、すでに等価交換という発想がひそんでいる。

それを、ニーチェは語源学《エティモロジー》を使ってやる。マルクスも、しょっちゅうそうやっていますよ。彼はリンギスト（語学者）として有名だったくらいだから。したがってそうなると、言葉の源泉へ戻っていかないと、彼らの思考がよくわからないのです。それからまた、哲学というものが結局のところ、言葉の反省であるということもわからないのです。

それを考えると、ぼくらのものの考え方に、どうしてしっかりしたディシプリンができないか、がわかる。それは、そのことを日本語でできないからだと思うんですよ。たしかに、それは外国語をやっていればできるわけですけども、やっている人ができるだけで、日本語ではできない。

そうすると、教養としてはそういうことが身についても、日本語で言ってみろということになると、特に規定された概念としてしか使えない。マルクスは唯物論である、それで終わりですよね。ヘーゲルは観念論である、それで終わりなんですね。したがって、彼らの思考をもっと深いところから、ごく日常的なところから、考え直すことができない。みんな、てんでんバラバラに独創的な観念を披瀝してくれるけど、けっして共有の財産にはならない。特殊グループの言葉にしかならない。

そこが、つくづく考えざるをえない問題で、そういうときに柳田（國男）という人が、その問題をやっぱり一番考えてた人だ、という感じを持ってたんです。そういう意味で、ことは実行の問題なんだ。その実行をまずやってみないと、ほんとは何も考えられないいんじゃないか、というのが、まあぼくの最初の懐疑みたいなものですね。

これは、ヨーロッパ人はおそらく知らなくてすむことですけどね。

中村　そうなると、日本語で考える、日本語を生きた言葉として使うということなんだけれど、その場合に厄介なことは、日本語で語れることと語れないこと、という問題が出てくる。

そして、まず必要なことは、いまの日本語で最大限何が語れるかをやってみることでしょう。つぎに、それだけでは満足できない点が出てきた場合に、それをどうしたらいいかということが、大きな問題になる。

柄谷　そうです。柳田の場合にも、構想そのものは横文字だけですからね。実際は日本の本なんか読んでない。ですけど、書くときには全部消してるわけです。

今、何やら難しそうなことを書く人類学者みたいなのは、そのへんで柳田をバカにするんだけれども、文字面だけから見てるんでね。だけど、柳田ほど本を読んでいるか疑わしいし、さらに柳田の苦心そのものの意義がわかっていない。

中村　ささやかな戸惑いなんだけれど、日本語でどこまで表現できるかということを、考えれば考えるほど、なまな外国語や翻訳語は使えないということになるでしょう。

そういうときに、ある思い切りというのかな、思い切ったり、切り捨てたりすることを余儀なくされる。今までの、全部語るためには全部を語らなければならないという考え方が、問い直されるわけですね。もともと、その「全部」というのは、本当の「全部」なのかという問題が出てくる。むしろ、語られなかった部分について責任を持つ、ということですね、いちばんの問題は。

柄谷　そうですね。ぼくは一方で、外国語で書けばいいと思うんですよ、ほんとは。それはそれで書けばいい。だけど、日本語で書くときには、日本語のもつ歴史的な重量みたいなものがある。それといつも対決しないと、ほんとに考えたことにならないと思うんです。外国語で書くときには、実はこれまた、むこうの歴史的な重量を考えないと書けない。哲学用語だけ習得したってダメなんです。だから、その問題がどうしてもありますね。

ぼくは自分でも英文で書こうとすると、ほとんど発想が変わっちゃうんですよ。ふだんなら意識せざるをえないさまざまな条件を捨てて書けるから、ある意味ではとても気楽なわけです。気楽でも、いい英文とは必ずしも言えませんけどね。それは別としても、気楽であるために、大事なことを見落としてしまっている。すごく軽薄になってしまうのを感じます。

最初に言ったように、中村さんが『感性の覚醒』をはじめは話し言葉で書いて、それをあとで直したということ。ぼくは、それはある実行だと思うんですよ。日本語の二重構造なんて言って、おさまってるわけにはいかないんで、まず実行しなければならない。そうでないとすると、難しい本ができあがるわけですね。

ぼくは、フーコーそのものはいいと思うんです。それからむこうの思想家の誰でもいいと思うんです。しかし、それを日本語で書いたら、とたんにおかしくなる。それはどうしてもあるんですよ。

柳田國男が言ったのは、原則として、一ぺん話し言葉になった言葉を使え、ということですね。耳で聞いてわかる言葉だったらいい、少なくともそれを実行せよ。そういう文章家の覚悟みたいなことを言ってるんですね。柳田は平生、もっぱら洋書を読んでいたのでしょうが、書くとなると、それじゃなぜ翻訳語を使わないかと言えば、それがまだ生きた言葉になっていないからです。

だから、それは知識人と大衆とか、あるいは言語の二重構造とか、そういう問題じゃないと思うんですね。やっぱり、その人の実行の問題だろうと思う。

問題は、わかりやすく書くということでは決してない。生活のことを暮しと言ったり、社会を世の中と言ったって、ダメなんです。だけど、大衆像をつかまえると言っても、われわれの言葉そのものに、そういう源泉を含んでいるような在り方を作っていかなければ、妙ちくりんなインテリができあがるだけだからね。

言葉を成熟させていく

中村　話し言葉と文章言語の問題で、柳田さんの話を出してくれてとても有難かったんだけれど、わたしが、どうして一度話し言葉で書いた上で、文章の言葉に書き直すことを今度やってみたかというと、一時猛烈なスランプに襲われて、ものが書けなくなったことがあるんですよ。

その時に、あるところで講演を頼まれたんです。普通だったら、講演の場合、なまじ原稿を書くとかえって生気のないものになりやすいから、ある程度のメモを用意していって話すのが常道ですね。ところが、その時、それじゃとてもこわくてできなかった。そこで、ひとつ話し言葉で、話すまま書いてみようと思って書きだしたんです。そしたら案外、うまくスラスラ書けた。それだけでなく、いくつかの点で面白いことに気がついた。

たとえば、今まで成語やテクニカルタームで簡単に言えたことが、そのままでは言えない。耳で聞いたらわからないんだから。そこで、自分が今までわかっていたと思っていたことを、もう一回考え直し、言い直さなければならないですね。

そういうことをやってみて、何かそこで一つ目安をつかんだという気がした。ふだん、専門用語や学術用語を使っているとき、いかにわれわれがカッコつきで、つまり、そのなかをブラック・ボックスにしている言葉を使っているか、ということがわかったんです。

それから、これは言語論の問題だけれど、言葉というのは、たとえば喋ろうが書こうが、ひとつの呼吸があるわけで、本当は書かれた文章でも、みな呼吸を持たなければならないんだ。ところが術語を多く使うと、呼吸を殺してしまう。そのために現代では、日本語の学術的な文章用語は、記号として何かを指し示すという以上には働きにくくなっている。

それやこれや、考えることがあったために、ひとつ自分のなかでささやかな実験をやってみたんです。ただし、こんどの哲学叢書（『感性の覚醒』）の場合には、いろいろ悩みがあって、まだ、試みとしてはまったく序の口なんです。

まあ、読んでいただければわかるけれども、こんどの場合のディスクールは、基本的にはカルテジアンなんですよ。最初に言った「意味するもの」（シニフィアン）と「意味されるもの」（シニフィエ）のズレと戯れから生ずる、思想や思考の創造性というものもさることながら、もっと基本的に問題をおさえて、とにかくきちんと要点を表そうとしてみたんです。

「これは一つの試みであって、出発点にしたい」ということを書いたのは、「シニフィアン」と「シニフィエ」の戯れを十分活用したというよりも、もっとエレメンタルな試みだからです。

とにかく日本で哲学をやる場合には、ことに、あの本で書いたような問題を扱う場合には、いろいろなハンディがあって日本語の日常言語だけでは書けないが、それでも最小限、日本語としておかしくない、しかもブラック・ボックスを残さない言葉で書いたらどう書けるか、ということを試みてみたわけですよ。

柄谷　ぼくも、もちろんそう思うし、事実、柳田だってそうなんですね、難しい概念を使っているわけですから。

ぼくは自分のプリンシプルみたいなことを言えば、要するに哲学用語でもなんでもいいんですけれども、特にとりあえず誰でも使える言葉、それなりに定着していて、それなくては何も言えないような言葉なら、使わざるをえないわけです。それは使ってもいいと思う。それ以上になると、実は何も考えなくなってしまって、概念だけの遊びになってしまうんですね。

それを、いつもぼくなんか苦労してましてね。これは、なにもぼくが文学をやっているからではない。実際、文芸批評家がそんなことで苦労してるかと言えば、とんでもない。ほとんどは難解な言葉を平気で使って、堂々とやってるんですよ。こちらは、なんでこんなバカバカしい苦労をしなきゃいけないか、と思うけども。

そういう言葉を使えば、どんどん本は書けるし、アッという間に五冊ぐらいできあがるんでしょうけども、こちらはなんというか、ある意味ではバカバカしい努力をいつもやらざるをえない。それが、およそぼくらの置かれている条件じゃないか、と思うんです。

その条件そのものは、実際フランスでもドイツでもイギリスでも、もう何百年かけてやってきたことじゃないか。それまで哲学と言えば、ラテン語でしたからね。彼らの日常語には、そんなものはないんで、初めっからあんな言葉ができてたわけじゃない。

とくにドイツ語の場合もそうで、十九世紀の初めぐらいには、フィヒテでも自画自讃してますけどね、ドイツ語は生きた言語でありすぐれている、と。だけど実は、あれはラテン語をドイツ語に翻訳して、それがだんだん板についてきた、その時期だろうと思うんです。彼らのゲルマン系の言葉だけだったら、何も語れないですよ。

その何百年——おそらくギリシア人もそうだったと思いますけども、哲学的に思考できるまでに醇化されてきた、その何百年かというものがあって、初めて哲学が出てきた。言葉を洗練していくことと哲学をやることとは、同じことだと思うんだ。それなしに、不意に哲学があるわけがない。

その成熟みたいな過程、その時間というのは、われわれにもある。しかし、われわれの場合にはもう少し複雑な、これはもう奈良時代から、ある複雑な環境に置かれている。しかし、そこでやることは、逆に言えば非常にやりがいがあることじゃないかと思う。だから言葉を成熟させていくという問題と、哲学をするということとは、同じことじゃないか。それは、切り離されるべき問題ではないと思うんです。

これまで、哲学の人からそういう声がちっとも出てこないので、すごく不満だったんです。

感性その言語的構造

中村　それから、こんどの哲学叢書を書いていて気がついたことなんだが、ロゴスとしての言葉の働きには、論理以前の世界の秩序づけということがあるんですね。

詩の言葉でも、小説の言葉でも、そのことが言えるんだが、とくにエスノグラフィ（民族誌）とか博物誌とかに見られるものです。民族誌とか博物誌とかは、しばしば、学問ではない、学問（科学）以下のものと思われてきた。それは柳田さんの仕事の方法にも関ると思うんだけれども、言葉で現実を書き表すということは、やはりロゴスのなかに取りこむことなんですね。

それを今まで、学問じゃないと思っていたのは、とんでもない間違いだと思う。目に見えるものをそのまま書けばリアリズムになる、という素朴な信仰があったわけだが、それはまったくおかしい話で、言葉の働きをよく考えていけば、言葉によって現実を切り、秩序立てることは歴然たる事実ですね。そういうロゴス化を基礎とし、出発点にしなければ、あらゆる論理は成り立たないと思う。

柄谷　要するに感性のレベルで言葉を見ていく必要がある、ということですね。たとえば日本の風景を外国人が見るのと、われわれが見るのとは違うんだから、そういう意味では、感性のレベルで言語は働いている。

中村　ある思想があってそれが表現されるという、思想と表現の二元論ではまったく不十分なことは、少しものを考えている人はわかっていると思う。だけれど、それでは表現それ自身がどれだけロゴス性を持っているかということは、あまり気づかれてないわけね。

たとえば小説を読んでいくと、風景描写が出てくることがあるわけだが、永い間、風景描写が嫌いだった。ひとつには、風景描写というのは、ウソっぽちじみたものが多いからでもあったんだが、実は、文章で風景を描写するというのは、言葉によって取りこんでなければウソなんですね。つまり、言葉によって内面化されてなければウソなんだな。

柄谷　その点ですけど、ぼくが私小説について考えているのは、ふつうは私小説作家っていうのは、ありのままに書くとかいうようなことを言われてますし、当人たちもそう思っているかもしれない。それはプロレタリア文学とかなんとか、そういうのと同じで、理論としてはそうかもしれない。でも実践的には、そんなこととと違うことをやってたと思う。

結局、風景というのは写すものじゃない、窮極的にはそれは言葉なのだ、と思ってたと思うんですね。だから彼らには、ある種の修業みたいなものが不可欠だったわけで、ある風景を描いても、こんなものはダメだというふうにわかる人から言われれば、もう文句なしだったわけですね。眼が鍛えられていくわけですよ。

これは、外山滋比古がむかし書いてるんですが、日本の絵はモノクロームだ、まあ墨絵みたいなものだ。それじゃ、日本人のイメージはカラフルじゃないのかと言うとそうじゃなくて、墨絵というのは非常に抽象的なところまできている。日本人の色彩感覚が白と黒になるというのは、実際は非常に抽象化されてきてるんだ、というふうに彼は言ってるわけですよ。

そうすると、風景を見て白黒に描くということは、ふつう未開人じゃできないわけで、それはそのように見えるんじゃなくて、見えるまでの修業みたいな、それだけの訓練のようなものが文化的にずっとあったわけで、それがないとダメだと思うんですよ。

ぼくは骨董を見ても、わからない。修業がないからね。これはいいと言われて、そうかそうかと思いながら、自然に形成されていく眼が大切なんで、そこにたんなる視覚――そんなものは実験室にしかないけれども――ではなく、何か抽象性があると思います。

たとえば、山下清とピカソを小林秀雄が比較してますね。山下清には何か抜けている。おそらくそれは知性だろう。だけど、誰か知性のあるやつが絵を描けばいいのかというと、そうじゃない。なにか視覚として表れた、視覚としての言葉、そこが抜けてるんだろうと思うんです。

やっぱり絵画というのは言葉だ、と思うんですよ。色や形ではあるんだけども、そこまで言葉を考えていったら、おそらく絵にあるのは実は言葉なんだ。言葉だから、これはいい絵だ悪い絵だとかってことがわかる。その言葉の修業をやらないかぎりは、その絵が訴えてくるものはどうも理解できない。

それは、絵画の歴史が証明してるように、むしろ絵そのものが教えるんで、初めて見たらわからないですよ。何度も見て、見てるうちにその言語を習得していく。そうすると、その絵画のよさということがわかってくる。そういうものがあるんです。

ぼくは、その根本が言語だと思う。おそらく視覚ではない、と思うんです。だから、感性というところに言語をもってこないとダメなんで、ぼくは中村さんの本が、そうしていると思いました。だけど一般的に、感性と言うときには、なんか野蛮になることなんですね。

中村　そうなんだ。さっきマルクスの話も出たけれども、マルクスは、人間の感性がけっして素朴なものではなく、永い間の文明の歴史の蓄積であることを見抜いていますね。そういう捉え方をしなければ、たんなる野蛮主義になる。ところが、一般にはほんとにおかしなふうに理解、いや誤解されているわけですよ。

それから、私小説作家のほうが風景をよく見ているのではないか、ということなんだが、こういうことはないだろうか。一般にも、人が意識をことさらに集中しないときのほうが、その人の力が出ることがあるわけだが、風景描写のときにもそういうところがある。あるいは、いわゆる「意識的に描く」というのが中途半端なのかもしれない。いっそのこと、もっと徹底的に意識してしまえば、かえって対象と触れあえるんだな。

柄谷　まあ、一種のファッションになってるわけですね。見てないと思いますね。志賀直哉なんかが、見たって言うとき、ほんとに見たんだと、見てぎりぎりのことを書いてるんだって言うけれど、まったくそのとおり書いてるんだろうと思いますね。したがって、ある視覚の強烈さみたいなところに、一種の知性を見ないとダメなんだと思う。

志賀直哉が直接述べているような思想とか、そういう知性を見ていくと、これは……(笑)。だから志賀は反知性的で原始的だったとか、バカだったとか、そういうことになるけども、そういうところに出てくる知性じゃなくて、中村さんの言葉で言えば、感性として出てきている知性みたいなもの、そちらを見ないと、志賀直哉が影響を与えた理由はわかりませんね。

頭のいい人・悪い人

中村　そうね。あなたも「志賀直哉論」（『意味という病』所収）のなかで、志賀直哉の「好き嫌い」の感覚のことを扱っていたけれども、面白い問題だな。

志賀直哉は小説のなかで、すぐ、気に入らないとか、好きだとか嫌いだとか書く。彼はものを見る場合に、全身で見ているところがあるな。それが、ああいう言葉になって出てきているのであって、けっして眼に映った風景を外側には見ていないでしょう。

柄谷　そうです。外側に見ている文章というのは、それは読めないですね。やっぱり内側から出てきている風景というのは、強烈にこちらは感じますね。ぼくは小説の批評をやってますが、実際に自分が扱う作家と言うと、世の中の見方で言えば、ちょっと頭の悪い人って感じの人ですね（笑）。

まあ、どういうのかな、頭のいい人のものっていうのは、まったく魅力を持たない。さっきの考える自由ってことで言うと、こちらは考える自由を持てないわけです。

たとえば左翼の作家ってのは、たいがい持てないんですよ。彼らが考えていることはわかった、ああそうですかと、それで終わりでね。左翼でも、中野重治のようなものには、なにか魅力がある。こちらに考える自由を与えてくれる。だけど、そうじゃないと、ああそうですか、で終わりでね。

中村　中野さんは作家として、けっしていわゆる頭がいいほうじゃないでしょう。

柄谷　ないです。まあ、いわば頭の悪い人なんですよ。だけど、頭が悪いっていうのは、ぼくはいいことだと思う。頭がいいと思ってるわけ、ほんとは。

中村　今あなたが言った、頭のいい人の書くものはつまらない、ということ。実は、その「頭のいい人」は、本当は頭がよくないいんじゃないかな。パスカルが『パンセ』のなかで言っている「ドゥミ・サヴァン」（半可通）っていうのがあるでしょう。一見して頭のいいなどということがわかるように書くのは、十分頭がよくない証拠じゃないかな。

柄谷　そうですね。

中村　頭がいいということが、いかにも絢爛として見えるのは、実はいまだ生半可なので、ほんとに頭がよければ、そんなことにはならないでしょう。とくに小説家の場合には、そういうことがとてもハッキリ表れる。

柄谷　もうハッキリわかりますから。ぼくなんか、あれはダメ、これはダメってなことを露骨に言うから、いろいろうるさく返ってくるけども、自分で好きな人って言えば、小島信夫なんかそうですがね。ちょっと一見、頭がいいとは言えない。だけど彼の言ってることは、非常にすぐれて頭がいい。

中村　一面的にものを見ないんだな。絶えず自分のなかのアンビギュイティ（両義性）で見ているでしょう。だから彼のものを摑まえる確かさは、二本の指じゃなくて、八本の指でタコが摑まえるみたいな感じだ。

柄谷　それは武田泰淳なんかもそう思うんですけど、結局ああいう人が、ほんとは頭がいいんだと思うんです。彼の文章はまさに感性なんで、感性が考えてるわけね。そういう文章を書いてますよ。それがない文学というのは、ちょっとイヤですね。

中村　現実というのは一対一の対応で捉えたら、まるで一面的な捕捉しかできない。だから現実の多面性、両義性というものを摑まえる文体なり接近方法なりを持たないかぎりは、摑まえようがないんだな。

柄谷　ぼくはまあ、ちょっと酒が入ってきたから言いたいこと言うけど、この『現代思想』なんて雑誌、ときどき読んでね、頭悪いなと思うの、ほんとに（笑）。ともかくディアロゴスというものを、ほんとにやったことないんじゃないか。

　そういう人たちは、おそらく当り前の日常的な事柄に関して、正確なことを一つも言えないんじゃないかと思う。つまり人間が生きたり死んだり、くだらないことをやってる、そのことについても考えてるかどうか。おそらく、考えてないんじゃないか。考えてないってことが、文章に表れているような気がするんです。

　難しいこと言ってもいいんだけど、一見くだらないことについてのモラリスト的な考察、そういうことができてない人たちじゃないか、って感じを持つわけですね。彼らは、小説で言えばインテリの小説のようなものだと思うんです。そういう人とそうでない人ってのは、一読すればわかりますね。文章自体が違ってきてます。文体があるって感じなんですけどね。

中村　べつに『現代思想』を弁護するんじゃなくて、哲学をやっている人間一般について、日ごろ見ているところから言うと、今あなたが言ったこと——ごく普通に生きたり死んだり、あるいはくだらないことに直面して、ということを考えないのじゃないかということ——を必ずしも考えていないのじゃない。ただ、そういうものとカッコつき「思想」というものと、別個に考えがちなんだな。

もっと言えば、そういうただの「思い」のなかに閉じこめておいた上で、別個に「思想」を考えるんだろうね。もちろん、他人ごとではないんだが。日本の「哲学」とか「思想」とかは、みんなカッコつきで言わないと、恥ずかしくて言えなくなる原因だと思うんですよ。

柄谷　ぼくなんかが結局のところ、哲学科へ行くとか行かないとかいった時にあった躓きが、いまだに続いていますね。それは、みんなそうじゃないかなと思うんですが、そのとき躓かなかった人はいまだにダメで……躓いちゃってもダメなんだけど（笑）、躓きっぱなしだからこっちはダメだけれども。

誰でも、躓くところで何かが必要じゃないかな、と思うんですけどね。そういう躓きをなるたけ緩和できるような、教師や友人が……。だからアランみたいな人が、そういう教師の役割をした。それを高等学校でやり、大学ではやらなかったということは、非常にいいと思いますね。つまり大学では、もうできないと思うんです。

だから、こういう問題を考えていると、国語教育という問題に行きつかざるをえないんです。柳田國男の場合でも、それを考えていたと思います。彼は自分の書くものの読者を、小学校の教師に置いていたんですね。今とは違って、そのころは村の小学校の先生と言えば、その地域で重要な存在だったわけですね。

自分は小学校の教師に向かって書いているが、折口（信夫）君は神官に向かって書いていると、そういうことを言っている。柳田の読者の選び方は、すごくいいと思うんですよ。そのことが、実際にも柳田と折口の、文章と思考のスタイルを決めているように思いますね。

中村　今もっとも困るのは、手ごたえのある読者対象が捉えにくいことですね。フィクションとして、どこかに設定しないわけにいかないのが現状でしょう。誰に対して語るのかということは、ものを書く人間にとって大問題だね。

柄谷　おそらく西田哲学にせよ、ああいうものは、高等学校および大学生の部分に語ったと思うんですね。小学校の先生を対象にした柳田とは、大きな違いがあったと思うんです。今はそれと同じ図式では、まるで言えませんが。

思想と文体

中村　柳田と西田の比較の話が出たわけだけれどね、わたしの場合、まあ西田にしても柳田にしても、ずいぶん前からその上空を旋回しながら、なかなかうまく着陸できないでいるんだけれど……。一つは、これだという自分との関係ができないとダメだ、ということがある。しばらく前から、ようやく、西田に対する自分なりの関り方が決まってきた。その手がかりになったのは言語、とくに日本語の問題です。つまり西田哲学とは何かと言うと、日本語の論理を自覚化したものではなかったか、と思う。日本語を使って考えることで、おのずと出てくるロジックというものがあるでしょう。それを突き詰めていったらどうなるかということ、それを哲学としてやったのが西田じゃないかと思う。

これまで、たとえば「場所の論理」とか「無」とか、「絶対矛盾的自己同一」とかいうのは語体系）としての日本語のなかにある。もちろん、ラングとしての日本語というのは、ただ言悪評の的だったけれども、別の角度から見ると、そうとしか言えないロジックが、ラング（言

葉だけの問題ではなく、日本人の生き方、死に方にも関係している。

柄谷 ぼくは西田幾多郎を昔、わりと読んだことがあるんですよ。乱暴に読んでたから、あんまり頭に入ってないけども、ただ自分の感想で言うと、『善の研究』ってのは、文章はいいと思うんです。それ以後は、非常に難しくなる。ぼくは、あれはやっぱり読者が違ってきたんじゃないかと思うんです。

『善の研究』のときには、彼の境遇から言って、開かれた読者を相手にしていた。逆に言えば、自分自身を開いていたような感じがありますね。そのあとは自分を閉じてしまっている。それが逆に教祖的な魅力を持つことになったのですが。

これは、戦後の思想家にも当てはまるんだけども、自分が読まれてないというときには、かえって自分を開いているんですよ。つまり誰に読まれるかわからないために、自分を限定しない。誰が読むかもわからない。不特定だけれども、しかし、こわい読者を設定して書くわけですね。ところが読者がハッキリ想定でき、安定してくると、それに向かって書くようになるわけです。そこで文体が変わってくるんじゃないか。ぼくは、経験的にそのことがよくわかりますけど、哲学者のほうは、あまりわからないかもしれない。哲学者という読者だけをふだん想定しているから。

それからもう一つ、最初のことに戻りますけど、哲学的言語の問題ですね。ぼくはさっきか

ら、各人で実行すべき問題だと言ってますけど、抽象的な問題を語ろうとするとき、正直に言えば、もうどうしようもないんです。

日常的な言葉を書きつらねていっても、抽象的なことを語りうると思います。ほんとは語りうるんだけども、その困難は並たいていじゃない――ぼくは絶えずグラグラしてますが――それならいっそのこと、概念的な言葉をそのまま使っちゃったほうが楽じゃないか、と思ったりする。たとえば英語で書くとなると、それができるんですよ。ところが日本語でやると、それができない。そのために、こちらもちょっと一瞬バカになる。そのバカな状態で書いてるわけです。

ぼくの「マルクス論」なんかでも、おそらく哲学者が見たら、バカが書いてると思うに決まってる。なぜなら、難しい言葉を一つも使ってないから。しかし、そのバカの状態で、ものを考えないわけにはいかない。

さきに中村さんは、カルテジアンのディスクールで書いてるって言われたけど、ぼくは、カルテジアンであるべきだと思ってる。デカルトは、文章をつくった人ですね。哲学をつくっただけじゃなくて、文章をつくった。文章そのものを変えてしまった。マルクスだって『ドイツ・イデオロギー』以後、文章が変わりますからね。しかも、ある必然において変わるわけですね。文体の変わらない哲学者なんてのは、これは考えてない哲学者、生きてない哲学者だと思う。

そうしますと、文章というものを、生きることと考えることとに結びつけている人においては、新しい思考は、必ず新しい文体にならざるをえない。デカルトの場合に、典型的にそうだと思います。

デカルトの文章を措いて、デカルトの思想は語れないし、それを除いて語ってる人は、インチキだと思います。だからフランス人にとっては、常にカルテジアンであるほかないと思いますよ、フランス語で書くかぎりは。たとえばフーコーにせよ、ある種の伝統は、ずっと保ってますよね。

中村　初めはうっかりしていたんだけれど、フーコーの場合でもよく読んでみると、「哲学は、ヘーゲルで終わった」、「現象学は、意識の自己満足である」、「デカルトは、コギトに閉じこもっている」などと言っているんだけれども、そういう相手のものにかぎって、彼はつよく意識していて、しかもきちんと摑まえているんだな。

だから、それらは全部いわば最大の仮想敵、つまり、それらのエッセンスはことごとく頂いているんだと思う。したがって「反コギト」などというのも、何よりも、いかにデカルトを問題にせざるをえないかを、示しているわけだ。

柳田國男と小林秀雄

柄谷　そうです。ぼくはいま小林秀雄が大嫌いなんですが、だけど、ぼくの文章ってのは、小林秀雄的なのですからね。

中村　たしかにあなたの文章のスタイルは、きわめて小林秀雄的だな。小林秀雄的なものをただ清算して、何が語れるか、ということはあるね。

柄谷　そうなんですよ。小林秀雄を単独にとりあげて、小林秀雄を否定するなんてことはつまんないです。ぼくは小林秀雄ってのは、日本の思想史のなかで、デカルト的な意味を持った人だと思うんです。文学の批評においてだけでなく、哲学においても。だから小林秀雄って人を問題にしないかぎりは、にっちもさっちも行かないけれども。

しかし、小林さんが立っていた、いわゆるエピステーメーを考えていくと、不思議なことに柳田國男にはまったくないのね、小林秀雄が持っていたようなものが。

中村　それはないでしょう。

柄谷　柳田國男に、小林さんは頭が上がらないと思うんですよ。それは事実そうらしい。中村さんが、柳田にはフーコーみたいなものがあるんじゃないか、と言われたことがきっかけで考えてみたんですけどね、じつは。

考えてみると、端的に「個人」ということをとりあげてもいいけど、個人というレベルを柳田國男って人は、他の人とはまるで違うところに考えてますね。

個人とは、柳田にとっては旅人なんですね。村から出る、村の或る守護神から出る、そういう状態が個人なんです。それで、それが内面化されたのが、村の中にいても個人である。となると、共同体そのものには個人の契機ってのはないんだ、というのが柳田の考え方だと思うんです。

そうすると、個人というものを初めから持ってきたら、すべてそれは、フーコーが言う「人間」だと思うんです。小林秀雄は、そこから始めてますね。柳田には、個人て問題はまるきしない。自分が生きる死ぬっていう問題もない。じゃあ、彼がその問題を考えてなかったかと言うと、それぱっかり考えてる人なんです。

だから柳田について考えるとき、十九世紀じゃなくて、どうしてもその前へ行かないと考えられないんですよ。柳田は、私小説に行くほうの、まあ自然主義派ですけども、自然主義派と途中で別れてしまう。その別れにおいて、オレは文学はやめたと柳田は言うんですが、これは今まで、わりと皮相なレベルで考えられてきたけれども、実はものすごく大きい問題じゃないか。

なぜ彼は、田山花袋を嫌ったか。その問題を考えていくと、どうもそこで「人間」が出てくる思考と、「人間」を否定した思考、その二つに分かれたのではないだろうか。そうすると、そのへんの問題がおそらく、中村さんが柳田にはフーコーに類似する点がある、と言われたことじゃないかな、と思うんですけども。

中村　小林秀雄という人は、よくも悪くも十九世紀のヨーロッパと激突、というより精神的体当たりをした人だ。つまり、その遭遇のなかには、否応なしに人間がまさに「人間」として出てきてしまっている。ところが小林さんは、そこにある一種のごまかしに気もついて、なんとかしてそこから脱け出そうとしている。しかし、やはり小林さんには、その「人間」から脱けられないところがあると思うな。

それにしても、小林さんがなぜごまかしに気がついたかと言うと、「人間」「人間」と言った場合には、かえって人間はほんとに出てこないっていう、パラドックスがあるでしょう。おそらくそのことは、田山花袋あたりの一種の自然主義に、もっとも無残に出てきていると思う。露わに「人間」を書こうと思えば思うほど、人間は消えてしまうということね。それを感じるか感じないかというところで、大きな問題があるんだ。

それから、よく言われるように、小林さんにおいて初めて、西洋の近代的自我みたいなものが実現した、というより、むしろそれがハッキリ取り組み合う相手になった、ということだね。

柄谷　そう思います。小林秀雄が初期に『ランボオ』のなかで、自意識の球体ということを言ってますね。ボードレールという自意識の球体を、ランボーは破砕したのだ、と。小林さんてのは、その自意識の球体と、その外へ出ることと、その二つを形を変えてくり返しているわけですね。

今の『本居宣長』もそうなんで、漢心から大和心へ出るというプロセスをくり返している。絶えまない反復であり、循環なのですね。自意識の球体に深く閉じこめられれば閉じこめられるほど、逆に、その外にある現実なり他者なりを発見しうるという、その二つが、一緒に表裏一体についていると思うんです。

ぼくが、いま疑っているのは、小林さんのそういう循環構造そのものの在り方自体ですね。実際、球体であれ牢獄であれ、そんなものは何もないんじゃないか。そんなものは勝手につくっただけじゃないか、と思うのです。なにか致命的な錯覚が、根本のパターンにあるんじゃないかと思う。

　ぼくが柳田國男に興味を持っていたのは、柳田ブームがあったからでもなんでもない。そう誤解する人がいるかもしれないけども、そういう種類の柳田論なんて、ぼくは大嫌いですからね。「常民」であれなんであれ、それこそまさに小林秀雄的モチーフになっちゃうんですよ。つまり、知識人の限界を突破して常民に至る、というような……。そういった発想は、柳田にはまったくない。ぼくは、それが柳田の好きなとこなんです。

　柳田という人の本当の面白さは、おそらく「人間」というイドラを持たないで考えた、という点にある。それに関してまったく無縁だったのか、それともそれを斥けたのか、そのへんの評価の違いはあると思いますけど、斥けたのだとぼくは考えたい。つまり、その時に起こった事件が、すなわち『文學界』との訣別ではないか。そうだとしたら、そうとうすごい。

中村　そうだ、たしかに……。

　ただ、斥ける斥けないっていう問題は、当人がそういうつもりであったか、なかったかという問題とはだいぶ違うと思う。つまり、当人があることを意図して『文學界』と訣別しても、実際には、もっと深いところで訣別が起こっていることがあるからね。

　小林秀雄の問題について、もうひとこと言うと、ずっと前に、小林秀雄という人はナンセンス（ノン・センス）のわからない人じゃないか、ということを書いたことがある。ナンセンスというものが、彼の自意識では摑まらないんじゃないか、と。ナンセンスというのは、物質的なものを含んでいるから。そういうナンセンスのわからないところが小林秀雄の限界、というよりも彼の大前提が、絶対的にナンセンスを許容しないんだな。

柄谷　そりゃね、小林秀雄の感染力たるやすごいですよ。ぼくは、いまだに小林秀雄を読んだあとは、ちょっと文章書くのをやめてるんです。何かおはらいをしないとね（笑）。すぐ感染《うつ》っちゃう。

たとえば、「見えるものには見えるであろう」なんていう書き方は、ダメなんですよ。ダメなんだけれども、小林さんの文章のなかじゃ生きてるんですね。真似をすると、ひどいことになる。

中村　なぜ、おはらいせざるをえないかと言うと、まあ、あまり簡単に使いたくない言葉だけれど、その表現が言霊《ことだま》になってしまっている。ヘンに日本語として生きている。だから、それでグサリとやられると、とてもとても、理窟で排除しようとしてもダメなんだ。

だけれど小林さんの場合には、意識からの超越みたいなことをめざし、また言いながら結局、超越していないでしょう。

柄谷　ええ。ぼくの考えでは、超越すべきだと考えるからいけないんで、自分で作った罠に、自分で嵌ってしまってるんじゃないか。もともと、そういう設定はないんだと考えれば、超越ということもない。

だけど、その後どうなるのか。あるいは、それがナンセンスの世界かもしれない。だからナンセンスがわからないのは、当り前だとも言える。

中村　まあナンセンスということも、たまたまあなたも問題にし、わたしも前々から問題にしてきたけれども、考えてみると、のっけからナンセンスが出てきたのではダメなんだ。小林さんみたいに、ぎりぎりなところまで行った上で、初めて問題になりうるんでね。

柄谷　それは、よくわかりますよ。

ぼくは、自分の本に『意味という病』というようなタイトルをつけたけれども、実は「あとがき」で、こんなことは主題じゃありませんよと断っているんですが、それがやはり主題だと考えられると、イデオロギーにすぎませんからね。

中村　それは、言っておく必要があるな。

〔『現代思想』一九七五年十二月号〕

アメリカについて

安岡章太郎

史的事実と意識の事実

安岡　ぼくは、坂上（弘）君から聞いたのかな。君がマルクスをやるという話、これは非常に面白いと思うんだな。
柄谷　アメリカでそういうことをやる、ということですか。
安岡　うん。
柄谷　それは、われながら面白いと思いますけどね（笑）。だけど、どういう意味ですか。
安岡　アメリカでマルクスをやるということは、不思議でも何でもない。
　そうじゃなくて、たとえば君は文芸評論家だけれども、マルクスならマルクスという人物を一人つかまえてというか、その中へ入りこむわけだろう。マルクスの中へ入りこむことで、ヨーロッパの近代文化とか、そういうものがいろいろ出てくるんじゃないかという気がするし、それは君が何書くかわからぬけれどもさ。
柄谷　もう書いてますけどね（笑）。
安岡　そうか。
柄谷　マルクスといっても、ぼくがやるのは主に『資本論』ですけれども、べつに経済学というわけではないんで、おっしゃるように文学あるいは言語の問題と直接に関連するんです。
　しかし、人に聞かれたことがあるけれど、それをどうしてアメリカでやるようになったかは、自分でもよくわからないんですよ。それは、アメリカという社会の性質とも関係があるんじゃないか、と思うのです。

一つ言いますと、日本人は、あまりアメリカ人のインテリの部分を知らないんですよ。いわゆるアメリカ的なインテリはよく知っていますが、アメリカの大学のキャンパスにいる批評家なり思想家なりが、どういうことを考えているかということを、知らないと思うんです。ぼくは、行ったところがイェールで、たまたまそこが、現在のところアメリカの知的中心だったので、その部分を知るようになったわけです。アメリカでマルクスをやるということは、とても奇妙に見えるけれども、そこにいれば、何も奇妙じゃないのです。日本の文芸批評のほうが奇妙ですよ（笑）。

なぜかと言うと、日本の批評には、原理的に物を問う姿勢があまりないでしょう。批評というのは、ぼくはいま文芸時評をやっていますが、こういうものをぼくは、ことさらに批評とは思わないのです。批評という仕事は、何も小説なら小説というものに限定されてはいないものだ、と思うのです。だから、ぼくにとっては、マルクスをやることもやっぱり文学批評なんです。

と言っても、文学的にマルクスを論じるという意味じゃないんで、小林（秀雄）さんが『本居宣長』をやるのと、そんなに変わらないつもりでやっているのですけれどもね。

安岡 『宣長』は、ぼくはまだ拾い読みの程度にしか読んでいません。あれは、そんなに速く読める本じゃなくって、非常にゆっくりでないと読めないものですね。ですから『宣長』のことは話せないけれど、あの中に、文学の歴史的評価というものが、じつにきわめていい加減なものにすぎない、という意味のことが出ていましたね。

古典、国文学でも、それを評価するのに既成の物指しができあがっていて、古典の一つ一つにじかに触れて、その中に入っていくことをしない。そういうことが暗黙の了解のうちに成り立っている、と言うんだな。これは古典や文学の領域だけのことじゃなくて、現代の情報整理っていうのは、みんなこんな具合になってるんじゃないか。いや、文学を情報と考えれば、能率的な物指しで処理することになるんだな。

だから、アメリカでマルクスを読むことがおかしいというようなお粗末な物指しでは測れないことを、君がやるのは面白いよ。……しかし、物指しも現代文学になると「事故のてんまつ」（臼井吉見）なんて物指しまで出てくるんだから、おっそろしいよ。作家の体験を調べることとか、生い立ちを調べるとか、そういうことが文学を離れて〝物指し〟だけで横行すると、ああいうふうになっちゃうんだな。

柄谷　なっちゃいますね。

もちろんマルクスだって、いろいろあるんですね。たとえば彼は、女中に子供を生ませているわけです。その女中は、マルクスの奥さんが結婚するときに連れてきた人ですから、ぼくなんか、年上の女中さんみたいに思っていたわけですよ。ところが実際は年下で、マルクスの奥さんはマルクスより年上だけど、その女中は年下なんです。それがずっと最後までいて、かつ墓場にも一緒に入っている。そしてその女中に、マルクスは子供を生ませている。それは致命的なスキャンダルだから、エンゲルスの子供ということにして、隠したわけですね。

あとで、マルクスの娘が憤慨したそうですが、その子供はちゃんと成長して、イギリス人として死んでいるのです。そのことがハッキリしたのはわりと最近のことですが、他にもいろいろあって、そういう私生活の上でも、面白いことは面白いのです。

安岡　もちろん、彼の思想と私生活は切っても切れないところがあるわけだね。しかし、外部の私生活上の出来事よりも、もっと大きな出来事が彼の内部にあったわけだろう。外部の事件は……。

柄谷　ええ。外的なほうでも面白いことは面白いのですが、ぼくは、やはりそんなものに還元できない内的な事件が存在すると思うのです。

小林さんの『宣長』では、契沖、真淵、宣長というような順序がありますが、そういう思想のドラマは、ドイツの古典哲学では、カント、ヘーゲル、マルクスの流れにあると思いますね。カントはすごい人で、ヘーゲルによって否定されてしまうことはできないし、ヘーゲルも、マルクスによって否定されてしまうような思想家じゃないのですね。

そういう思想家のぶつかり合いみたいなもの、しかもそれぞれ超一流ですから、そういう連中のことを考えているのは、とても楽しいのです。それは、生きている人間があれこれやっているのと、ちょっとレベルが違うんだけれども、やはりものすごいドラマがあるのですよ。

安岡　結局、それだろうな。小説家の仕事も評論家の仕事も、そういうことになると、本当は変わりないはずだね。

柄谷　そうですね。

事実と言っても、マルクスが私生児を生ませたというような事実ではなくて、思想、いうならば意識の事実ですね。そういう事実の問題は、とことん厳密に考えれば考えるほど出てくるんで、いわゆる哲学史的な常識は、全然とるに足らないというところがありますね。

「アイデンティティ」をめぐって

安岡　しかし、大変は大変だろうな。

柄谷　大変だけれど、やはり充実感がありますね。本当は、なかなか捗らないのを楽しんでいるんです。

これは、「アイデンティティ」とか「ルーツ」ということとも関係があるんですけどね。「アイデンティティ」とはどういう意味なのか、ぼくにはよくわかりませんが、つまるところ語源的に言ったら同一性ですし、或るものとそれとは違うものとを、同一化または同一視するという意味でしょう。

安岡　そうだね。アイデンティティという言葉は、一種の流行語だし自分でも言うけれど、何なんだか心もとない。

柄谷　アイデンティティとは、基本的には、何か別のものとのアイデンティフィケーションだと思うのです。さしあたって、アイデンティティと言うと、身分とか所属のことだと思いますけどね。身分証明書のことを、ＩＤカードと言いますしね。

安岡　エリクソンという人の本をちょこっと読むと——オレは何だってちょっとしか読まない

けれども（笑）、また、それに読みにくい本でもあるけれど——その中で、ユダヤ系の兵隊に頭のおかしくなるやつがいて、そのユダヤ系の兵隊の臨床例として、identity-crisis というのが出てきた、ということが書いてある。その時、どういうふうにして crisis が起こったかは全然書いてないために、ぼくにはそれ以上のことはわからないんだけれどもな。

柄谷　エリクソンの場合、やはりアメリカ的な経験が土台になっているように思いますね。そのこと自体は悪くないんで、フロイト自身も十九世紀末のウィーンの、しかもユダヤ人の家族を分析したわけで、フロイトの批判者はその歴史的な限界を指摘するけれども、たとえばいわゆるエディプス・コンプレックスという概念は、そういう狭いところに限定しえない一つの普遍性を持つわけですね。

しかし、エリクソンという人は、フロイトにとって重要だった「性」の概念をとり去ってしまったのです。そして、それを一般化して「アイデンティティの危機」ということにしたのですが、それは、ほとんどフロイトという思想家を台なしにしてしまうことだ、とぼくは思うんです。

ぼくは、心理学者を内心では軽蔑しているんですよ（笑）。心理学的実在なんてものはないんで、それは言葉であり、比喩であり、つまりは文学なんですね。フロイトは、それをよくわかっていた人でしたけど。いずれにしても、エリクソンという人の考え方は、一般的に応用しやすいから、流行するようになったわけですね。

ただ、アイデンティティという場合、いつも何かに対するものでしょう。自分自身とのアイデンティティだって、I と me の一致なので、つまり自分と、自分が対象化している自分との同一性であって、違うものとのアイデンティティでしょう。

アメリカにいてぼくが、identity-crisis と言うべきものがあったとすれば、何かとのアイデンティティを持たないで生きることのアイデンティティみたいなものを求める衝動を、非常に強く感じたことかもしれませんね。

フロイトが昔、ユダヤ人のアイデンティティという言い方をしていますけれども、それは、ユダヤ民族へのアイデンティティでなくて、何にも所属しないで生きる人間のアイデンティティという意味なんですね。先祖には、スピノザみたいな人がいるわけですね。ユダヤ教でもないし、キリスト教でもない、そういうのを超えたところに立った。これはユダヤ人にかぎらないので、ニーチェでもそうなんですね。

今度は、そういう人間たちに、こちらがアイデンティファイすることになるわけですね。だから結局、何かとアイデンティファイしないと生きてはいけないけれども、問題は、何にするかということにある、と思うのです。国家にアイデンティファイするか、身分にするか、肌の色にするか、そういう違いはあると思うのです。

その意味では、ぼく自身がそういうアイデンティティの危機を持ったのかもしれないな、と今になって思うのです。やっぱり日本にアイデンティファイするのはいやだったし、むろんアメリカにはなおさらいやだった。だからマルクスについての仕事を途中から始めたと言えるかもしれませんね。それを始めてから、やっと精神状態がよくなったという憶えがありますから。

安岡　しかし、ぼくなんかは、アイデンティティという言葉がアメリカ人の口から出ると、とても血なまぐさい感じですね。アメリカの社会は特に、身分というより、身分イコール血液みたいなところがあるでしょう。そのせいかもしれないけれども。

アメリカのユダヤ人

柄谷　血なまぐさいというのは本当ですね。ユダヤ人のアイデンティティと言っても、それは血で満ち満ちているわけで、そこで言われているわけだから。

アメリカで安岡さんは、黒人に関心を持たれたんでしょうが、ぼくはもともとユダヤ人に興味があるのです。それでアメリカで気づいたのは、今のユダヤ人は、特にアメリカのユダヤ人はダメなんじゃないかと思う。それはイスラエルのせいだと思うのです。イスラエルに何かアイデンティティを持ってしまったんじゃないか、という気がする。

安岡　シオニズムという意味じゃなくて……。

柄谷　必ずしもそういうハッキリとしたイデオロギーではなくて、何か形のある故郷を持っちゃった、ということですね。

それから、彼らはアメリカで、すでに押しも押されぬ地位を確立したでしょう。そういうこともあって、なにかユダヤ的知性を発揮するようなユダヤ人が出てくる条件が、なくなっているような気がしたのです。

安岡　ナショナリスティックになったのか。

柄谷　なったんですね。それは、独特な形でですがね。

あい変わらず教育環境はいいし、ほかの連中とは違っている。日本人とよく似ており、とても教育熱心なんですが、どこか知的な自由というものがないような気がしますね。有能だけれど、何かに所属してしまっている。キッシンジャーなんかとても有能なんだけれども、今のユダヤ人には、ああいう感じがあるんですね。

安岡　キッシンジャーという人は、日本の新聞で読むだけだけれども、ユダヤ人らしい優しさがないみたいだな（笑）。

もちろんこれは、ぼくの狭い経験のことを言ってるんで、ユダヤ人というと、ぼくは、金貸しのユダヤ人なんかにも会ってないわけだよ。ただ、ぼくの本当に貧しい英語――貧しいという以下だな――それをまじめに聞いてくれるのは、ユダヤ人だけだったな。だから、ユダヤ人の顔見ただけでホッとしていた。

柄谷　ぼくも事実上、ユダヤ人の友達が多かった。一番話しやすかったし、およそ人間関係に対する感受性が似ていますからね。

ただ、何かしら完全にアメリカ人だなという感じはします（笑）。

安岡　それはしようがないだろう。それは、イスラエルができようが、できまいが、そうなんじゃないかな。

でも、確かにああいうイスラエルという国ができて、しかもかなり武断的な国家ができてしまうと、今までと姿勢が違ってくることは当然ありうるわけだね。

柄谷　職業的にも、ある領域では、ユダヤ人は今や多数派ですからね。少数派なんていうものじゃありませんね、特に都会では。大学でも、昔は少数派だったでしょう。戦後でも、ユダヤ人でコロンビア大学で正教授になれたのは、おととし死んだライオネル・トリリングという批評家が最初でしょう。今はウヨウヨいますからね。

昔、学生のころ、アービング・ハウの『小説と政治』という本を読んで感心したことがあるのですが、その人がイェールに講演に来たので、ブラッと聴きに行ったんです。そうしたら、何とまあ部屋の中にいるのは全部ユダヤ人で、しかも例のちっちゃな帽子をかぶっているのです。ヘンなのは、ぼく一人ですよ（笑）。それでイヤになっちゃったんですけれどもね。

安岡　おそらくユダヤ系のアジア人と思われたんじゃないかな（笑）。言うんだよね、「あなたはユダヤ人の血が入っているか」と。君は聞かれたことがあったんじゃないか。

柄谷　似たようなことがありましたね。

安岡　そうだろうね。

柄谷　血が入っているかとは聞かれなかったけれども、お前のほうがずっとユダヤ人だ、と言われたことがある（笑）。

アービング・ハウという人はユダヤ人だけれども、ユダヤ性ということをまったく出さないでやっていた人なんですよ。ところが、数年前にユダヤ移民の問題で、ちょうど『ルーツ』のヘイリーみたいな仕事をやって、ユダヤ系移民のルーツを調べて、ベストセラーを書いたんです。ですから、いまやユダヤ人の代弁者なんですよ。

昔の彼の仕事は、マッカーシズムの後ですから、左翼が左翼を隠した形でやっていた批評だったんです。それが今や、ユダヤ人の代弁者をやれば売れるし、有名になるし、講演を聴きに来る人たちも、例の帽子かぶった連中ばかりでしょう（笑）。何となく、あの帽子かぶってる人は、ぼくは尊敬する気になれないですね。ニューヨークなんかでは、とても多いんですよ。

安岡　そうかなあ。シナゴーグという所に、ニューヨークの町で、ぼくは十何年前だけれども、いよな。シナゴーグという所に、ぼくは連れていかれたことあるけれども、そんなもの、普通見ないよな。

柄谷　いまは多いですね。それでかなり意気揚々としていますからね。

黒人たち

安岡　しかし、黒人も……ぼくは去年の夏、ちょっとアメリカへ行ったんだけれども、あれだったな。ともかく驚いたのは、ボストンで一番いいというか、代表的なホテルをとれなかったわけだ。行ってみたら、そこで黒人の集会をやっている。それで次に、今度はなつかしのナッシュヴィルに行ってみた。そこでも、市内で一番いいハイヤット・ホテルというのがあるんですが、やはりダメ。行ってみたら、黒人が全館ほとんど借り切って、集会やっているわけだ。これは、ぼくはビックリしたね。とにかく以前のナッシュヴィルでは、黒人はもちろん絶対に泊まれないし、われわれ日本人がホテルへ入っていっただけで、ロビーの客がジロリと見たぐらいだからね。

柄谷　ニューヘブンでも、ここ五、六年でしょうね。人口比が本当に変わっちゃったですね。

安岡　ニューヘブンに、黒人がかなり住みついているわけ……。

柄谷　ものすごく多いですよ。とにかく大学のキャンパスの周りには、黒人とプエルトリコ人と学生しかいないのです。

ぼくは知らないものですから、最初そこに二週間ばかり住んだわけです。そこに以前に住んでいた人が黒人ということは、黒人の雑誌とかいろいろなものを残していたんでわかった。家のすぐそばに広場があって、夏でしたが、そこに集まって毎晩のように歌を歌って、ワーワーやるのです。子供を学校に連れていったら、とにかく九十何パーセント黒人なんですよ。あとで聞きますと、その地域は、夜中に歩いてはいけない地域なんですって（笑）。

それで、とにかく郊外へ引っ越しました。そしたら、そこはイタリア人の所で、黒人は一人もいないのです。昔、黒人が一家族入ってきたけれども、子供をそそのかして、いじめて追い出しちゃったらしいのです。そういうことを得々と喋る連中がいる。隣がマフィアの家ですから（笑）。南部の人種差別とちょっと質が違いまして、「バッシング」というのがあるでしょう。通学区域をバスで移動させる……、

安岡　スクールバスのこと……、

柄谷　ええ。それが「バッシング」という言葉になっているんですね。その問題で人が死んだ

りしている最中に、ぼくは着いたわけですが、その騒ぎの本場はボストンなんです。ボストンが最もきついのです。アイリッシュが多いでしょう。アイリッシュとイタリア人が、いま黒人と一番もめている連中らしいんです。南部は、わりとスムーズだという話ですけどね。

安岡　いや、どうかな。

ぼくは十七年前、ナッシュヴィルに行ったときは、黒人は、夕方になると、そばに来るまでわからないんだよ。うつむいておとなしく歩いていて、しかも皮膚の色が黒いから、まわりの空気にすっかり溶けこんじゃって、まったくわからなかった。だから、そばまで来て、黒人の目がギョロッと光ると、ギョッとした。

ところが、八年前にまた行ってみると、その時はもう、ダウンタウンで白人がぼくらとすれ違うと、向こうがパッと道よけて、ニコニコと笑うわけだよ。そんなことは、十七年前のナッシュヴィルでは絶えてなかったわけ。ところが今度は逆に、黒人は道を絶対に譲らない(笑)。だから夕方になったたって、彼らは遠くからちゃんとわかった。

柄谷　ぼくは、ニューヨークまでよく電車で遊びに行ったんですけれども、あれは夜だからニューヨークからの帰りだと思うのですが、酔っぱらいの黒人が一人いまして、乗客全部に握手して回るんですよ。ぼくのところにも来たから、握手しましたよ。そうして女のところに止まって、いやらしくさんざんからかうわけですよ。

それを、ほとんど白人でしたが、みんな薄ら笑いしながらじっと我慢している。みんな本当にいやがっているところを、握手して回るわけでしょう。白人にそんなのはいないですよ。黒人のほうが、そういうことをやれるのです。

安岡　それはナッシュヴィルでも、去年ハイヤット・ホテルに飯だけ食いに行ったんだ。そしたら黒人の子供が、食堂の中でピョンピョン飛び回っている。ちゃんとしたダイニングルームでなくて、コーヒーショップみたいな簡単な軽食堂へ入ったんだけれども、それにしてもハイヤット・ホテルのロビーのあたりから食堂の中を、子供がワーワーかけ回っているんだ。これはアメリカの他の地域で、白人、黒人、イエローを問わず、普通にはありえないことだね。

それで、ウェイター、ウェイトレス全部が白人と朝鮮人だったけれども、黒人の子供がさんざん文句を言うのね。アイスクリーム持ってくるでしょう。当然、器には一つしか入ってない。そうすると、「ぼく、二つのっているのがほしい」とかなんとか言っているんだ（笑）。それはムチャクチャなんだ。

その黒人の子供たちは、ぼくのところにやってきて、「いま何時」って聞く。最初は、面白がって話しかけてくるんだと思って教えると、二、三分たってまた他の子供が来て、「いま何時」と聞く。十人くらい、入れかわり立ちかわりやって来て、あらゆる客のところに来て、聞いて回るの。そういう子供は、普通は白人の子供でもつまみ出されるよね。それが絶対につまみ出されないいんだ。

柄谷　大学の図書館で勉強していると、黒人のちっちゃい子供が入ってきて、「タバコくれ」と言うのですよ（笑）。以前だったら、そういうのは入れなかったはずですけれども、平気で入っています。

黒人奴隷と逆差別

安岡　南部の場合は北部と違って、差別が法的にもハッキリしていたわけね。もちろん至る所に、バスの停留所だって、「カラード」と書いてあるところに黒人が立っているし、バスの中も、ぼくが行ったときはすでに取り払われていたけれども、ついこの間までは縄が張ってあって、前は白人、後ろは黒人、便所はもちろん分かれていたし、大学のキャンパスの中で黒人がいるとすれば、彼らは掃除人夫以外にありえなかった。

そういうふうに、南部ではものすごく厳重に差別はされていたけれども、肉体的には、およそ金持の家ほど、黒人のコックとか黒人の乳母とかいるでしょう。そういう家で、黒人のおっぱい飲んで育った白人が、黒人を皮膚感覚的に嫌うということは、ありえないわけね。だから、非常に差別するところはハッキリしていても、近づくところは猛烈に近かったわけよ。

柄谷　それは、屋内奴隷ですね。

昔、ぼくは大学院でフォークナーについて書いていたことがあって、そのときにちょっと勉強したんですが、その中でとても印象的だったのは、誰が書いていたか忘れましたが、南部のプランテーションというのは、黒人を奴隷にしたことで、選択を間違えたというのです。

ヨーロッパの市場との関係があって、日本の高度成長と同じで、猛烈に高度成長したわけでしょう。本来、奴隷を買うよりは、プロレタリアートを雇ったほうが楽なんですね。なぜならば、簡単に首にできるでしょう。働けなくなれば、首にできるわけですね。奴隷はそうはいかない。結局、一生めんどう見るのです。一生めんどう見るということで、これは資本主義なのに、資本主義でない身分制度、ヘンな制度をつくっちゃったわけでしょう。

だからあれは、ギリシアとかローマとかの時代の奴隷制度とまるで意味が違うと思う。いずれ採算から言えば合わないことを、そのときの高度成長の都合で選んでしまった。そのために奴隷制がどんどん膨らんでいった、というのですね。

安岡　ぼくには本当のところ奴隷というものはわからないんで、ロシアの農奴というのは、もちろんアメリカの黒人奴隷とは違うだろうけれども、これもロシア文学者に聞いてみても、結局のところハッキリしないね。つまり、殺しちゃってはいけないのかね。かつてロシアでも、ロシアの貴族が農奴を殺したといって何か……。

柄谷　その逆の話ですが、ドストエフスキーの親が、農奴に殺されたらしいけれど。

安岡　けれども、処罰された記録が残っているのかというと、それはわからない。

柄谷　案外、身分社会は、人を殺せないんじゃないですか。江戸時代でも、百姓、町人は斬り捨て御免とかなんとかいうけれども、そんなことをやったら、侍は一発で終わりだと思うのです。

安岡　それは絶対にできないですよ。

だけど、さっきの黒人奴隷の話だけれども、かつて一人千ドルとか二千ドル、もちろんあのころとしては非常に高価なんだけれども、それで役に立たなくなるまで使って、これはダメだと思ったら殺しちゃう。つまり、奴隷というものは売買できる経済的な存在だと考えて、経済効率で考えられるものだとすれば、そこで殺さなければならないはずなんだよね。

柄谷　そうです。けれども、それは資本主義だったら、自然にそれを処理してくれるわけですよ。つまり、首にすればいいわけだから。それを首にできないシステムをつくっちゃったでしょう。

安岡　だから、ここが人間の不思議というのか、若い奴隷は傷つけないで、適当に痛めて使うけれども、役に立たなくなったやつを殺す、ということはしないんだ。アウシュビッツみたいに隔離して……。

柄谷　それは、南部の連中のいまだに言う弁明ですね。つまり、われわれは黒人を大事にした、北部は何だと言うわけです。結局、黒人を使い捨てているのは北部である。今でも、黒人の二十歳未満の失業率は、四〇パーセントぐらいだといいますから。

南部の場合には、黒人を家族と同じように扱った。全部めんどうを見た。だから、ヘイリーの本の中にも出てくるけれども、奴隷を使うということは大変な負担である、というようなことを言うんですね。

安岡　ぼくなんかがナッシュヴィルにいた時分でさえも、それは言っていたな。奴隷でなくなってからも、つまり、できるだけ自分たちは黒人は減らしたいんだ。だから、税金で工業学校とかああいうものをつくって、技術を身につけて北部に送り出している。

小さな町になりますと、七割黒人、三割白人という町もあるから、そういうところで黒人に市民権を与えちゃうと、白人は自分たちの生存が危なくなるわけだな。だから、できるだけ黒人の数を急いで減らそうというので、無理して工業学校をつくるわけだ。
ところが、せっかくそうやって技術を一応つけさせて、デトロイトなんかに送りこんでも、黒人はすぐ帰ってきちゃう。なぜかと言うと、北部の冬は寒いし、飢えるからね。南部にいるかぎり黒人は死なない、と言うんだ。実際に南部でもかなり寒いけれども、それでも畑にいれば、ともかく生きられるからね。

柄谷　今年の一月なんか、ニューヨークで零下四〇度ですから、ちょっと生きていられるようなところじゃない。

安岡　ちょっと生きてられないな。

柄谷　ヘイリーのことですけれども、彼は『ルーツ』の中で、クンタ・キンテは回教徒であるという考え方ですね。ぼくがちょっとわからないのは、以前に彼が自伝を書いたマルカムXにしろ、ブラック・モズレム（回教徒）というのがあるでしょう。あれはアフリカ経由のものなのですか。

もう一つの疑問は、もしもアフリカにおいてすでに回教徒であり、またその社会がすでに文字を使っているということが正しいとすると、すでにそこにもかなり奴隷がいるはずなんですね。

安岡　アフリカの黒人の中に……、

柄谷　ええ。そうすると、同じアフリカから来たといっても、すでに文字を持っているアフリカというのはかなりの文明国で、決して未開じゃないですね。アフリカといってもいろいろあるわけだから、その辺はどうなっているんですか。

安岡　これは訳者としてぼくにも、あまりハッキリしたことはわからないけれども、ヘイリーがああやってクンタ・キンテの一族をやっぱり夢見たんだと思うよ。

柄谷　じゃあ、事実ではない……。

安岡　ぼくは、夢見ていると思う。

柄谷　十八世紀の中頃で、アフリカで文字を持っていて、アラビア語ができるなんていうのは、ちょっと信じられないけれども。

安岡　つまり、百五十年前にはあの地方に回教が入ったのかな。けれども、あの話は二百五十年前でしょう。その頃は、まだイスラムは入ってない。

柄谷　ないですね。

安岡　うん。でも、ぼくはナッシュヴィルに行ったとき、何度か黒人の集会に出ましたけれども、彼ら本当に自分をどこに同一化していいのか、迷っているみたいだったね。

アメリカのファースト・シティズンシップを取るのが目的だというわけだけれども、アメリカ市民になるというのは抽象的な存在だから、どんなふうな洋服着たり、どんなふうな話し方をしたり、どんなふうに振舞うのがファースト・シティズンであるか、わからないんだね。

それで結局、黒人も白人の通りやるわけ。これは不似合いであり、不釣合いだということは、黒人自身がよく知っている。ぼくらそばで見ていて、やっぱり何か痛ましいというか、苛立たしいというか、そういう感じがしたな。

柄谷 今、大学あるいは大学院でもそうなんですけれども、たとえばハーバードのビジネス・スクールなんて入るのはとても難しいらしいんですが、黒人とかプエルトリカンとか日系を含めたマイノリティは、優先権があるのです。その連中の間でよければ、成績が悪くても入れるのです。ユダヤ人なんかは、成績がよくても落とされる。

去年、コロンビア大学でハーバードのビジネス・スクールに落ちて、ユダヤ人の学生が二人自殺したという話を聞きましたけれども、学生だけじゃなくて、大学の教授・助教授にも、何パーセントかは絶対に黒人をとらねばならないという法律がある。それから、女もウーマンリブがあるから、特権があるわけですね。女の黒人であれば絶対にいいわけです。三重苦といいますか……。

安岡 三重福だな(笑)。

柄谷 それで、逆差別みたいなことが現実にあるのです。それは過渡期だから已むをえないと思う。しかし、その後黒人がどうするかというと、黒人の利益に還元するような行動は、ほとんどしてないですね。つまり、自分勝手にやっちゃうのです。いい所に住んで、上流として暮らす。黒人としての特権を与えられているけれども、事実としては、そのことに対して何か報いようとするものがない。

結局、自分の出世のために、ということがハッキリしているんですね。だから、今のように特権を与えても、結果としてそれはその部分を救うだけで、全体の黒人のほうには、さほど戻っていかないいんじゃないかと思う。

ブラック・イズ・ビューティフル

安岡　「ブラック・イズ・ビューティフル」と言うけれども、『ルーツ』という小説――ぼくはあれは小説だと思いますが――あの小説の中にも、ブラック・イズ・ビューティフルということがいっぱい出てくる。けれども、そういうことを考えることが、かなり無理な場合が多いだろうな。

柄谷　しかし、実際に顔のことだけで言うと、ぼくは、ブラック・イズ・ビューティフルだと思います。白人はまずい顔をしているでしょう、いま特に。

安岡　現在はそうかもしれないな。

柄谷　現在そうだと思うんですよ。やっぱり日本人の美人なんか、中国人でもいいけれども、見るとハッとします。圧倒的に美しいんですよ。白人の顔は、見なれてくると、本当にまずいなと思う。黒人の混血なんか、ものすごくきれいですよ。

安岡　ただね、黒人の骨格で皮膚だけ白い、そういう混血もあるんだ。そういう人は、なんだか顔をインキ消しで消したみたいでね、見ていてドキンとした。……しかし、ぼくら、カネに支配されている面が多いんで、いいものを着ているやつはきれいに見える、ということはあるんだな。

それで、白人はまたどういうわけか、特にアメリカの白人は、汚ない恰好するのが流行っているんだな。黒人は、みんな身なりがいいわけですよ。

柄谷　ぼくが最初に借りたアパートに残してあったものが、一つは靴ですね。明らかに男の靴でしたが、ハイヒールです。それから注意していると、ハイヒール履いているのは黒人だけですね（笑）。要するに背を高く見せているわけでしょう。低いのがいっぱいいますからね。もう一つは雑誌ですけれども、黒人の雑誌の中に出てくるのは、やっぱり白人の美意識ですね。

安岡　そうなんだよ。

柄谷　ぼくらが見ても美人だと思うし、美男だと思うのが出ているわけですね。ベラフォンテでもそうだし、モハメド・アリでもそうだけれども、あれは美男ですね。あれぐらいの美男は、白人なんかよく見てみると、いないですよ、あまり（笑）。

安岡　ただ、さっき言った黒人の骨格をしていて白人の顔の人、いるわけだ。あれは何というか、不条理なる刧罰という感じね。

柄谷　もちろん、ブラック・イズ・ビューティフルという考えは、顔のことでなく、一つの価値転倒を意味しているはずだと思うんですね。アメリカという国は、やっぱり白という色を、非常に優越させた国だと思うんですよ。黒や赤を嫌った。もともと、それはピューリタンからきていると思うんですね。マクベス夫人が血の汚れを洗い落とそうとする場面があるけれど、あれはすでにピューリタンですね。ほかの国には、あまりそういうのはないんじゃないですかね。

安岡　ともかくヨーロッパでも、地中海民族はそんなに白くないし。

柄谷　白に宗教的な価値を持っていたのは、アメリカだけじゃないですか。ブラジルなんかは、そうでないでしょう。

安岡　ブラジルの場合だったら、あれはポルトガルか。やっぱりアラビアの支配を何百年も受けているから、価値観が違うわね。

柄谷　ピューリタンにとっては、白こそピュアということなんでしょうね。だけど、アメリカの人口比から見たら、ぼくは今のところ、ラテン系や黒人その他のほうが多いと思うのです。

安岡　そうなっているかな。

柄谷　WASP《ワスプ》（白人+アングロサクソン+プロテスタント）と言いますけれども、『消えゆくワスプ』という本があるぐらいで、実際に人口比で言うと、五パーセントぐらいですね。

安岡　そんなに減っているのかなあ。

柄谷　ラテン的風土というのでいくとカソリックだから、そこにアイリッシュも入れていいと思いますが、たとえばアメリカのアイリッシュの人口は、アイルランドの人口の三倍ぐらいあるそうですね。

安岡　へーッ。

柄谷　イタリア人だって、向こうを追い抜くかもしれない。

安岡　本国を追い抜くの。

柄谷　今のところはとても無理だけど。それでいて本国の連中とは、アメリカにいると違ってしまいますがね。

安岡　もちろん違う。

柄谷　あれだけラテン系が入ってくると、何か変化があってもいいはずですよね。プエルトリコ人でもそうだし、メキシコ人だって、これは密入国を含めれば、ものすごい数が入っている。一千万人近く入っているんじゃないですか。それが何ら、アメリカの文化をラテン化していないのね。そこにアメリカの神話作用みたいなものが強くある、と思うのです。いまだに強い。

ぼくがいた日本文学科の先生で、正教授になれなくて、オーストラリアに行った人がいますが、その人が準備のためにオーストラリアの研究をやっていて、出発する前に会ったら、「オレは発見した」と言うのです。オーストラリアには、神話がない。今まで日本は、神話に満ち満ちた国だと思っていたけれども、アメリカくらい神話のある国はない、と言っていました。結局、ピルグリムファーザーズとか独立戦争とか、すべて神話ですね。それはいまだにすごく強いし、ぼくが行った年が、バイセンテニュアルというので、神話への回帰でしょう。だから、特にそれを感じましたね。

安岡　ぼくがナッシュヴィルにいたときは、ちょうど南北戦争のセンテニュアルだったけれどもね（笑）。

たしかにアメリカという国は、そういう意味で特別かもしれぬな。

だから、『ルーツ』のことを言えば、彼らはやっぱり異質であるために、白いピューリタンの神話は共有できないのね。それでモズレムというふうなアラビア人の思想を、自分たちの神話につくったんだろうな。

柄谷　自分たちのルーツを探ったときに、もう一つの文化を見ているわけですね。それがアラビアだという感じがする。それは、ヘイリーのイデオロギーのような気がしますね。

安岡　それをつくったわけけね。ただ、ヘイリーの想像したアフリカなるものは、アメリカそのもののような気がしたけれどもね。

差別と同一性

柄谷　『ルーツ』のテレビを御覧になりましたか。

安岡　見ました。

柄谷　テレビは、ぼくは何かイヤらしく感じたんです。あれは本当に目的論的にできていて、何代にもわたって自由を実現する、ということになっている。その自由というのが、まだ正体不明のものですね。

あれは結局、アメリカ人であることなんですね。アメリカ人になるために、何年もかかってきた。しかし、そのルーツのほうへ行けば、すなわち根元のほうに行けば、つまるところ彼の誇りは戦士ということでしょう。はっきり言って、戦士というのは身分ですよ。だから、決してアメリカ民主主義的なものじゃない。

つまり、戦闘する人間はノーブルなんだし、しかもそれが単に未開社会でなくて、イスラム教が入っている文明国における誇りでしょう。そうだとすれば、それは一つの身分に戻っているわけですね。もう一つの、民主社会でない身分社会での価値に、戻っているわけです。

安岡　理窟を言えばそうだけれども、ともかく黒人にしろ、白人にしろ、アメリカ人というのは病める部分を持っていて、そこから夢を持たざるをえないのだ。だから白人はしばしば、自分の先祖の中にはインディアンの血が入っている、と言うんだよ。そのインディアンは必ず貴族だよ。酋長とかね。

柄谷　ぼくは、それはそれで正しいと思うんですよ。そういうふうに自分のアイデンティティを求めていくということは、必ず身分社会における価値に行きつくことだと思うのです。そうでないルーツなど、誰も求めないはずだと思う。

日本でも、安岡さんは差別の問題をやっておられて、ぼくは特に考えたことはないんですが、差別というのが本当に始まったのは、明治以後でしょう。

安岡　これは、ぼくも少しだけ中のほうを見たけれども、わからないんだよ。ただ、徳川時代の身分差別と現在の差別とは、異質だね。

柄谷　異質ですね。というのは結局、江戸時代の身分というのは、身分、職業イコール自分でしょう。だから、そのことに懐疑もしないし、何もしないと思うのです。

ところが、平等あるいは同一性——同一性は英語で言えばアイデンティティですから——アイデンティティがもたらされてから、差別が内面化するわけでしょう。つまり人間が、あれもでき、これもできるという可能性を持った時に、初めて差別が生じてくる。

安岡　本当の意味での上下関係になってくるな。

柄谷　だから、昔の南部の人間が黒人を支配していた、その時は、そういう同一性《アイデンティティ》を全然持ってないわけでしょう。持っていると、これはむしろ労働者に対する資本家の立場になっちゃいますね。そうじゃなくて、まったく違うと思っていたわけです。同一性でない、という考え方があったと思うのです。

安岡　南部の白人は、真顔でオレに「神は二種類の人間をつくりたもうた」と言ったからな。

柄谷　ヨーロッパでも、中世の哲学はそうで、とにかく連続性は全然ないわけです。ただ種があるわけで、種類に連続性はない。

そういう連続性をつくれたのは、近代に入って、物理学ができてからですね。たとえば、パスカルが「無限の空間は自分を恐怖させる」と言いますね。しかし、無限の空間なんて、中世の人間は知らない。あれは、近代の天文学の認識です。だから、近代の天文学の認識で無限の空間ということを考えて、その無限の空間に恐怖しているわけです。

それからパスカルは、自分はなぜここにいて、あそこにいないのかという、実存主義的なことを言いますね。それだって、同じ量的な同質の空間があるから言えるんですね。あるいはそれは、社会においてもそうだと思うのです。つまり、自分はなぜ農民であって、貴族でないのか。これは中世だったら、絶対にそういう考え方はしない。種類が違うんだから。それは同質的な空間ができて初めて、なぜここにいて、あそこにいないのか、それは差別ではないか、というような問いが出てくるのと同じだと思うのです。

安岡　それと、あれもそうだと思うな。ダーウィンの「進化論」――これは何かから出てきて、たとえばサルから人間に進化した。そうすると、サルは未開であり、人間は進んでいるわけね。そういう価値観が出たのは、そういう同一性の問題からできてくるんだな。

柄谷　種というのを孤立させることができないとすれば、どこかで繫がなければいけない。繫ぐためには、どうしても進化論がいる。

安岡　ただ、進化論というのは、本当に実証しえざる唯一の科学でね（笑）。

柄谷　そうですね。

ぼくも、進化論をとるほかありません。ただ、いろいろな進化論があるし、それもダーウィンの前から、基本的な考え方としてあったはずですね。ダーウィンは実証的にやったように見えるけれど、あれはもともとマルサスを読んでいるわけです。自然淘汰とかなんとかという考えも、その当時の経済学からきている。

それは、ダーウィンを歓迎したマルクスが半分冷やかして言っていますが、ダーウィンの言う動物の世界は、イギリスの資本主義にそっくりだと言うわけです。だから、進化論は科学というよりも、本当は形而上学的な問題からきているし、あらゆる種類の形而上学への批判を要求するものじゃないか、と思います。

安岡　しかしダーウィンはともかくとして、「進化」という概念、ある予測、これはもう誰でも自然に持ったのかもしれないよな。つまりぼくら、子供のときからダーウィンという名前は聞いているし、人間の先祖がサルだという話も聞いている。そうすると、ごく自然に、何の疑いもなく受け取ったな。

貨幣・宗教・同一性

安岡　これは、ぼくは今、あなたの言う中世の人間なるものを想像しているわけだけれども、中世の人間といえども、平等についてのある期待はない、とは言えないな。

柄谷　ない、とは言えない。

それは、ぼくの考えでは、都市の人間だと思うのです。都市の人間というのは、いわば商人ですね。結局、貨幣経済で生きている人間だと思うのです。それは仏教ができたときも、キリスト教ができたときも、そうだと思うのですけれども、この連中は平等や、同一性ということは、ふだんの経験で知っているわけでしょう。

日本の江戸時代でも、商人はそうですね。商人は、身分制社会に対して、カネでいけばとにかく勝つんだから、同一性は知っているわけですね。しかし、それを強力に主張できない。それだけの力はない。だからそれを宗教なり何なりで、彼岸に設定することになる。平等という考えは、宗教を通してまず実現される。

日本ではおそらく、江戸時代にそういうことを文学的に実現していたのは、浄瑠璃だと思います。たとえば人間は、とにかく死ねば一緒なんですね。それから、セックスにおいては同一でしょう。身分に関係がない。それを合わせたのが心中でしょう（笑）。

安岡　なるほどね。

柄谷　近松とかそういう町人文学というのは、フランス語でいう市民《ブルジョア》とは違いますけどね。

しかし、大雑把に言えば、町人は無力なブルジョアジーだから、心中物を通して同一性を実現するというふうになったのが浄瑠璃だ、と言ってよいと思うのです。

ヨーロッパの場合だって、それはやっぱり宗教からきています。特にプロテスタンティズムですね。プロテスタントの場合、唯一なる神に対する関係を通して、人間は平等でしょう。それが世俗化していって、ヒューマニズムができあがったわけでしょうね。

つまり、かつては幻想としてあった同一性を、現実に移していったと思うのです。それができてきたのが近代だし、ブルジョア社会ですね。だから、それまでの社会の人間にも、もちろん同一性の意識はあったわけですけれどもね。

安岡　どこかで他人というものを見たときに、どれだけ自分と違うというふうに思いえるか、思いえないか。

ぼくは、犬を飼っているからよくわかるんだけれども、ときどき彼は、人間にアイデンティファイしたがるわけだよ（笑）。ふだんはハッキリ、自分と人間は違うと思っているわけだ（笑）。

けれどもぼくは、君が言うように、心中物にしろ何にしろ、近代の文学というものは、アイデンティファイするところから出てきたと思うから、他人と自分との同一化をどこかではからなければならぬ、という苦しさとか妄想、それが文学を生んできたと思うんだ。

柄谷　だから、文学というのは昔から、広い意味での市民《ブルジョア》のものだと思うのです。

ぼくはマルクスについて、今のところ「貨幣論」をやっているんです。商品というのは、どれも違うわけでしょう。その質的に違うものを、ある同一性で考えているわけです。これは何円、あれは何円というふうに言えるということは、ある質的な同一性を前提しているからでしょう。それは貨幣を媒介して、できている。神さまを媒介にして、個人が皆等しいというのと同じで。すると問題は、一商品がなぜいかにして貨幣なのか、ということになるんですよ。

それをふつうは、もともと商品に価値があるからこうなんだ、というふうに考えるけれども、本当はそうじゃない。まったく違った商品の、関係だけがある。要するにアイデンティティでなくて、ディファレンスですね。そういう関係があったのに、ある一つの中心ができる過程で、その関係は全部隠されていった。つまり、貨幣との関係で、すなわち同一性ができていったと思うのです。

宗教の問題でも何の問題でも、つまるところ貨幣の問題とそんなに変わらない。それをひっくり返してやろうというのが、ぼくが貨幣論をやっている課題なんです。説明すれば長くなりますが。

市民《ブルジョア》とは何かと言うと、同一性を信じている人間じゃないかと思うのです。しかし、矛盾するけれど、ぼく自身がアメリカにいて何を信じているかと言ったら、やっぱりそういうものを信じていますね。ユダヤ人はなぜ知的にすごいかと言うと、彼らは、いわば貨幣を信じているからだと思います。その点では、金貸しのユダヤ人と根は同じですね。

チョムスキーという名前を聞いたことありますか。

安岡　聞いたことある。

柄谷　彼なんかも、典型的にそうです。普遍的言語を考えているわけです。
安岡　普遍的言語は、貨幣である……。
柄谷　ええ、比喩的に言えば。どれほど互いに異なる言語にも、共通な、ある普遍的な深層構造がある。そこからすべての言語は説明できる、と言うわけです。
　そういう発想は、商品は質的に違っており、いろいろあるけれども、根本的に一つのものに還元できるという考えと、同じなんですね。だけど、そういう同一性は、ぼくは幻想だと思っています。
安岡　それがどういうところから破れてくるか、ということだけれどもね。
柄谷　その通りです。

差別と差異

柄谷　ぼくは、今のところ、ちょっと専門的で訳のわからないことを考えていますけど、文学のほうで今なされていることと、そんなにかけ離れてはいないつもりです。
　たとえば正直に言えば、安岡さんは差別に関心を持っておられますが、ぼくには、どこかしら安岡さんは面白がっているという感じですね。
安岡　そうなんだ。
柄谷　でしょう。まさに血沸き肉躍るという感じですね（笑）。
安岡　そうなんだ。血沸き肉躍るというより、胸に迫るというか……。

柄谷　差別反対と言う人は、みんな人間は同一であり、また同一化すればいいんだ、ということですが、どうも人間の生命力とか、文学的なヴァイタリティみたいなものは、そんなところからは来ない。むしろ、その反対から来るんじゃないかと思う。

安岡　それは、ぼくは自分の問題としてそこまで真剣には考えられませんけれども。たとえば中上（健次）君なんか、やっぱりハッキリそう思っているね。つまり、差別があるけれども、あることは当然だ、むしろ差別される側からも差別する、というわけだな。

柄谷　差別と差異というのは違いますね。英語で言っても、ディスクリミネーションとディファレンス、あるいはディファレンシエーションですね。差別というのは、元来は同一性から来ていると思うのです。

安岡　だから本当を言えば、差別を差異に自分で変えて受け取る、という技だな。

柄谷　誰でも物書きならわかっているけれども、創造的な仕事というのは、差異化なんですね。同じことをくり返したくないでしょう。二度と、自分は同じ仕事はしない。他人と同じ仕事はしたくない。その力でやっていますね。

ところが、その自信を失ったときに、どうやって耐えられるか、それがアイデンティティでしょう。たとえば白人が、なぜ白いということに依存しようとするかというと結局、自分自身でディファレンスを保てないからだと思う。つまり、何かに所属しないと生きていけない。その時に、便利なものがあるでしょう。色がある。オレは白い、オレは勝った、というわけです。

しかし、本当の創造的な能力は、いつでもディファレンシエーションだと思うのです。絶対違うようにしていくものだ、と思う。そのことは誰でもできるとはかぎらないし、ほとんどできないですけれども、あるいは、できている人だって停滞すればいつでも危ないわけです。その時にすがりつくものとして、アイデンティティというものが出てくると思う。だから、アイデンティティということと差別は、いつも対になっているのだと思います。

しかし、そういうふうに言ったとしても、大多数の人間は創造的ではないし、何かたとえば自分の会社とのアイデンティティを持つとか、そういうふうにならざるをえないでしょう。

安岡　いや、差別というか、差異でもいいですが、それと創造力の関係は、もっときちっと考えないといけないことだな。

柄谷　それは複雑な問題だし、いま最も重要な問題だと思います。

安岡　ただ、ぼくは自分がなぜ差別に興味を持つかということを、いくら考えてみても、なかなかわからないね。よく、ぼくは人に訊かれるけどな(笑)。

だから単に実感的な経験談を言うと、ぼくは子供のときから、自分は一人っ子であったということ、これは兄弟のいる人間とは違うわけだ。それから、ぼくはあっちこっちへ動き回ったでしょう。そうすると、常に新入りであるわけ。しかも、兄弟がいないから、自分一人でぶつからなければならない。

それから、子供のときに朝鮮に行ったでしょう。朝鮮でも同じ目に遭ったけれども、何か完全に差別された存在として朝鮮人というものがいる。そうすると、彼らの顔を見て安心する面があるわけ。子供でもそうだった。幼稚園のときから小学校三年の初めまでいたけれども。それから、弘前という所にぼくは行った。最初のうちは言語不通の所だったから、弘前ではぼくは、自分とアイデンティファイする存在は、ほとんど発見できなかった。それで非常に淋しかった。

柄谷　差別されているほうにアイデンティファイするわけですか。

安岡　そういう場合があるんだね、しばしば。朝鮮ではぼくら日本人は、朝鮮人のことをヨボとか言うんだけれども、ヨボの子供とぼくは友達にはならない。けれども彼らを見ると安心できる。

柄谷　それは、そういう人間になりたいわけじゃないのですね。

安岡　なりたいわけじゃないし、支配したいというほどではないけれども、安心できるというものがある。

それからずっと大きくなって、というか、四十歳のときに初めてアメリカの南部に行って、やっぱりぼくは黒人とは、黒人の英語は本当にわかりにくいし……。

柄谷　ぼくも、まるでわからないですね。

安岡　それじゃ友達になれっこないわけだ。けれども、白人と話している間じゅう心配の連続なんだよな。これは、英語ができないというだけじゃない。絶えず心配しているんだ。ところが黒人の顔見ると、ぼくはそのとき自分をとても恥じたけれども、ホッとするんだな。この場合は、黒人にアイデンティファイするんじゃなくて、やっぱり支配しているという感じだったけどね。

けれども大袈裟に言えば、自分は支配しているという気持からだろうけれども、黒人に味方したいという気持は強かったな。あるいは、自分を脅迫する人間に逆襲してやりたい、という気持ね。

感じることと考えること

柄谷　それは、同情というものじゃなくて、やはりもう一つの「力」をそこに感じているからだと思うんですね。ぼくには、安岡さんの「差別」への固執の仕方が面白いんですよ。それは誰とも違うものですからね。だけど手探りでそうやっているうちに、何か「文学」の本質にぶつかるような気がするんです。

いまの話とはちょっと違いますが、ぼくも、アメリカではやっぱりそういうことを西洋人に対して感じましたね。『資本論』について書いたのも、それと関係がある。やはり、逆襲したいという衝動を抑えきれないんですね。

ぼくなんか、日本文学科にいて、日本文学を教えていますね。そのことは日本から見れば、何か偉いことをやっているように思うかもしれないけれども、そんなもんじゃない。ある意味で、すごく屈辱的なことなんですよ。数は少ないし、あまり優秀な人は来ないし（笑）。

安岡　ウーン。いや、そんなこともないでしょう（笑）。

柄谷　大学の内部で相対的に見れば、そう言わざるをえない。現に、ほかの教授は小バカにしていますからね。
そのなかで一人、抜群に優秀な人間がいました。それはどこへ行っても優秀だと言えるほどの学生でしたが、彼は、日本の批評をやりたいと言うのです。今はすでに先生をしていますが、彼は日本研究者はみな嫌いで、ぼくに、こう言っていました。
アメリカの日本研究者は、ある共通の確信を持っている。それは、日本人は、感じることにおいてはすばらしい。けれども、あいつらは考えないって（笑）。考える日本人などというものは絶対に信じられないと思っている、と言うわけですよ。これは正しいんですよ（笑）。しかし、その彼に言わせると、そういうことを言っている連中で、考えることのできるアメリカ人もいない、と言うわけ（笑）。

安岡　しかし実際に、考えると言うけどな、これは「漢意《からごころ》」にすぎない、考えるということは。
それで、感じると言うけれども、感じるということは別の言葉で言えば、やっぱり非常に深く何か考える、ということなんだな。

柄谷　その二つは別のことじゃないんですよ。たとえば宣長は、『源氏物語』の中にすごく知的な活動を、あるいは批評を見ているわけです。けれども、そういった観点をアメリカ人が持つためには、彼ら自身が、西洋の文学に対して、そういう意識を持っていないとダメなんです。小林秀雄以上に持っていないとダメなんです。
そうでないと、『源氏』を読んでも、感じ方が日本的ですぐれているとか、そういうことになるのです。そこに、感じるということと考えるということとの、問題を見ないわけです。

安岡　西洋人が考えるということは、システマティックに組み上げるということなんだよ。けれども、システムというのをつくれば、いまのように外界の変化が激しいと、システムどうしが必ずぶつかるし、絶えず古くなっちゃって、成り立っていかなくなるわけだな。

柄谷　それはそうですね。安岡さんは『波』に『本居宣長』の書評を書いておられましたね。

安岡　いや、ぼくにはまだあれを批評することはできない。『波』のは、ただの挨拶というようなものだ。

柄谷　ぼくの感じでは、小林さんという人は、ちっとも変わってないと思うのです。ぼくはさっき、文芸時評はべつに批評でないということを言いましたけれども、実際言って批評というのは、批評家から出てきてないでしょう。アメリカならポー、フランスで言ったらマラルメのような詩人から出ている。マラルメという人は、「詩の危機」という講演をやった。危機的《クリティカル》というのは、批評的と同じ意味ですね。そういうことを本当に考えた人間が、詩人の中から出てきたわけですね。

　その「危機」は、作品というものを創造するとは何か、という疑いに始まっている。ロマン派だったら、天才が創造するとか、自己を表現するとか、そういうふうに言えるかもしれないけれども、そうじゃない。創造過程とは何かというような意識として、初めて批評というのが出てきたわけでしょう。

　小林さんというのは、それを摑んだという意味で、日本で初めての批評家だと思うのです。

それは影響ということじゃない、と思うのです。小林さんは、影響という問題を書いていましたが、やっぱり独特に自分で考えて掴んだ人だ、と思う。

安岡　そうだよ。ただ、マラルメには違いないけれども、もっと直接的にはヴァレリーがあるんじゃないの。

柄谷　もちろん、ヴァレリーも詩人だし、マラルメから考えた人ですから、それはいいわけですよ。

ただ、ヴァレリーはほとんど構造主義に近いところがあるけど、小林さんにはありませんからね。結局、批評というのが〝批評家〟から出てきたわけじゃなくて、物を書くというのはどういうことなのか、ということを考えた人から出てきたわけでしょう。

本居宣長の中に批評家を読みとるということは、また、宣長が『源氏物語』の作者の中に批評家を見るというところを読みとる、というふうに重なっていくわけですね。それは、歌あるいは物語をつくるということはどういうことか、という問いから始まっている。物のあわれとは何かじゃなくて、物のあわれを知るとは何か、というふうな問題になっていくでしょう。

体系的とか、そういうことは批評ということとあまり関係ないことで、むしろ、そういうことをぶち壊すような意識として、批評が出てきていると思うのですよ。

アメリカでも特にイェールはそうなんだけれども、批評家がずいぶんいますが、そういうことが本当にわかっていそうなのは、一人しかいませんでした。ベルギーの人で、アメリカ人じゃないのです。結局、外国人なんですよ。それは東部でもっとも影響力のあるポール・ド・マンという人ですが、ぼくが彼と話をしていても、日本文学研究者とよりもはるかに気軽につき合えたのは、基本的には、小林秀雄の中から育ってきたせいだと思うのです。

つまり、日本人も考えてきたのであって、何かそういうことを示すことなしに、日本文学がどうのこうのと言う気になれなかったのですね。だから、西洋一般とか、そういう考えはあまり持てないのです。ダメなやつはやっぱりダメなんじゃないかという、当り前の結論になっちゃうんですがね。

アメリカの文芸批評

安岡　それはそうなんだ。それはその通りだよ。しかし、現在のアメリカは、文学でも一つの中心勢力みたいになっているけれども、これは崩壊現象が非常にドラスティックに現れているということであって、やっぱりアメリカという国が今後、文学を創造していくかどうかということは、わからないな。

柄谷　それはそうですね。

安岡さんは、さっき雑談でヘイリーというのは商売人だと言われたけれども、とにかく商売人でないと、アメリカでは小説家がつとまらないんじゃないですか。日本は、文芸雑誌みたいなのがありまして、何かやっていれば食っていかれるわけですが、アメリカという所で作家になろうと思ったら、尋常でないものが必要だ。そういうことを、つくづく思いましたね。

安岡　たとえば『キャニオン・レビュー』とか『スワニー・レビュー』という大学出版部の文

芸雑誌があるけれど、『キャニオン・レビュー』には、江藤淳を通じて、日本語でいいから原稿よこせと言われて送ったら、百ドルかなんか原稿料もらった記憶がありますけれども（笑）、普通は、ああいう雑誌は原稿料出るのかしら。

柄谷　多少出るだけでしょう。

安岡　日本の文芸雑誌は、自分のところの出版部の機構を充実するためにかなんか知りませんが、完全に採算を度外視してちゃんと原稿料を払ってくれるけれども、アメリカにはこういうことはないよね。

柄谷　ないですね。たとえば、批評家はどういうふうにいるのかと思ったら、いないんですね。要するに大学の先生です。

昔は、いました。それはエドマンド・ウィルソンみたいな人ですね。この人は、ちょっと小林秀雄みたいな人なんですね。レベルは小林秀雄より落ちると思うけれども、筆一本でやっていた人ですよ。これをどう思うかとみんなに聞いたら、やっぱり羨ましいんですね。ああいうふうにやりたいけれども、オレたちはできない、と。しかし、キャンパスではすごく力があります。

アメリカの大学の文学部は、力があるんです。後で法学部へ行こうが医学部へ行こうが、文学の単位で行けるんですから。大学院だけでなくて、学部ですごく力があるわけです。文学の成績がよければ、ビジネス・スクールにも行けるし、医者にも弁護士にもなれる。日本みたいに法律を初めから専攻するとか、医学を専攻するなんてないわけです。

安岡　じゃ、教養課程みたいなものか。

柄谷　そうですね。それが四年間そうなんですね。そういう意味で、いい大学は、文学部が看板なんです。だから依然として権威はあるわけで、それなりにはいいんですが、日本の批評家みたいな立場をとっている批評家はいませんね。

安岡　それは確かに、小説家の場合でもある程度言えるわけで、ペン・ウォーレンなんかヴァンダビルト大学にいたんじゃないかな。それからフォークナーだって、リッチモンドの大学教師になっていたな。

柄谷　やっぱり全国的に知られることは非常に難しいし、アメリカで今そういう感じの人というと、ノーマン・メイラーとトルーマン・カポーティがそうだと思うのですが、これはテレビのニュースを見ていますと、芸能欄に出てきますね。芸能ニュースの中に、ノーマン・メイラーがどうしたとか、カポーティがこの間ヨットに乗ったとか出てくるのです。日本では、それ以外の人は、ノーベル賞もらおうが何しようが、そんなに出てこないです。日本では、そうじゃないでしょう。芸能人より有名じゃないですか。

安岡　日本では、ちょっと地位が高いかな。

柄谷　地位はアメリカでも、大学の先生だから高いことは高いんですが、知名度なんていったら問題じゃないでしょうね。こういう状態で物を書いて持続するということは、すごく緊張感を必要とするはずですね。

ところが、ぼくはそこにいて感じたのは、むしろ差別されている人間が集まって、わりと気楽に隠棲しているという感じですね。

安岡　それはあるね。

柄谷　隠棲するところに自分を置いて、それなりに充実しているということで、ぼくも、生まれてはじめて落ちついたような、充実感があったですね。

安岡　そういう意味で、文化というのはあるんだな。確かにそれはある。つまり、われわれより軽薄じゃないところはあるわけだ。

けれどもアメリカの中から、文化とか文学というものを現に生み出してはいますが、これは何か本当に移り変わっていく一つの鎖であって、永続的な、あるしっかりした土台の上に打ち立てられているものとは違うような気がする。そういう意味では、ぼくはアメリカ文学はあまり将来性ないような気がするね。

柄谷　ないと思いますね。ぼくなんか、アメリカ文学をやっていてやめちゃったけれども、基本的にフィッツジェラルドやフォークナーくらいで終わりじゃないですか。それ以上のものはないでしょうしね。今どう見ても、とにかく面白いという感じはないですね。

安岡　じつに刺激的ではあるわけだよ。つまり『ルーツ』のような、あれは完全な大衆小説だと思うけれども。

柄谷　しかし、アメリカでは出版形態から言っても、みんなある意味で大衆小説でしょう。

安岡　そりゃ元来、小説というのはみんなそうだろう。しかしアメリカのは、とくに刺激的なんだ。刺激はあるけれども、そこから未来が開けていくようなものではないな。

柄谷　最近は「見てから読むか、読んでから見るか」というのが流行っているけれども、そういう感じがしますね（笑）。
安岡　全体が、そうかねえ。
柄谷　全体的には、そうじゃないですか。日本もそうなっているんで、そういう意味では、アメリカ文学だけでなくて日本文学もそうだ、という気がするんですがね。アメリカでベストセラーだったら、ほとんど日本でもベストセラーになるという感じが、どうもそれを表しているような気がする。
安岡　これは日本だけじゃなくて、たとえばフランスでさえも、『ルーツ』というのはベストセラーらしいからな。
柄谷　フランスも、基本的にはアメリカ化しているんですよ。
安岡　そういうことかもしれないな。ドイツはもちろんそうだしね。

なぜ小林秀雄は改稿するか

柄谷　ちょっと小林秀雄のことで言いたいことがあるんですが、安岡さん、作品を雑誌に発表したり、さらにそれを本にするときに、自分でどのくらい直しますか。
安岡　雑誌に発表するときは、『群像』に書いたある小説なんか、『群像』の手違いもあったけれども、五校までとったんだな。それで印刷屋が、辞典じゃあるまいしと大怒りに怒ったんで、ぼくは酒二升持って印刷屋に謝りに行きましたが、『群像』なんか、そういうことを比較的よくやってくれたな。

けれども、雑誌の場合だったら、やっぱり雑誌に発表するまでに一回ぐらい書き直せばいいほうで、そのまま渡しちゃうことが多い。

柄谷　その後は……。

安岡　後は、ぼくはほとんど直さない主義。それは直す場合もありますけど、やっぱり一回だな。でも、活字になったときが勝負みたいなところがありましてね。

柄谷　気に入らないという感じ、ありますか。

安岡　それはあるけれども、もう活字にしたとき諦める。

ただ、弁解のために言えば、いま『新潮』で連載している非常に長い長い文章は、これは本にするときに徹底的に短くするつもりです。なぜかと言うと、これはべつに歴史小説を書くつもりじゃなかったけれど、歴史に触れないわけにはいかないので、本を読みながら書いているわけ。つまり、やぶ医者と同じで、本と首っ引きで物事を見ているわけだから、余分なことをいっぱい書いちゃうんですね。だから、自分の作品として、雑誌で書き上げた後に、改めてもう一回書き直してみなきゃダメだとは思っているのです。

柄谷　なぜそういうことをお伺いしたかと言いますと、ぼくは、とにかく本にするときに直すほうなんですよ。逆に言うと、本ができなくなっちゃうわけですね。たとえば、安岡さんが最初に言われたけれども、「マルクス論」というのは、実はだいぶ前に『群像』に半年間連載しているんです。

安岡　ああ、そうか。

柄谷　だけど、それは本にできなかったのです。それはものすごくイヤなんです。ダメだと思ったのです。最近読んで、そうでもないや、どうせ新しく今書いているからどうでもいいや、という感じになってきたんですけどね。

ただ、自分にそういう性癖はあるんですが、小林さんはもっと極端で、「感想」という題でベルクソンについて書いて、途中でやめてしまって、本にもしなかったでしょう。上手くいかない面があったわけですね。

『本居宣長』は、ベルクソン論の続きみたいなものでしょうが、なぜこれだけは完成できたのかというところに、ぼくはひっかかりを感じるんです。一般に、小林さんのものを読むと、何かどこか気に入らないところがある。小林さんは、どの時代に生きているわけでもない、何か普遍的なものを書こうとしてしまうんじゃないか、と思うのです。

つまり、いま七〇年代に生きているわれわれには、その時代特有のへんちくりんなものがある。小林さんにだって、そうやって十二年続けてやっていれば、その時代の中で考えていますから、必ずそういう部分は出てくるでしょう。それを、彼は全部削りますね。いつもそれを削った後の、ある永遠なるものだけでできている作品をつくるわけですよ。

その意識自体が、ぼくは何かイヤなんです。ぼく自身もそういう気持があるけれども、ただし、どこかで直せないというか、直しちゃいけないとか、そういうものがあるんじゃないですか。

安岡　これは難しいんだな。本質的な問題にいきなり入ってくるわけで、非常に難しいことだよ。これは、直してはいけないというか、直すことは不正直なんだから。

柄谷　でも、正直なことでもあるんですよ。自分に気に入らないから直すんだから。

安岡　けれども、自分の考えが気に入らなくたって、これは当り前なんだよ。間違ったことはいろいろ考えるけれども、オレなんかもわりに直すほうではあるね。原稿用紙の段階でも、かなり直す。

これはやっぱり、物を書こうとしたり何かするときに、自分の考えがいつも出てこないんだよ、いろいろなものを見ちゃって。右を見たり左を見たり、他人の意見を気にするというものでは必ずしもなくて、自分が何を考えているのかということに、なかなかぶち当たらない人間だな、オレなんか。

柄谷　ぼくも、批評家にしてはそうなんですよ（笑）。

安岡　批評家にしてはと言うけれども、それは君、同じだよ。

柄谷　けれども、批評家と言われる人には、大概パーッといろいろわかっちゃう人がいますよ（笑）。

安岡　そういうことは、ぼくはあまり信じないね。本当は、わかることは一度にわかるもんだよな。わからなければいけないことだけれども、ほとんどの場合は、パッとわかったふりはするわ（笑）。

柄谷　それは、ふりですよ。だから、ぼくも偉そうに時評なんか書いているときは別にして

（笑）、自分が考えているときには、本当はそれがいいのか悪いのか、わからない。書いているうちに出てくる。それは自分でも保証できないから、いつも何年かたってみないと、自分の言っていることの意味がよくわからない、というところがあるんです。

小林さんの場合、彼の書いてきた大部分がそうだけれども、常に直してきますね。直した結果、どれを読んでも、ある均等な声が聞こえてくるわけです。

『宣長』でもそうなんですが、「どの学者もみんな偉い、同じことがらを違ったふうに語っただけだ」というふうに見えるんですね。けれども、本当にそうかな、と思う。

彼らは、生きている間は相手をやっつけようということで、みんな激突しています。宣長と真淵は徹底的に違うのです。同じ精神があるといっても、今の学者でも思想家でもみんなそうですが、そんなレベルでやれないですね。もちろん同じものはありますけど、争っているのは差異で争っているわけで、小林さんが見ているのは、どうしても、ある精神の形としてはみんな同一だという気がする。

安岡　たしかに、小林さんはアメリカ人のように、あるいは戦後世代のぼくらのように、激突はしておられないかもしれない。差異はみんな自分の中に呑みこんで、自己処理しておられるように見える。

しかし、これは差異のあることを認めない、というわけではないんだな。ただ、小林さんの関心は、もっと超越的なものに向かっているんだろう。あるいは、歴史というものを、そういうふうに考えているからじゃないかな。

柄谷　それ自体は、いいんですよ。

ぼくが小林さんから学んだのは、結局のところ、思想家と言われている人の思想、マルクスでもいいしヘーゲルでもいいんですけれども、そういうふうに言われている差異は、全部ぶっ壊したほうがいい。そう言われている体系みたいなものを全部ぶっ壊して、それから考えたほうがいい。それはほとんど体質的に、小林さんの批評というのはぼくの中にありますよ。

けれども、事実としてぼくが考えようとすれば、たとえば小林秀雄という人の批評はダメだとか、そういうことだと思う。そこにドラマがあるんじゃないですか。真淵と宣長は違うということは、決定的な違いで、その違いのほうが大きいんじゃないかと思う。

安岡　ぼくは真淵も宣長も知らないし、したがって小林さんがこの二人を並べて同じように評価しているとしても、それをどうのこうのとは、ぼくは『宣長』だって、まだ一通り読んでいるとも言えないんだ。だから何とも言いようがないんだけれども、やっぱりあの中にこもっているものは、一種の挽歌なんだな。

柄谷　それを書いておられたわけでしょう。

安岡　ぼくはそう思う。あの人の今まで生きてきたことを、ずっと考えているものだろうと思うんだ。そういう意味では、真淵もなければ宣長もないかもしれない。

柄谷　それはそうです。だから、小林さんがそういう仕事をなさるのはいいんです。それで、とにかくあんな仕事を終わっちゃったら、彼は危ないんじゃないかと思います。死んじゃうんじゃないか、という気がするんですよ（笑）。

安岡　それは最初から最後までそうだよ。文士は誰だって、ひと仕事終わったあとは多少とも死んだようになっちゃうよ。ただ、まあそう言ったって死なないこともあるからね。

小林秀雄と「批評」という危機意識

柄谷　結局、小林秀雄は批評家だと思うのです。「批評」という危機の意識は、何をやっても消えるものではないし、宣長をやったとしても、ぼくは、ことさら日本のほうに行ったとは思わないのです。あれは西洋美術やっていたって同じだと思う。むろん、そんなことを言えば、ぼくが今やっていることだって、もしかしたら、ずっとそうなのかもしれないんですけどね。

安岡　それは、君は君のことしかやらないよ。

柄谷　やれないわけですよ。やれないから、ぼくは小林さんに対してそういうレベルで何も言えないわけです。けれども、何か違うと思うのですよ。

学問とは何かって、そんなこと言えませんが、もっと間違ったことを言うことじゃないか、と思うのです。

安岡　わたしは、学問ということは全然わからないです（笑）。学者という存在もわからないし、学問というのは何をしているのか全然わからないよ。

柄谷　小説には、間違いはないですよ。間違ったという小説はないですよ。ダメだとか、いいとかしかない。けれども、学問というのは間違うんじゃないかと思う。その間違い方に、意味があるんですよ。小林さんという人は、間違うようなものを提出してないですね。

安岡　じゃ、小説家のようなものを提出しているの。

柄谷　してないですね。

安岡　それもしてないのか。

柄谷　ええ。やっぱり「批評」という危機の意識だけが出ているような気がする。ベルクソン論では、間違うかもしれないような問題をやっていましたけど、放棄してしまったわけですね。しかし宣長も、間違ったことをいっぱい言っているわけです。真淵も間違ったことをいっぱい言っています。ある意味では真淵のほうが、ずっとすぐれたところがいっぱいあるんですよ。

要するに、彼らは間違うかもしれないところで勝負しているはずなんで、ぼくも最近は、間違ったことを言ってやろうと思っているんです。間違ってもいいじゃないですか。後で、それは否定されればいいんですから。そんなに偉そうなことは言えないけれども（笑）。

安岡　そうだな、かなり勇ましくならないと、間違ったことを言ってやろうということにはならぬわな（笑）。

ただね、学問というものはぼくは知らないし、文芸批評も学問的な要素があるとすれば、そこはぼくにはわからない。しかし小林さんは、これまで自分の仕事で間違いはたくさんやってきた、とは思っておられるんじゃないかな。そういう自覚の中で、批評の危機意識がいよいよ尖鋭になって、それが目立つということは言えるのかもしれないが、それだけが小林秀雄である、ということはないだろう。

間違いと言えば、小林さんの『地獄の季節』の誤訳はむしろ有名すぎるほどだけれど、ぼくにはもちろん、何が誤訳かわからないよ。しかし、誤訳はわからないけれども、「往け、ふらまんの酩酊船」というような口調からは、旧制一高の寮歌が響いてくるような気がするんだな。……しかし、仮りにランボーが一高の寮歌を歌ったようになったとしてもだよ、あれを超える訳詞が今後現れるとは、ぼくには思えないよ。

そりゃ、ランボーの言葉を日本語に置き換える、そんなことは元来不可能だからな。それを一番よく知ってるのは、小林さん自身だよ。そういう敗北感は小林さんの中には、うんとあると思うんだ。しかし、ランボーの詩を訳すのに、その言葉のイメージを、小林さんほど自分自身で生きてきた人もないんじゃないか。そうやって獲得した言葉のプライオリティは、容易なことじゃ崩されないよ。

ランボーから宣長へ来るまでの小林さんの仕事は、失敗の連続だったとしても、これは不思議じゃないだろう。それに、これはどう考えたって学者のやることとは思えないよ。どちらかと言えば、詩人に近い仕事のやり方だろう。『宣長』だって結局、言葉だろう。あの引用の言葉の中に、小林さんの最も言いたいことが入っているような気がするな。

……そりゃ、君の言う通り、間違えたっていい。しかし、今の小林さんは、もうそんなことは言っていられないくらい、ほとんど絶望しておられるんじゃないのかな。たとえば日本語というものだって、こうデタラメになってくると、本当のことを言って、ぼくらも不安にはなる。

柄谷　たぶん小林さんにとって、最大の事件は敗戦だった、と思うんですよ。しかも、それは戦後の著作集では、最も隠されてしまっていることですけどね。だから小林さんは、自分を間違わせることのないような超越的な対象を求めてきた、と思うんですね。それが「絶望」というものだと思うんです。また、それは一度、歴史的な現実に賭けたことのある人だけが持つものので、ぼくは、それに対して何も言うことはできないんです。

ただ、それとは違った「絶望」というものがあるでしょう。それは、小林さんとは逆に、何が何でも世界を解読してやろうということだと思うのです。解読したからって、どういう希望もあるわけじゃない。マルクスの『資本論』なんかそういう仕事であって、あれも「絶望」の形態なんです。

たとえば、日本にかぎらず、文学の展望はもう絶望的なものですよ。今ごろ、構造主義がどうのと嬉しそうに言う人は、それだって絶望的な産物だ、ということさえわかっていないんです。だけど、しようがない、こうなったら、とことんまでやるほかない。まあ、そういうことをぼくは最近感じているのですけどね。

〔『群像』一九七八年一月号〕

ツリーと構想力——寺山修司

抽象的で現実的な領域

柄谷　寺山さんは競馬評論も含めていろんなことをやっておられるので、全体的な姿といいますか、そういうものがあまりよくわからない。ただ、最初は歌人として短歌から出発したということは、はっきりしていますよね。それは現在から振り返ってみた場合、どうお考えですか。なぜ短歌なのかと……。

寺山　ぼくには「全体像」としての個人という認識がないんですね。たしかに、自分をひとつの連続体として捉えようとすると、短歌をやっていたことと、演劇に関心をもつようになったことを、モノローグからダイアローグへの移行であるとか、短歌型式のもっている自己肯定性とその円環構造みたいなものに苛立ち始めたこととか、いろいろ説明はつけられると思うんだけれど。

しかし、短歌をつくっていた自分と、いまこの席に坐っている自分とはまったく他人である。同時に、競馬場の放送席で馬の血統についてしゃべっている自分もまた他人であって、それぞれ不連続に他人として共存している。それを、おしなべてひとつに人格化しなければいけないという考え方から、だんだん遠ざかってきたっていうことなんだと思います。

だから、最近興味を抱いている観念は〝中断〟ということです。バラバラに解体された個が連続しそうになる、あるいは人格としてのひとつのコンテクストができかかる、「ストーリー」になりかける、ということに苛立つということなのね。

柄谷　その〝中断〟ということは、わかるような気がしますけどね。寺山さんほどの実質的な広がりはないけれども。ぼくは自分が仕事をやってきたなかで、いつも、〝中断〟があるんですよ。経済学をやったり、英文学をやったり、哲学をやったりしてきたけど、それがどうつながっているのか自分でも考えたことがないし、批評っていうものも、それをやってるという気があまりしないんですね。世間ではいちおう文芸評論家とはなっているけれども、まったく興味をもってないというふうにも言えるしね。

寺山　でも、じっさいに劇場へ出かけて行くよりも、どちらかというと本を開いて小説読んでいる時間のほうが多いんじゃないかな。

柄谷　いや、小説は全然読みません。

寺山　全然読まない……?

柄谷　じつに読まないですね(笑)。どうしてこんなに読まないのかと思うくらい、読まない。

寺山　小説にもいろいろあって、作家が自分で「小説」というクレジットを出したものだとはかぎらない。世界を「小説」として読む権利は読者のほうにある。しかし、逆に言えば小説をたくさん読んで「オレは小説を読んでいない」と言う権利もある。「小説」と名づけて出されたものを、精神分析の本だと思って読む権利もあるでしょう。そのへんで柄谷さんにとっての「小説」の定義を聞いておくべきかもしれませんね。

柄谷　小説からは、だいぶ前からあまり刺激を受けませんね。どうしてかわからないけれども。

寺山　なにからいちばん刺激を受ける？

柄谷　理論的なものですね。在るのか無いのかわからないような領域をやっている理論ですね。言語学にしても身体論にしても、たぶん演劇もそうだと思いますが、普通の経験的な意味で実在しているとは言えないような領域でしょう。そういう領域をあたかも実在しているかのごとく記述しながら、逆に経験的に実在しているように見えるほうをくつがえすことが、理論的にはできるんじゃないかと思っているんです。

しかし、そのことにときおり絶望的になってくると、まあ小説でもいいんですが、読むんじゃなくて自分で書くというほうに転換するんじゃないでしょうか。むしろ、そちらに転換したいという気がしますけど。自分で書いていないのに読む気がしないってことがありますね、だんだんと。前はそうでもなかったんですが。

寺山　演劇をやっていていちばん苛立つことは、いつの間にか、演劇が興行と同義語になってしまっているということなんですね。いわゆるアンチ・パフォーマンスというか、興行形態をとらないで演劇はどこまで可能かってことが、すっぽり抜け落ちている。少なくとも演劇の本来的な活性力が二の次になってしまっている。

柄谷さんは貨幣形態のことを「商品が商品同士ではそれが同一性と差異の戯れにすぎなかったものが、貨幣形態が介在することによって先験的な価値を獲得する」と書いているけれど、べつの言い方で、「俳優はまさに貨幣形態と同じように、その同一性と差異の戯れであった」と言える。そして、関係にひとつのある先験的な価値をもたらしてきたわけです。そういうものを固定化し、システム化してしまったのが劇場だったと言えるわけですね。なぜ特定の劇場空間のなかで入場券を買って入ってきた人たちとの関係でしか演劇は成り立たなくなってしまったのか、なぜ文学を再現するための道具としてのみ俳優が必要だったのか。演劇にとって台本が本当に必要だったものか、と。演劇がもし偶然性をイマジネーションによって組織するためのひとつのダイナミズムだとすると、べつに台本をそこに準備する必要はなかったんじゃないか。終演後、楽屋で飯を食って帰るとわかっているマクベスが死ぬのを観るのは、おもしろいものじゃない。劇場の外にももっとたくさんのマクベスを観ることができるような機会を、組織できる方法はないだろうか。

そういうものを政治的な街頭ブランキズムみたいなものとして捉えるんじゃなくて、演劇というカテゴリーのなかで捉え直す方法がないだろうか、という関心がある。

それから、観客が観客というかたちで立ち会いを許された覗き魔になっている、そういう水たまりみたいな緩衝帯が必要なのかどうか。もっとダイレクトに、相手との相互性を見出す、たとえば知識を経験に翻訳して、それを立ち会い人としての観客に押しつけることをやめてみる。

すなわち、直接の演劇としてアンチ・パフォーマンスというかたちが可能だとしたら、それはどんな方法かということになる。たとえば書簡形式の演劇だったり、電話形式の演劇だったり、ラリーのような演劇だったりするかもしれない劇を、劇場の外側へもちだして、どのくらいまで演劇が従来の固定した演劇観から逸脱しつつ、なお演劇でありうるかってことに興味がある。だから、演劇雑誌や演劇の情勢論的なところでの関心ってほとんどなくなってきていますね。

それはちょうど柄谷さんが先ほど言った、従来あるジャンルのカテゴリー以外のところで自分のひとつの方法というか、そういったものを模索しているのと同じかどうか、わからないけれども。

柄谷　いまのお話をうかがっていると、抽象的な実験のように感じますね。抽象的というのは、いい意味で言っているんですけれどもね。というのは、抽象としてしか存在しないような現実性があると思うんですね。

たとえば言語学でいえば、音韻なんてことを言いますよね。この音韻というのは音声ではない。音声とは物理的なもので測定もできますが、音韻は意味を区別する関係性としてだけ取り出されるものですから、経験的には実在していないですね。しかしそういうレベルの現実性を扱っているんだということを、おそらく大半の言語学者は気がついていないのです。

いまの演劇についての一つひとつの疑いというのは、おそらく同じような意味で抽象的で現実的な領域での問題であろうと思うんです。演劇を、経験的なものからひきはがしてみる作業ではないでしょうか。そのことによって、世の中がどうなるわけでもないんですけどもね。

寺山　どのみち歴史っていうのは無目的なものだしね。世の中をどうかしようという目的から逆算的に演劇を考え始めたとしたら、それはブレヒトの考えたような、感化力とか教育性をもった演劇になるわけで、それはいわば奉仕する演劇だった。同時に、そういうものが演劇をつまらなくしてきたってこともある。

思いがけないもの、つまりまったく予期できなかった偶然を想像力で組織することは、連続性の〝中断〟でもあるわけです。それは、知らない人からくる一通の手紙とか思いがけない訪問者との出会いのようなものです。自分の日常の概念では捉えがたい「異物」の媒介によって出てくる「言葉に対する疑い」とか、「価値に対する疑い」、まさに「意味そのものに対する疑い」を含めて、そういうものがドラマツルギーというものじゃないかという感じをもっているわけです。

だから、一人の作家がつくりだした物語を再現するのに、ものすごいエネルギーと金と時間をかけている、従来の「演劇」と言われているものを見てると、楽しんでも楽しまなくても、それはせいぜい長編小説一冊分のおもしろさ程度のものだろうし、そういうことのために自分が一生かけてやるっていうのは、バカげてるという感じがするわけですよ。

柄谷　さっき〝中断〟と言われたけれど、〝横断〟と言ってもいいわけでしょう。

寺山　ああ、いいですね。

二分法の限界性

柄谷　ぼくがここずっと考えていることというのは構造やシステムの問題で、それは市川浩さんの関心とつながるんですけどね。

人間が考えるシステムっていうのは、たとえば人工都市のシステムがそうなんですが、目的・機能の点から見出されるわけで、いつもツリー状なんですね。ツリーというのは系統樹みたいなものですけれど。それに対して自然都市はツリーじゃない。いわばツリーが横断的に多重的に結合してしまうような構造で、それを建築理論ではセミ・ラティス（半束）と言うらしいですが。フランスのジル・ドゥルーズなんかは、それをリゾームと呼んでいますけどね。ふつう、系統樹的な進化論でも弁証法的な進化論でもそうですが、上から下であれ、下から上であれ、ツリーになっている。それに対して、どんな横断的結合も可能な多重構造体が考えられるわけですよ。

演劇が劇場でなされるものであるならば、それはすでにツリーになっているんだけれども、寺山さんがさっき言っていたようにそこに電話がかかってくるとかというのは、それをリゾーム状にすることなんじゃないかと思うんですね。それは、そこに経験的現実的なものがべつに入ってくるということじゃないか。演劇とか劇場と言われているひとつのツリー状のシステムに対する疑いは、本当はそのレベルでなされなければならないでしょう。

それは、もう一度実在的な経験的なレベルに戻っていくことではなくて、いわば「劇場」でも「現実」でもない領域に降りていく、抽象的な実験のような気がするんです。いままでの演劇的な実験というと、現実的な出来事をもってきたでしょう。そうじゃなくて、演劇的なシステムに対して、そのもっと根元的なシステムを考えるという意味での、抽象的な実験のような気がしますね、寺山さんの言われていることは。

寺山　まあ、ピランデルロなんかは、劇場のなかに日常の現実をもちこむことによって抽象的な実験を試みたってことは言えるんじゃないかな。

柄谷　うん、そうそう。

寺山　ただ、劇場のなかに演劇が封じこめられてしまったということはあるけれど、劇場が演劇を生み出してきた歴史っていうのはなかったような気がするね。

思いがけずマクベスから電話がかかってきたりダンカンの葬式の案内状がきたりすることは笑ってすますこともできるけれども、ある地平を超えたときから犯罪化する。社会的な混乱が起こる。しかもその混乱は特定の誰かの利益のために起こるものじゃないから、取り締まることがむずかしい。

つまり、現実を虚構として二元的に捉えることができなくなってゆく事件、「現実と虚構は両義的なものだ」と言ってすませられない事件。受け手の側に、ある種の主観が働かないかぎりはそれらは排除できないから、混乱は深まるわけです。

結局は、「劇場」が無限にヘリを失くしていくこと自体が問題です。本来、演劇にダイナミズムってものがもしあったとすれば、そういうものだったんじゃないかって気がする。

柄谷　世界劇場なんていう観念がむかしはあったわけですし、いずれにしても世界を劇場として捉える考えはありますね。現在では、精神分析が——エディプス・コンプレックスがそうであるように——われわれをひとつの「劇場」に押しこめているわけです。いわゆる現実的な世界は、「劇場」なのです。

たとえば役割という概念をとりあげてもいいですけどね。役割というものは、やはり機能ですから目的的なものです。したがって、つねにその役割を上から統合しているツリー構造があると思うんですよ。

現実的なものは、演劇的に、あるいは役割的に考えられるけれども、それはいつもツリーの構造をしているんじゃないでしょうか。だから劇場に対して現実をもってくるのは、同じ構造を対応させているような気がする。たとえばブレヒトがそうだとぼくは思う。現実的なところへ持っていっても、なにかまたツリーに押しこめるためにやっているような気がするんですね。

だから、先ほど抽象的と言ったのは現実に対立させて言ったのではなく、現実的なものというのがむしろツリー的な構造のもので、寺山さんの言うような意味での演劇概念を広げていくということは、演劇のツリー構造も現実のツリー構造も、あわせて解体させる実験のような気がするんですけどね。

寺山　役割ってことに最近非常に興味があるのね。人格と同じように役割という概念は可能か。柄谷さんの言い方をすると、役割は社会生活をしていくうえで不可避的であり、同時に不可能なところがあることになる。

しかし、たとえばルイージ・マレルバの『とんぼ返り』という小説の、第一章で主人公だと思っていた人物がいつの間にか死んじゃって、途中から「わたし」がちがう人間に継承されていくこと。グスタフ・マイリンクの小説『ゴーレム』のなかで、赤毛の少女に変態行為をしている中年男を窓からじっと見ている自分が、その中年男自身だったりすること。すなわち、ぼくらが私小説的に人物の一人ひとりに役割、役柄を仮託しながら読んでいく楽しみが、まったく成立しなくなってくる。

そういう意味で、役割というものが人格的な統一性から分離されてしまっている。役割は社会的な機能として当然あるけれど、しかし、ぼくらはかなりいろんな市民権をもっている。身分証明書を何十種類ももっている。そのなかのひとつに自分が閉じこめられながら、他のほうへ逸脱していける自由をも同時にもっているわけだから、やたら役割を入れ換えたり取り換えたりすることができる。朝は男として出かけ、夕方、女として家に帰ってきたりするようなことは奇蹟ではない。

「オレはおまえだ」倶楽部の会員になることは、難儀なことではないのです。そうなると「役割」はほとんど不可能になっていくでしょう。そういう不可能な人間が突然、保険の集金人になってドアをノックして訪ねてきたりする恐ろしさのなかに、ぼくらは生きている。

柄谷　ええ。さっきから現実的なものと言ってるけれども、ぼくが感じる現実的なものというのは、けっして逆説の意味ではなくて、かえってそういうものが出てくるときですよね。それは抽象としてだけあるような現実性です。たとえば、カフカの小説を読んでいると非常に現実的な感じがする。それは、そこに抽象としての現実性があるからだろうと思います。

いまの役割という話ですが、たとえば自分が男であるとか女であるとかということは、生物的な性としては客観的にあるにもかかわらず、本当は意味づけの問題ですよね。だからこそホモになったりするし、なれるわけです。

寺山　ぼくは「ある」というのが現実の用語で、「なる」というのが演劇の用語だと思っている。人間が先験的に与えられたもので変えられないものなんて本当にあるんだろうかと思う。そうすると男根をつけた女に「なった」としてもそれはかまわないわけで、無限に「なる」可能性のなかに演劇が生成される。なれない人間が結局、青い顔をして満員電車に乗ってる。

柄谷　ところがひとつ問題があって、ホモセクシュアルになった場合、こんどはホモセクシュアル以外にはなれないでしょう?

寺山　いや、ホモセクシュアルでありながら電車の車掌にもなれる。近親姦もでき、同時に切手蒐集狂でもありうる。

柄谷　理論的にはそうであったとしても、いったんある組み合わせをしたら、それが決定的なものとなってしまうでしょう。

寺山　どうだろう?　それは、いまの段階で「想像しないことを三つ挙げよ」と言われても想像できないことなどひとつも挙げられない。だけども想像できないものを数えることができる人間が出てこないと考えるのは、われわれの限界であってね。注射一本で計画的に夢をみたり、記憶を編集したりすることができる人間も生まれてくるにちがいないんです。性器のカテゴリーだって無限に拡大していく。性器も人工化して数を追い越す。「指は性器か」とか「耳は性器か」というようなことについての疑いは、無限に「なる」可能性のなかから出てくるものです。

だから性的に変わるったって、男が女に変わったり、せいぜいが同性愛か、そんなもんでしょう、とは言い切れないんじゃないかな。

柄谷　うん、それはそうですけれどね。でも、身体的に変えるという方向はあまり意味がないんじゃないでしょうかね。身体を変えることは、むしろ意味あるいは役割のほうからきているんだから。

寺山　身体という概念を等身大で捉えるという発想を前提にすれば、そうかもしれない。だけどさっき言ったように「オレはおまえだ」という発想、つまり二人が一人であったり一人が二人であったりする。それが、さらに一枚二枚であったりするように、無限に分極化していく可能性が出てきたとき、等身大の身体論という前提自体がすでに限界をもってるんじゃないかな。そうなったときには、意味も函数的に変化してゆくしかないんだから。

柄谷　それはそうですがね。ぼくが考えているのはこういうことです。理論的には考えられる恣意性が、あるいは関係性が、なぜいかにして、経験的にはそうでなくなってしまうのか？なぜ多様な可能性が排除されてしまうのか？そのような排除的な構造はなんなのか？人間が男であるか女であるかってことは、まったく組み替え可能であり意味の問題であり役割の問題であるといっても、いったんホモセクシュアルになった人は、ホモセクシュアルでないようにはなれないでしょう。

寺山　そんなもんかな。

柄谷　そうだと思いますけれど。

寺山　ホモセクシュアルの人がホモセクシュアル以外のものになれないというのは臨床医学的

な判断でね、外側から観察していると思うんですよ。ある意味で「見方の制度」というか、見る眼のなかに、政治的なコンテクストに、はめこんでしまう危険が感じられる。

ホモセクシュアルな人間が突然、数学をする。女に情欲を感じたりする。その女っていうのは鏡に映っている自分か、鏡の後ろ側にいる観客の一人かなんかわからないような同体感が生まれる。ぼくらにホモセクシュアルにならないと言い切れる理由はひとつもない。それは殺人者になるよりもずっと易しいことかもしれない……。だいたい、「ホモセクシュアルな人間」なんていなくて、「ホモセクシュアルになることのできる人間」がいる。つまり、定義は行為を追いかける。

「ホモセクシュアル」と名づける側は安心だけれども、名づけられて、番号をふられたときから始まる「オレはホモセクシュアル以外のものになる」というエネルギーというか活力みたいなものを、見落としてしまう危険っていうのは、すごくあるってこと。

柄谷　ええ、それはそうですが、ぼくは、むしろホモセクシュアルであることを他人に強いられることによって、あるいはそれを受けいれることによって、「性」というものの自然性を逆襲する場所に立つのだと思いますね。まずわれわれは「結果」から出発するほかないでしょう。「始元」はそこから考えられるわけですから。

寺山　ぼくは抽象的に語ることに非常に意味があるということを前提にしてきくんだけど、柄谷さんは男性と寝たことがある？　あるいはホモセクシュアルな体験をしたことは。

柄谷　いや、ないです。

寺山　そうすると、体験が抽象化の前提になるとは思わないけれど、医者が病人に「ホモセクシュアルと名づけることによってホモセクシュアルでないことの可能性についての論議が始まる」という言い方をしているような、ゴム手袋はめて対象に触れているような感じにきこえるけど、どうだろう?

柄谷　うーん。それはある逆転として、しようがないような気がしますけどね。たとえば健康な意識というものを逆に病気として見るような視点があるとしますね。しかし、健康さってものが病気なのだというようなその場合にも、やはり「医者」になっているわけでしょう。

寺山　それはすごく明快だけどね。でも、健康と病気が、脂身と赤身の部分が入り混じった霜降り状態で一人の人間のなかに混在しているとすれば、現実においてほとんど分離不能な状態にぼくらはいるんじゃないか。

柄谷　それはそうですね。

寺山　だから、どちらかにひとつの抽象的な芯を据えてそこから反転して見るという見方が可能な間は、さっきおっしゃったツリー想定が有効だと思うけど、それがだんだん不可能になってきてる。

柄谷　ああ、そうですか。それは溶けこんじゃったというか……。

寺山　うん、溶けこんだというのかな。

柄谷　そうですよね、ただ人間がものを捉えるときは、男と女にしても、必ず二分法をとりますよ。わかりいいですから。

寺山　社会的方便としてですよね。

柄谷　ええ、ええ。自然と文化、コンピュータの0と1にしてもそう。あるいは、縦軸と横軸で考えていくと、ある部分非常によくわかってくる。科学がやってることは、わかりやすい区切り方をしてそこでちゃんと合ったということを確認していくことです。しかし、それを全部排除できないわけでしょう。

寺山　さっき言っていた「結果から始元を見出すしかない」ということで言えば、結果っていうものは思いがけずやってくる。始元と結果との距離間隔も、遠大だったり手近だったりする。それはゴムのように伸び縮みしている。そういうもののなかで、科学的な分類、縦と横というような統計的で冷静な、理性的な判断みたいなものに対する絶望が、演劇というジャンルを支えてきたんじゃないかと思う。

柄谷　それでもぼくはやはり、演劇は基本的にツリーを設定してやっていると思います。

寺山　うん、まあそうでしょうけどね。

柄谷　そうじゃないと、それも否定してしまうと、足がかりがなにもないでしょう。観る者と演じる者という二分法もあるし、それをともかく設定しないことには、それも否定できないわけだから。

寺山　しかし、この二分法との葛藤もまたドラマツルギーだと言えるでしょう。

柄谷　はじめっからないんなら、もはや黙ってるほかなくて、何もすることがないっていうふうになるでしょう。

寺山　俳優を否定するということは「俳優」という言葉から出発しているわけだから、それは一面の理です。ただ新しい理論がいつもそういうかたちで、まず系統樹からの反転もしくはそれに対するメタファーでしかなされてこなかったことに、演劇の限界性が感じられる。柄谷さんが「小説を読まない」というのと同じなんだろうけど。

柄谷　構造主義的な考え方がありますね。これも二分法なんですよ。たとえばマルクスも一見するとそうですが、資本家と労働者を主体として捉えるんではなく〝場所〟として捉えるんですね。そういう関係の場所はある構造的な空間であって、どんな人間を入れてもいいわけですよね。本人がどう考えようと、そこの場所に入ったやつは、資本家であり労働者なんですね。

寺山　そのへん、ぼくは専門じゃないからよくわからないんだけど、興味があるから聞きたいんだけどね。たとえば山口昌男さんが「中心と周縁」と言うでしょう。そのとき、中心も周縁も不可変なものではない。周縁が無限に中心をもっていて反転することも可能だし、中心のなかにも無限に周縁が含まれるそういう場合、いままで資本と労働の関係だけを不可変なものとして二分してきたけれども、そこにも当然相互性が働くってことがある。

柄谷　マルクスはそれをカテゴリーとして下向的に還元していったわけです。資本と賃労働は「貨幣と商品」の関係に還元されます。この固定した二分法的な場所をマルクスは価値形態論で解体しようとしてたと思うんですよ。つまり、貨幣という中心が、本来多重的な構造体を隠蔽してしまうということなのです。しかしそういう多重的な構造体は、ポジティヴに、明証的に語りえないのですよ。マルクスなんかはそういう苦労をしていると思います。ぼくはあえてそれを読みとるようにしているのですが。

五七調と七五調

柄谷　寺山さんに聞きたいんだけど、リズムというのはやはり示差的なものですね。

寺山　ええ。

柄谷　イントネーションもそうですが、それはそれで言語において不可欠な示差性だと思うんですね。そうでないと意味が通りませんから。

ところが、短歌と俳句を考えてみると、むかしはそうでもなかったのに、短歌はどうしても好きになれないですね、いま。俳句はいいなと思うんですよ。

寺山　すべて同感だね（笑）。

柄谷　五七五と五七五七七――七七がついただけで、どうしてこうも違っちゃうんだろうか。俳句的な気持で短歌をつくったとしても、五七五七七になると違っちゃうんじゃないですか。

寺山　俳句の場合、たとえば西東三鬼の「赤き火事哄笑せしが今日黒し」でも、島津亮の「父酔いて葬儀の花と共に倒る」でも、一回切れるでしょう。そこに、書いていない数行があるわけですよね。要するに系統樹は見えない。そこが読み手によってつくり変えがきく部分を抱えてるんじゃないかと思う。

短歌は、七七っていうあの反復のなかで完全に円環的に閉じられるようなところがある。同じことを二回くり返すときに、必ず二度目は複製化されている。マルクスの『ブリュメール十八日』でいうと、一度目は悲劇だったものが二度目にはもう笑いに変わる。だから、短歌ってどうやっても自己複製化して、対象を肯定するから、カオスにならない。風穴の吹き抜け場所がなくなってしまう。

ところが俳句の場合、五七五の短詩型の自衛手段として、どこかでいっぺん切れる切れ字を設ける。そこがちょうどのぞき穴になって、後ろ側に系統樹があるかもしれないと思わせるものがあるんじゃないかな。俳句は刺激的な文芸様式だと思うけど、短歌ってのは回帰的な自己肯定性が鼻についてくる。

柄谷　短歌というのは、どうやっても内面的になるでしょう。内面的でなさそうにやっても、なるでしょう。

寺山　内面自体に対する疑いを抱かず、それがあるものだという楽天的な前提に立って、表層部分だけをなぞるようなところがある。

柄谷　ええ、そうですね。もうひとつ思うんだけど、現代詩になっても五七調的なものと七五調的なのとありますよね。

五七調っていうのは内に入っていくという感じで、七五調っていうのは軍歌みたいな感じで、外向的でなんか軽薄でもあるんだけど、一般には思想性がないようですね。五七調にはなにか重たいような感じがあるでしょう。あれはなんですかね。

寺山　ぼくは、どちらかというと七五調のほうが好きだけどね。七五調のほうが簡単に忘れられるし、しかも内面化しないですむ感じがするのね。五七調って「結果が始元を……」（笑）

という さっきの言い方すると、たしかにそういうところがある。重いですよ。

柄谷　ええ。明治の近代文学の開始点みたいなところを見ていると、基本的に七五調から五七調への転換みたいに見えるんです。

たとえば、あの與謝野鉄幹は七五調でしょう。「妻を娶らば才長けて……」って。近代文学によってできあがる内面性の神話は、そういうリズムと関係しているんじゃないかと思うんです。まだ、具体的にはなにも書けないけどもね。

寺山　内面というふうなものの規定の仕方が、現代では非常に曖昧化している。しかし一方には、限りない内面化現象がある。

たとえばカフカの『ミレナへの手紙』では「人間は血の詰まったただの袋にすぎない」と言っている。ぼくらがしゃべっている言葉は、昨日読んだ本とか、一昨日見たテレビの断片が、コラージュされているだけかもしれない。昨日の食い物がいまのイントネーションに変わってる。自分と同じことをしゃべっている人間が、同時に三人ぐらいいたりするかもしれない。つまり非常に親しい人間で毎晩同じ議論をしていると、まったく同じことを言っているようになる。「演技」だね。そういうかたちになると「私」の定義はますます曖昧になっていく。

内面という言葉が外面の対語としてあるとしたら、外面がこれだけ曖昧に抽象化してきているのに、内面だけが確固として存在していると思って私小説の問題を論議している文学者たちが、すごくバカげて見えてくる。

柄谷　バカげて見えるっていうことは事実ですね。私小説のこと言われたけれども、私小説にも二通りありましてね、簡単に言えば俳句型と短歌型と。ぼくは俳句型が好きなんですが。それに、長歌型みたいな人もいますよ。たとえば藤枝静男の『悲しいだけ』なんかそうですけどね。風景だけを叙述していくんですが、順序がなくていい加減に書いていくわけね、そして最後がどうなるか本人もわかっていない。で、最後に反歌のようなものがひょっと出てくるわけです。これも基本的には俳句型でしょうが。私小説批判とか私小説はどうのこうのっていうのと、ちょっとちがうような気がする。あれは結局詩人なんでしょうね。小説家じゃないと思う。

日本の私小説家は、本質的には詩人になるべき人がやってるんじゃないかな。

寺山　その場合の「詩人」というものの定義も、いろいろあるでしょうけどね。

柄谷　ええ、歌人とか俳人と言ったほうがよいけれども。

日本人の体質的なもの——そんなものがあるかどうか、まあ結果的に言うだけのことですが——から考えてみますと、構成力がないんじゃないかと思うんですよ。コンポーズするということを日本人がやるのは、必ずと言っていいですが、中国からであれ西洋からであれ、ある体系的な思想が入ってきたときだけですね。

たとえば奈良や京都は現在でも街が非常に構成的ですよね。ところが郊外に出るとメチャクチャです。平城京とか平安京というようなコンストラクションは、中国からもたらされた観念だけでできたわけですよ。それが平安になると影響力がなくなって、鎖国的な感じになってくる。そうなると構成するということが非常につらくなってくるわけです。

江戸時代の後半もそうだったと思う。宣長が『源氏』をほめたたえたのは、朱子学・漢文学的なものへの反発からでしょう。もちろん『源氏』の作者には漢学の素養があったし、司馬遷の『史記』の愛読者だったらしいから、ある種の構成力はもっている。そうでないと、あんなしっかりしたものは書けやしない。しかし、宣長は、その漢意的「構成」に対する異議申し立ての部分を大きくとりあげたわけです。江戸時代には朱子学がそういう構成力を与えていたと思うんです。だから西鶴には構成力がなかったが、馬琴にはあった。

坪内逍遙が『小説神髄』のなかで、馬琴の小説を構成している観念を、あれは不自然だとやっつけているけれど、そういう意味では宣長の真似というかそれを継承しているんです。そのあたりで、逍遙と鷗外が論争していて、逍遙は宣長的であまり構成力ってことを言わない、自然がいいんだってことを言ってるんだけど、鷗外はイデーが先行すべきだと言って対立している。その鷗外も晩年は、構成を排除するかたちで歴史小説を書いている。

いうなれば、私小説とは、近代文学の構成力に対する疲労を感じたときに出てきたんだと思います。その次に構成力をもった文学というと、プロレタリア文学ですよね。プロレタリア文学はある骨格を与えますから。彼らが転向していくと、また私小説ですが。だから、ぼくは私小説を、歌や俳句のようなものだと思っているのです。日本人にとっては、構成するということが非常に無理なものなんだということ、それがあるんじゃないでしょうかね。

寺山　一局打ち終わった後の碁の布石を遡って一つひとつに性格を与えながら書いていくと、それは非常に構成的な「叙事詩」になる。結末から逆算していくわけだから。そういう場合、その構成力の範囲がわれわれを惹きつけるに足るだけのダイナミズムを持ちうるかどうかということになると、たとえばラテンアメリカ文学なんて非常に興味深いけれど、あれは非常に俳句的なものですよ。ガルシア・マルケスにしてもそうだし、ホルヘ・ルイス・ボルヘスなんかになると極端に俳句的だ。

俳句的なものは構成のたのしみを読者の側に提供し、読者の想像力によって小説の半世界を達成させる。小説的なひとつの世界の構築とは、作者と読者との相互創造によって成立すると考えたときには、半分の構成の余地、骨組みで、充分にダイナミックなものができるんじゃないかってことがある。

ところが日本の小説家には事大主義みたいなものがあって、自分を大げさに考える反動として、身辺の事実だけの「完成を急ぐ」ってかたちになるんじゃないか。

柄谷　西洋の作家がそうなる場合、キリスト教的なものがバックにあるような気がする。というのは、神がこの世界を造ったわけですから、造られたものの構造という、そういう構造概念があるでしょう。

寺山　うん。

柄谷　世界はすでに構成されてしまっているわけですよね。

寺山　まあ、人工っていう概念が日本人のなかでは必要以上に貶められてきたってことはある。

柄谷　彼らの思考は基本的にツリー構造なんですね。それに積極的に逆らうかたちでボルヘスのような人が出てくるわけでしょう。しかし日本の作家は、いわばつくることに「疲労」すると、そこに戻ってくるという感じがします。

構成力と理論化

寺山　こういうことはどうかな。多少乱暴だけれどもね。西欧の牧畜文明、東洋の農耕文明と分けたとき、むかし、西欧では死体を片づけるのに頭蓋骨を蹴って国境の外まで蹴り出していた。それが国境の代わりにセンターラインを引いて、蹴り出すと蹴り返すようになる。そしてそれをゲーム化するようになった。つまり、ダイアローグ的に球技は発達してきた。日本にも蹴鞠というかたちで頭蓋骨を蹴る遊びが入ってきたけれど、日本人はそれを手にもつようになって、一箇所で反復しながら発展させていった。

つまり日本人は、反復性のなかで一所定住しながら、モノローグ的に世界を復元したり解体したりしてきた。一人で充分にできた遊びだった。ところが西洋の場合、バレーにしてもサッカーにしてもラグビーにしても、ダイアローグってかたちをとる。「生きかわり死にかわりして打つ田かな」という鬼城の句は、まさにわれわれモノローグ文明の喩えだと思う。

日本の場合、演劇も語りから発生してきているから、つねにモノローグに根をもっている。虚子の「流れ行く大根の葉の早さかな」という句のように、世界がつねに外側にあって構築することなしで生きてこれたんじゃないか。そうやって考えていくと、どうも演劇は日本にいちばん不向きな形式だというところがあって、それが逆に演劇に対する関心のいちばんの動機、まあツリー的な言い方をすればそういうものだと思うんですけど。

柄谷　だから複雑な作業になるんじゃないですかね。マルクス主義の文学に対して小林秀雄がそれを評価したのは、私小説的な「作家の顔」としての「私」を強力にぶち壊すのがマルクス主義なんで、それこそが西洋的な「私」を出現させるんだという逆説的な意味で、マルクス主義をほめているわけですよね。プロレタリア文学が壊滅した後だけれども。

日本の私小説家が書く「私」とは、ほっときゃ出てくるものにすぎないわけですよ。いまのところマルクス主義のような、あるいは朱子学のような、そういう強力な枠をはめる思想がないでしょう。

寺山　しかし「思想をもたない人間は方法をもてばいい」のであって、その方法のテーゼとして幻の系統樹を見せる作業を、誰かしなければならない。批評家は怠けているところがある。

柄谷　ええ、そうなんです。その意味で批評は、いやでもツリー化していくわけですね。ただ、その批評も弱ってますよ（笑）。やる気がなくなってるというか、全部が私小説的になってきている。これはひとつには外国文学に対する畏れ、あるいは崇拝でもいいですが、それがなくなってきていることもあるでしょう。なにをきいても、かつて受けとったものと似ていて、ショックを受けない。それがいまの日本の文壇的な文学に関するぼくの不満です。

相当にきつい徹底的な専制思想が到来すれば、それに対抗するってことであっても、もう少しカチッとするんじゃないかと思いますが。

演劇の場合も、六〇年代まではいちおう新劇が中心だったから、寺山さんとか鈴木忠志、唐十郎でまあ三羽ガラスみたいな感じで、それを壊すってことでやってきたし、まだ前面にいる。これは、自分でひとつのツリーをつくってそれを壊すという自演、つまりそれ自体が演劇になっているような気がする。

寺山　それは批評の眼で見れば、演劇史的なひとつのツリーの上でのアクロバットにすぎないかもしれない。「いい年してトンボ返りはつらかろう」ということだと思うけど。ただこっちはそういう意味で言えば、必ずしもそういうツリーを保全するためにやってるわけじゃなく、むしろ逆にそのツリーを隠すために中断し、中断し、やっていく営みっていうものが自分自身のなかにある。ではほかに何をするかというと、出会うたのしみとか言葉をつくるたのしみもある。

いま、鈴木忠志とか唐十郎とかの名前を挙げたけど、ぼく自身の問題として言えば、演劇の歴史とか、あるいは文学と演劇の関係とかいうことと全然関係なく、さしあたって文学をやるよりもぼくにとって関心のあることをやっているということでしかないと思いますね、運動体としてではなく。

柄谷　じっさいね、強力なツリー的思想がないから、それに対する反対が生きてこないというのはダメな考え方だと思うんですよ。その発想でいくと、韓国やソ連の文学者は生き生きしているが、日本の作家はなにも言うことがないのに書いているというような考えになる。したがって、言うべきことがないのに書いているのはまちがっていて、言うべきことを言うのが文学なんだという考え方になる。

でも本当に考えていけば、言うべきことをなにももっていないものが文学だと思うんですよ。

寺山　韓国やソ連にだけ作家が生き生きとしている理由があるというのは、アメリカで「ベトナム戦争が終わったから髪を長く伸ばしておく理由がなくなった」と言うのと同じような甘え方だと思う。政治的な桎梏は、作家の創作的な契機を触発するほんの一万分の一の要素にしかすぎないからね。

だから、いまもし作家が生き生きとしていないとしたら、それはとりもなおさず自分自身の好奇心の衰弱でしかないんであって、その好奇心が政治によって助けられなければ活性化しないとしたら、まったくなんともしようがない話でしょうね。

柄谷　だから、鈴木さんにしても寺山さんにしても、非常に理論的でしょう。

小説家というのも、最近、中上健次にしても古井由吉にしても、まあ大江健三郎もそうかもしれないけれども、理論的な人が出てきてますよね。自分で書きながら、それを理論的にも考えていこうという、そういうことがどうしても必要になってきているんじゃないかと思うんです。

それは、いままでの理論とはちょっとちがう。これまでの理論はほかにあって、それを借りたりそれに合わせたりしていた理論だったけれども、いまは書きながらそのことをいつも理論化していかないとやれない、というような状態にきていると思う。あるいは、書くという行為はいつもそれ自体ツリーになるから、それを同時にくつがえすという意識的な作業にならざるをえないところにいると思うんですけどね。いまの小説家にはほかにも小島信夫のように非常に理論的な人もいますけれども、知的な意味では、小説家からは総体的にほとんど刺激を受けないですね。

〔『別冊新評「寺山修司の世界」』一九八〇年四月〕

ソシュールと現代

丸山圭三郎

思想家としてのソシュール

丸山　わたしは柄谷さんが『現代思想』に連載されていた「内省と遡行」を、非常に興味をもって拝読していたのですが、かなりソシュールを引いていらっしゃいましたね。そこでどういうきっかけでソシュールに興味をもたれたのかを、まずうかがいたいと思います。

柄谷　ぼくがソシュールに興味をもったのは、言語学に関心があるからではなくて、ソシュールが言語について言語学という科学がもたないようなつきつめた考えをもっているように見えたからです。マルクスの経済学についてもそう思うのですが、『資本論』のほかにマルクスの「哲学」があるのではないと同様に、ソシュールの言語学はそれ自体、言語についての学問などという意味以上のものをはらんでいるように思われるのです。つまりソシュールはマルクスやニーチェと同様に思想家なのだと思うのです。しかし、ソシュールをヤーコブソンの構造主義と区別して「読む」ようになったのは、わりあい最近であって、具体的にはマルクスをやる過程でソシュールについて考えるようになったのです。

　ぼくには習性として、互いに異なるもの、無縁なものを結合させてしまうというか、なにか共通性を見つけてくるという資質があるんですね。そういう横断性は、ある意味ではぼくの欠陥であって、たぶん学者としては不適格なのです(笑)。いろんなものがぼくの頭のなかで直観的にくっつくんですけど、それだけでは他人を説得することができない。なんとかそれが当然に見えるような論理を与えてみようとする。べつに「根拠」があって言っているわけではありません。ただ彼らを互いに区別させている同一性・一義性の配線回路をいったんカッコにいれて、恣意的な関係の網目において見ようとしているだけなのです。そういう意味でソシュールなりマルクスなりを切り離された単独のものとして研究するというのは、ぼくには向いていない。

しかし考えてみると、こういう性癖は、もともと言語そのものの性質によるのではないか。ソシュールという人は、言語について、「言語学」の対象としての言語以上のものを考えていたのではないか。言い換えればソシュールをそのような思想家として読んでみたいということですね。

だからぼくの言っていることがあたっているかどうかについては、なんの保証ももっていないのです。丸山さんがぼくの書いたものを、なんとか読めると言われたと伝え聞いてすこし安心したのですけど、たしかにぼくは*Cours*（『一般言語学講義』）しか読んでいないのです。だから今日は丸山さんにいろいろお教えいただこうと思ってきました。

丸山　わたしが学生のころは、比較文学が対象とする作家どうしの間に見出されるつながりにしても、思想家どうしの間の共通性にしても、そこに客観的な、実証可能な影響・被影響関係のようなものがなければダメだと教えこまれた。けれども、わたしはそれに関してはいささか疑問をもっているんです。たとえば、マラルメとソシュール、あるいは、ソシュールとヴァレリーとでさえ、両者の言語観をめぐる共通性を実証的な影響関係のもとに追求することは、非常にむずかしいと思うんです。ソシュールがマラルメを読んでいたという証拠はまずありません。

柄谷　ええ。

丸山　ヴァレリーのほうも、ソシュールを読んでいたのではないかという推測があるだけで、たしかシュミット＝ラーデフェルトでしたか、一九二二年に出た『講義』の再版本を読んだんじゃないかと言っているだけです。しかしマラルメとソシュール、ヴァレリーとソシュールは、驚くほど近い言語観をもっています。

まずマラルメとの近さは、なんといってもその本質言語観でしょうね。言語記号が本質的には自らに外在する既成の意味を指し示すものではないという「非記号性」、つまり真のコトバは人の視線を通すガラスのごとき平板かつ透明な存在ではなく、不透明な厚みをもち、視線はコトバに内在するサンスのところに立ちどまる、と考えるソシュールは、マラルメと同じように、ルポルタージュ言語とか、そう、サルトル用語ですが、langage-instrument（道具としてのコトバ）を本質言語の惰性化したもの、誰かが黙って手のなかに置く擦りへった貨幣のようなものとみなします。二人の思想家・詩人にとって本質的なものはlangage-objet（対象《オブジェ》としてのコトバ）なんですね。

一方、ヴァレリーとソシュールの近さは、いま言ったコトバの不透明性はもちろんのこと、驚くほど多くの共通した用語、共通した概念を通して見出されるんです。とくに一九二三年ころのヴァレリーには、記号学をギリシア語のsemeionからsémiologieと名づけたのはソシュールですが、ヴァレリーはこれをséméiologieと言い、言語の社会性という概念とともにラングとパロールの区別もしている。記号体系 système de signes という用語、élément signifiant, signifié という用語は共通ですね。用語こそ異なれ、その概念が驚くほど近いものとしては、ヴァレリーの言語錯綜体 implexe-langage とソシュールの rapport associatif つまり連合関係、ヴァレリーの organe とソシュールの langue など、洗い出せばまだまだ出てきます。とくに重要なのは、ソシュールの形相 forme の概念がヴァレリーの形象 figure という概念でそのまま受け継がれていることと、コトバをディスクール活動として捉え、既成性を逆手にとった文生成を通しての新しい意味産出の問題を追求していることだろうと思うんですね。ついでながら、この二人はチェスが好きだったらしく、いやこれはヴィトゲンシュタインもそうですが、数回にわたってチェスの比喩を用いてますね。強かったかどうかは別として(笑)。

ソシュールともっと近いのはメルロ゠ポンティですが、これは明らかに影響関係がはっきりしているので、ここではいったん措いて考えることにします。でも、奇妙といえば奇妙なんですね。マラルメ、ソシュール、ヴァレリーという三人をつなぐ目に見えない糸とでもいうんでしょうか、潜在的場とでもいうのか。わたしは柄谷さんのようにマルクスを本格的に勉強したわけじゃありませんが、そういうコンテクストのなかに置き直してみると、マルクスとソシュールの共通性というのも興味深い問題として浮かび上がってくる。とくに柄谷さんの描かれるマルクス像には、怖いくらいソシュールと似たところがあるんですね。

たとえば、『マルクスその可能性の中心』を読みますと、マルクスの言葉をそのままソシュールの言葉に置き換えてもいい、たとえば商品あるいは貨幣の価値形態というものと言語の価値形相、また価値の二重形態や価値対象性の社会性と言語記号の二重性、社会性、そういうアナロジーがあまりにも近いので、非常に驚いているんです。その意味で、実証的つながりはないかもしれませんけれども、ひとつの時代のクリマ、精神的な風土というか——マルクスに始まってニーチェ、ソシュール、フロイト、フッサール、ジンメル、ベルクソンたちが共有するパラダイムがあるんじゃないか。これは一部の実証主義者が反対するにもかかわらず、充分に研究の価値があると考えているんです。

それで、いまうかがおうと思ったのは、マルクスとソシュールの思いがけない親近性と関連して、どんな機会にどんなかたちで柄谷さんはソシュールに興味をもたれたかという点です。といいますのは、ソシュールに関しては、日本でも前から問題になっていたものの、わたしの言葉で言わせてもらえば、虚像あるいは影踏みが多かったわけです。柄谷さんは *Cours* しかお読みになっていないと言われたけれど、その *Cours* を通して、ソシュールの本質を見抜かれているように感じました。これはちょうどメルロ゠ポンティが、やはり *Cours* しか読まず、原資料にはいっさいあたっていないにもかかわらず、鋭い本質的な読みとり方をしたという点と共通するような気がしましてね。

マルクスとソシュール

柄谷　ぼくの場合、共通性を見出すというのは、むしろいわゆる共通性をしりぞけることであって、本質的にちがった回路にあるものを、強引にショートさせるわけです。われわれの不断の思考がある回路のなかで動いているとしますと、それぞれ区別されている回路を強引につなげれば、両方ともちがったふうに見えてくるはずだ。つまり、メタファーと同じことなのです。

しかし、メタファーにはさまざまな広がりがあります。どうしても他人に通用しないものと、通用するものがある。最近、市川浩さんからいただいた論文で、具体的な例は忘れましたけれども、たとえば、Aという人は難しい人だと考えるとします。ところで、入学試験は難しい。故にAは入学試験だという推論をするのはおかしいし、まあ狂気ですよね。分裂病者の思考にはそういう推論が隠されている。フロイトが「合成夢」について述べたのもそうです。以前ぼくは、異なる商品の「等価」あるいは「等値」ということについて、マルクスが古典経済学にならって与えている説明ではダメだと思って、いろいろ考えたのですが、述語の共通性による横断的結合は、詩や狂気だけでなくクリエイティヴな思考にとって不可欠なわけです。

問題は、それが社会に有意味なものとして受け入れられるか否かです。あるいは受け入れさせるようにするかどうかです。これは紙一重の差だと思います。マルクスとソシュールを、いわば言語の共通性において見ていってもなんの発見も得られないと思うんです。ぼく自身がソシュールのことをほんとに考えるようになったのは、アメリカで『資本論』について、とくに価値形態論について言語学的にやろうと思ったのが発端です。そのときには、すでに『テル・ケル』なんかが似たようなことをやっていたわけですよね。

丸山　ええ。

柄谷　ただ、『テル・ケル』の場合は、マルクスのほうができてないわけです。

丸山　わたしたちから言わせると、ソシュールのほうもちゃんと読みこんでいない、かなりインチキなんですけどね。

柄谷　そうですか（笑）。たとえば、使用価値と交換価値というような二分法を、シニフィアンとシニフィエと言い換えていくだけではダメなのです。そんな二分法は価値形態論で批判されているのですから。すると、ソシュールのほうから見たってちがうのではないかという気がしたのです。つまり、テル・ケル派は、いうならば、主張の類似性で考えているのです。あれでは、マルクスもソシュールも陳腐なものにとどまらざるをえない。経済学を言語学的に言い換えたって、なにも新しくはならない。

ソシュールの言語学というのは、マルクスの『資本論』が経済学批判であるように、言語学批判ではないのか。問題は経済学や言語学ということではありえない。そこで、ソシュールを、価値形態論の側から逆に読んでいったわけです。一見、マルクスにソシュールを導入してやってるように見えるけれどもその逆なのです。むろん、正確に言うと相互作用的なんです。マルクスによって見出していくソシュールがあり、それとともにまたマルクスを見出していくという相互作用がある。ぼくのソシュールに対する認識は、だからマルクスからきてるわけでもなくて、それらをたえず相互に反射させていくかたちで見つけてきたようなものです。そこの作業を、『資本論』と *Cours* だけでまったく我流でやってましたから、日本へ帰ってからすこし言語学の文献を読むようになったわけです。

丸山　メルロ＝ポンティは死んでしまいましたけれども、柄谷さんはまだたいへんお元気なので（笑）、ソシュールの原資料をご覧になると、非常におもしろいんじゃないかという気がするな。

メルロ＝ポンティが生きていて、原資料を見たら、おそらくびっくりすると同時に喜びを感じただろうと思うんです。自分自身の読みとり方の正しさが裏づけられたと思ったことでしょう。

わたしは *Cours* そのものを、必ずしも全面的に否定はしませんが、あれはソシュールじゃないわけです。ソシュールじゃないと言っても、ひとつの重要なソシュール現象であったことは確かですが。そこからソシュールの本質を読みとれるかどうかは、その読者の、広い意味での方法だろうと思うんです。思考のスタイルと言いますか。だからむしろ思想家、とくに現象学的思考のスタイルをもった人びとのほうがソシュールをよりよく理解し、いわゆる言語学者の間ではソシュール像がかなり歪曲されてしまっているような気がします。いちばん誤解され、しかもいちばん根本的な問題が、恣意性の原理でしょうね。

柄谷　ええ。

丸山　恣意性というのは、わたしの考えでは、彼の理論のほとんどすべての根底になってると思います。あるいはむしろ、すべての理論が恣意性の原理の ipso facto（自明）な帰結だと言ってもいいかと思う。

ソシュールの恣意性は、ひとことで言うなら非自然性、とりもなおさず歴史・社会・文化・人為のもつ記号学的原理なんですね。まず、ソシュールが早くから捉えていた言語学自体の二重性、つまり共時言語学と通時言語学の峻別も、言語が自然物ではなく、歴史的・社会的産物、すなわち恣意的価値であることの帰結ですし、ラング、パロールの対立にしたって、ラングの本質が非自然的価値体系であると定義されることによって、生理的・物理的実質としてのパロール——これをまあ、パロール1と呼んでおきましょう——このパロール1はしりぞけられ、またラングが恣意的価値体系であるという同じ理由から、これに働きかけてその布置関係を截ち直すパロール——これをパロール2とわたしは言っているんですが——このパロール2、ディスクール活動、enonciation ですね、この重要性が提起されます。ソシュールの記号理論がすべて恣意性をその根底にしていることは明らかでしょう。つまりシーニュのもつネガティヴィテ、示差性、対立によって生ずる価値、そしてその形相性も、すべて恣意性から出てるんですね。

そして最後に、ソシュールの記号学は「恣意的価値」を扱う科学です。その対象には非自然的指標のすべてが含まれ、言語がこの科学の原理的モデルであるばかりか、非言語的な人工指標も、それらが文化的、社会的意味を担うかぎりにおいて、ひとつのランガージュとして捉えられる。ムーナンたちには悪いけれど、ソシュール自身の言葉で、ランガージュと言っている。バルトが拡大解釈なり拡大適用したんじゃないんです。

ですから、それまでたんなる物質的対象として個別に観察されていた非言語的記号作用も、その背後に隠された無意識的ラングという文化の価値体系における差異化現象として位置づけられ、身振り、手話、象徴的儀式、パントマイム、モードまでがランガージュの特性のもとにその本質を現前するわけです。そしてその特性こそ、さっき言った否定性・示差性・形相性を基礎として生まれる価値、すなわち恣意的価値なんです。

恣意性と必然性

柄谷　そうですね。恣意性の問題は、マルクスにもニーチェにも、全部関連してくると思うんです。必然性に対するものとして恣意性を考えるということは、たとえば、必然的なもの・本質的なものと、偶然的なもの・現象的なものとを区別することと同じです。それは、つまり形而上学なのです。哲学というのは、現象に対して必然的なもの、本質的なものだけを取り出すのである、という考えがあると思うんですが、ソシュールの恣意性という概念の新しさは、そういう二分法をつき抜けてしまったところにあると思います。そういう二分法のさらに根底にあるものを、恣意性と呼んでいいんじゃないか。

たとえば普通、秩序に対してはじめて混沌が考えられるわけですが、秩序と混沌という区別の前に混沌があるのではないか。そういう自然と文化の対立の根底に、自然（フィシス）があるんじゃないか。そういうフィシスについてハイデガーみたいにやっていれば、それについて語るすべがなくなって結局は詩になってしまうんですけれども、恣意性と必然性の対立が派生物にすぎないような恣意性について、システム論的な接近が可能であろうとぼくは思います。

は、フィシスを志向していると思います。

ソシュールもマルクスも、それを充分活用していると思うんですね。しかし、根本的には彼ら

マルクスは、『ドイツ・イデオロギー』において、ヘーゲルを批判するときに、歴史をひとつのテクスチュアとして見る視点を提出するわけです。そのテクスチュアは、彼の言葉で言えば「分業と交通」で編まれているのですが、それが変形された後で二分法として捉えてしまうから、矛盾あるいはその揚棄であるとか、目的とかいうふうに捉えられてしまう。つまりマルクスは、ヘーゲルにおいては歴史が精神の「作品」として捉えられているから、それに対し人間の物質的な諸実践から見ていくというのではなくて、「作品」という考え方そのものをしりぞけるのです。歴史はテクスチュアであって、「作品」のように主体や意味があるのではない。彼はそのようなテクスチュアを、分業と交通からなるシステムとして見ようとしたのです。

このようなシステムには始動因（始まり）も目的因（終わり）もないのです。だから彼はそれを自然成長性という言葉で語っています。彼は Spontaneität という言葉を使わないで、Naturwachsichkeit と言うんですけどね。これは植物が繁茂していくイメージです。アリストテレスが、フィシスの定義として述べたのと同じです。自然成長的なテクスチュアというのは、この意味で西洋「哲学」に対する根本的な批判として出てきているのだと思うのです。

マルクス主義のなかではエンゲルス以後、自然成長性はたんに乗り越えられるべき偶然性・非本質性とみなされています。つまり、形而上学批判のための概念としてあったものが、そこ

では完全に目的意識性――自然成長性という形而上学的な二分法のなかに閉じこめられてしまうのです。したがって共産主義というのは、そういう自然成長性を廃棄して完全に意識的なものにすること、つまり、社会をひとつの工場たらしめることになっていきます。一方、自然成長性のほうは、基本的にはアナーキズムにおいて受け継がれる。真ん中をとっているのがローザ・ルクセンブルグとかトロッキーで、自然成長性と目的意識性を弁証法的に統一するということだと思うんですね。しかしいずれの場合でも結局、二分法のなかで動いているだけです。それをどう考えたって、しようがない。社会をひとつの分業として見るのは、工場内分業から類推された考えですね。つまり、分業というシステム論的な見方は、工場内分業すなわち意識的に管理でき、一義化できるシステムに基づいている。そのままだと、社会をひとつの工場たらしめるレーニン主義になるでしょう。

しかし、マルクスはアダム・スミスから分業という視点を継承しながら、その逆に不透過的な自然成長的なシステム、つまりテクスチュアを見出している。

おそらくソシュールにおいても、同じことが言えると思います。ソシュールは、ひとまず科学としての言語学を確立しようとする。恣意性といっても、その場合は、シニフィエが一義的に確定されているようなシステム、いわば人工言語的なシステムを考えている。初期のヴィトゲンシュタインもそうですね。ところが、ヴィトゲンシュタインと同様に、ソシュールは、科学としての言語学を反転というかひっくり返して、言語という自然成長的なテクスチュアを、つまり恣意的―必然的という二分法以前の状態を捉えようとしたのではないかと思う。そういう意味でそれはハイデガー的な存在論にも関係するし、西洋形而上学に対する批判をはっきりもっているのではないかと思うのです。それで、ソシュールをなるべくそういうふうに読もうと思って、むしろ強引に読んでるわけですがね。

丸山　たしかに必然・恣意という二分法自体が問題なんです。その問題にふれる前に、恣意性の概念を整理しておいたほうがいいかもしれませんね。

ソシュール理論の基本概念のなかで、この恣意性ほど誤解されたものはないと思います。その誤解の最たるものは、事物とコトバの間になんら必然的な結びつきがないという意味に解するもので、くだいて言えば、「同じ事物や概念を、それぞれの言語では勝手に別々の呼び名であらわしている」というような考え方がそれですね。たとえば一匹の犬を指して、英米人はdogと呼びフランス人はchienと呼ぶが、あの動物をどう呼ぶかについては絶対的法則なんてない。すべて社会の約束事だ、といったたぐいの皮相な言語観から生まれる恣意性で、これじゃギリシア時代の不毛なクラテュロス論争に逆戻りですよ。言語を自然かつ論理的なものとみなすヘラクレイトス派の側に立とうと、恣意的で社会慣習によるものとみなすデモクリトス派の見解を受け入れようと、「コトバは物の名」という立場で根は同じなんだ。その前提である言語命名論が否定された今日、こんな恣意性は言語学上の問題にはなりえません。

ソシュールの恣意性には、ふたつの射程があるんですけど、いずれも表象体系内の問題であって、コトバとア・プリオリな概念とか、あらかじめ区切られた現実の対応関係じゃない。そして、シニフィアンとシニフィエの間に象徴とちがっていっさいの自然的・論理的な絆がないという一記号内の恣意性1と、シーニュ全体がもつ価値の恣意性2とは別の次元にあります。第一の恣意性の縦の絆は、第二の恣意性によって切り取られたシーニュの結果的産物にすぎない。ですから、第一の恣意性を強調することは、あらかじめ en soi に存在するシニフィエとシニフィアンの結合を想定させかねない危険性があると言えるでしょうね。

ところで、恣意性と必然性の問題に帰りますが、いま言ったふたつのいずれの恣意性にしても、「構成された構造」のなかでは、個人も大衆も手のつけようのない、必然性として映る逆説が大切だと思うんです。

恣意的という語を、日常的に、「自分勝手な、気ままな」という意味にとってはいけない。現実の言語状況のもとでは、シーニュはいささかも自由なものではなく、集団の実践的惰性態と化して、それがその下位集団および個人に課している一種の拘束です。一人ひとりの意識にとっては、ある音のイメージとそれが担う概念とはかたく結びついている。ある語を口に出さずに頭のなかで想起する場合でさえ、シニフィアンに支えられないシニフィエは存在しないでしょう。この意味ではバンヴェニストの言うとおりですよね。しかも、音のイメージと概念の結合が自由意志の入りこむ余地もないほど必然性を呈するばかりならまだしも、これが価値のなかに育てられた以上、日本語的思考からも逃れられなければ、日本語的分節の仕組みからも逃れられない。いやおうなしに一定の差異化を押しつけられちゃう。ぼくたちは日本人として、日本語共同体レベルでの拘束力を発揮している点はより重要です。もともと内発的・主体的であったはずの言語活動が、「物象化」されたかたちをとって個人を規制するのが、この種の「構成されたラング」だと思うんです。

でも、この言語のもつ必然性は、いわば社会制度がもつ強制力という意味での必然性であって、自然のなかに見出される必然性とはまったく異質なものじゃないでしょうか。つまり、シニフィエとシニフィアンの絆が必然的なのは、それがあくまでも非自然的な歴史・社会的産物であるかぎりにおいてであり、シーニュの価値が必然的なのは、それがあくまでも非自然的な歴史・社会的実践によって言語外現実から切り取られた文化的産物であるかぎりにおいて、つまり、言語が必然的なのは、それが恣意的であるかぎりにおいて、なんですね。

人間はまず第一に自然的な動物でもあります。その存在の基盤は生物学的事実だというのも確かでしょう。生物は個体維持のために食物を摂取し、種族を維持するためには生殖しなけりゃならない。しかし、コトバをもった人間は、他の動物とちがって、生物学的、物理学的要因だけで生存するのではなくて、これらの要因は文化によって加工され、つくり変えられます。生殖は男女の交合だけでなく、婚姻という制度としてあらわれ、夫婦制度の法的、道徳的規制のもとに変形される。もっと単純な生理現象である呼吸、消化、睡眠といったものだって、人間にあっては生理学的反射によってのみ制御されているわけじゃないんですね。敬虔な宗教家が神壇の前で呼吸が詰まり、柄谷さんとかぼくなんかが原稿の締切日が近づくにつれて消化が妨げられ、恋人に会う前夜には眠れない、まあいまの若い人にそんな純情なのは少なくなったかもしれませんけど（笑）、いずれにしても、すべての文化的要因、ひとつの巨大な条件づけの装置によって動かされていると言ってもいいでしょう。

ソシュールの出発点は、たしかにこのような「構成された構造」としてのラングです。しかし、彼がもしこのラングにとどまっていたら、せいぜいホイットニーの認識か、後のデュルケム的制度観に同調していただろうと思うんです。ソシュールは、さっきも申しましたように、その独自の記号理論に立って、制度化された言語を現実の言語状況として認めながらも、これを本質的言語とはみなさず、その疎外、物象化のプロセスからつくられた惰性態であることを指摘しました。

彼の、「ラングは必然的であり、恣意的である」という逆説は、「構成された構造」とその「記号学的構成原理」というふたつの次元にまたがっているため両義的なんです。言語は人間がつくったものであるにもかかわらず、個人にとっては外的事実性をもって経験され、自動的と言ってもいいやり方で、個人を規制し、無意識のうちに自らを拘束する「文化的必然」です。ソシュールはまずこの歴史的経験のレベルに身をおいて、社会制度としてのラングの強い拘束力を指摘した後、こんどはラングの本質を照射する作業を通して、純粋な可能性のレベルから、「人間と社会の関係は、自然法則を超えた次元で作り作られる」ことを述べたんじゃないでしょうか。

第三回講義で述べた la contradiction de la non-liberté de ce qui est libre つまり本質的には自由な人間がおかれた非自由な状況なり条件なりのもつ逆説、とでも訳せるものこそ、ソシュール思想の根底であったわけですね。すこし一人でしゃべりすぎたようですみません。いまお話ししたようにソシュールの出発点は、「構成された構造」だったわけですが、彼はある意味ではこれをカッコに入れて本質を追求しました。その点は、柄谷さんの言われる現象学的エポケーと同じかどうかわかりませんけど、そのへんをどう考えられますか。

ソシュールと現象学

柄谷　ニーチェが言ったように、意識に直接問うのは危険だけれども、意識に直接問わないのももっと危険ですよね。とりわけ言語について考えるときはそうです。言語は物質ではないのですから。ソシュールはこの二重の危険をよく知っていたと思うんです。むしろ、ソシュールがそれ以前の言語学者とちがうのは、「意識に直接問う」ところから始めたことだと思う。その意味で彼は、ヤーコブソンが言ったように現象学的なのです。

しかし、ソシュールは「意識に直接問う」ことの危険を知っていたのであって、ヤーコブソンがソシュールは充分に現象学的でないと批判するのは、そのことを理解していないからです。たとえば現象学的エポケーによってカッコに入れていく場合、現象学そのものは疑われないわけですよね。現象学的な「今」とか、超越論的な「コギト」とかは最終的には疑われないですむんですけど、それこそ「意識に直接問う」ことの限界性なのです。ソシュールは、ヤーコブソンのように「厳密な学としての言語学」をすこしも信用していない。厳密さのなかで保存されてしまい疑われずにすんでいるものを、疑っている。言語の恣意性・差異性は現象学的・構造論的還元をつき抜けたところで考えられていると思うのです。

ぼくはデリダを最初『グラマトロジー』（邦訳『根源の彼方に』）のソシュール論から読んだ

けれども、もともと彼は現象学の必然性をその批判というところで考えてきた人であって、そこからソシュールに出会ったと言うべきだと思います。デリダは、フッサールが「今」と呼んでいるものが「非今」によってありうる、だから「今」と「非今」の差異性そのもの、差異性によって今があるんだとして、コギトの独立性をくつがえしていくわけですね。『グラマトロジー』では、それを原エクリチュールと呼ぶわけです。

それを読んだときに非常に感心すると同時に、こういうことをやっていいのだなと思って安心したんです。そのような差異化というのは、誰にも見えない。現象学は明証性・現前性をもって考えていけるけれども、その現象学的な方法自体を可能にするものをもう一度えぐり取るとなると、明証的に提示できないわけです。デリダがそれをディフェランスと呼ぼうが、アルシエクリチュールと呼ぼうが、そんなものは存在するともなんとも言いようがない。しかし、彼はそれをそう名づけることで、ある程度すっきりしてしまったわけです。ハイデガーの場合も、「存在」と言うことで、現象学的な構えを反転させるけれども、すっきりしすぎてしまうのです。

しかし、マルクスやフロイトにしても、ニーチェやソシュールにしても、それを言おうとしていることは疑いないけれども、一元化しようとはしていないんですね。なにか、逆説的に語ろうとしているように思われるんです。だから彼らのテクストは両義的なのであって、ふつうはその半分だけが受けとられ、マルクス主義になったり、いわゆる構造主義的言語学になっていると思う。現象学においても、フッサール自身が両義的だとデリダも考えていますし、現象学的な方法をさらにフッサール自身が批判してるんだというところまで読みこめるはずなんです。

ソシュールはなおさらのことです。ソシュールは科学的言語学を確立したけれども、それを批判しているのもまたソシュールなんです。これは彼らが過渡的であったということではありえないし、またたんに矛盾しているということではありえない。そこをすっきり統一する必要はないと思う。われわれもまたそういう危険なところでやるほかはないんじゃないか、と思うわけです。

丸山　ソシュールはたいへん矛盾をはらんだ人で、例の沈黙も、二人のソシュールがいたとか三人のソシュールがいたとか言われています。ソシュール自身のつくりあげた科学的言語学を、彼自身が批判しているとはおもしろい言い方だと思うんですが、彼自身、科学的言語学をはたしてつくったのかどうかはちょっと疑問なんですね。彼が、それまでの学問を批判したのは確かだと思うんですが、これは十七、八世紀の哲学的な言語学に対する批判と、十九世紀にいちばん発達していたいわゆる自然科学的、経験論的な科学を批判はしているわけなんですね。

たとえば体系の概念というのは、現在の構造主義のキー概念と言われていますが、巷にあふれている解説書などによれば、「体系というのは個々のものが密接に結び合って、相互に関わりあっている全体だ」という言い方しかしていません。そんなものならソシュール以前にとっくに言われてることなんです。『ヘルメス――普遍文法に関する哲学的省察』を書いたJ・ハリスも、言語とはすべてが密接な相互関係におかれた体系であることを述べて、ソシュールの弟子でありながらソシュールをすこしも理解できなかったA・メイエですら、体系とはl'ensemble où tout se tient（すべてが密接に結び合わされている総体）と言っています。

しかし、このような定義から理解される体系は、ソシュールの体系の概念ではない。そんなものなら、いわゆる体系と言われるものはすべて、個々のものが密接に結びつけられた全体であるわけです。ソシュールが言いたかったのは、そうではなくて、そもそも個というもの、単位というものがはたして存在するのか、というところから出発しているわけです。もし言語体系が、あらかじめ存在するen soiな実体としての個――即自的に存在する個の集積であって、それが密接に結びつけられた体系であるのなら、彼はあれほど苦しまなかっただろうと思うんです。N・チョムスキーなんかが盛んにソシュールを批判しているのも、そこを見損っているような気がする。チョムスキーは、ブルームフィールド学派におけるいわゆる分布主義とか行動理論、ひとことで言えば経験主義を批判しているわけですが、そのうちにどういうわけかソシュールまでも一緒くたにしてしまって、二十世紀前半から盛んになったいわゆる構造主義では、表層構造の分布は捉えられても、生成的意味の問題、あるいは人間精神のメカニズムは捉えられないと批判しています。

しかしじつはソシュールは、まったくそうじゃないんです。これらの点をめぐっては、これから洗い出さなくちゃいけないことがたくさんありますが、とくに言語は非歴史的なものであるかのごとき、あるいは構造主義は非歴史主義であるかのごとき考え方とソシュールを結びつけて、ソシュールの理論を援用する文化人類学者、哲学者、文学者が少なくないのは残念なことです。ソシュールはくり返し言語ほど歴史的な産物はないと言っています。これは当然のことなんで、言語の歴史性に関して一度も否定してない。ただちょっと逆説めくんです。コトバは歴史的産物だから、いわゆる十九世紀的な歴史の方法では捉えきれない、次にコトバは社会的産物であるから、デュルケム的な社会学的な方法では捉えられない、と。ある意味ではたしかに矛盾したことを言っている。ところがこれは、じつによくわかるんですね。

柄谷　わかりますね。

丸山　ですからたとえばソシュールが、diachronie, synchronie の峻別を説いたのも、柄谷さんも指摘しておられるように、あくまで個々の要素の変遷の連続性、合目的性を否定したかったんです。彼自身は歴史の重要性はいささかも否定してない。

このことは、また恣意性に関係してくるんですね。まず第一に、もし言語のなかにいささかでも自然的に与えられているものがあれば――つまり言語が恣意的でないとすれば――、そしていささかでも実質の次元におけるア・プリオリがあれば、体系とは無関係な歴史的変化の研究も、その法則性の探求も、言語学の本質に関わる問題となったことでしょう。ソシュールにとっては、言語は社会的産物であると同時に歴史的産物、つまりまったくの人為であり文化であり恣意的価値体系であるがゆえに、物理的時間の推移のもとにこれを追うことは無意味であるというのです。

実体の世界においては、すべての変化が、たとえ個別現象の連続であっても、その体系に影響を与えずにはおきません。それは、個々の価値が、その絶対的特性によって与えられ、個の集積と運動が、全体を形成しているからです。この次元においては、要素の同一性と差異は、そのポジティヴな事項間に樹立されます。

ところがコトバを根底におく文化の世界においては、差異を対立化するのは人間の視点、つまり共同主観です。共時態における同一性と差異の基準は、その体系内の他の共存事項との対立であり、この対立を現象として生み出す、語る主体の意識です。だからこそ、通時的一連の変化のなかには、共時的体系に結果的に影響を与える「関与的変化」と、共時的構造にはなんらの影響を及ぼさない「非関与的変化」があるんですね。

作品とテクスト

柄谷　歴史主義と自然主義と言ってもいいと思うんですけど、それらはいずれも歴史的ではない。まさにそれを批判したのがフッサールだったわけで、歴史主義と自然主義は同じものだと言ってます。つまり、ソシュールとフッサールはその点で共通しているのですが、そこに決定的なちがいがある。フッサールは「歴史」を見出していない。最終的に理性の目的論になってしまう。それは、時間についての考え方と関係があると思うのです。ぼくもソシュールの時間の考え方についてずいぶん考えてみたのですが。

丸山　時間と時《クロノス》を分けたところですか。

柄谷　ええ。どうしてそう考えざるをえなくなったかといいますと、フッサール自身は、時間を主体的、心理的な時間性において求めているけれども、それでもダメだと思うんです。時間――歴史がなぜ根源的にあるのかというと、やはりそれも差異性であると言わざるをえない。だから、ソシュールについて一般に言われている考え方では、共時性と通時性はX軸とY軸のようなもので、共時性は瞬間を切り取ったものと考えられています。まったく物理学的な比喩で考えられている。しかしまったくそうではない。

ソシュールは物理学とも現象学ともちがう「時間」概念を提起しているのだと思うのです。ぼくはソシュールを言語学者として読むのではなく、そのような思想家として読もうとしたのです。しかし、近代哲学の用語ではもはや考えられないので、アリストテレスなんかを使って、かなりムチャクチャなことをやってるんですけど。

丸山　クロノスの場合の「時」と、いわゆる物理的な変遷という「時間」のちがいを差異性という概念を用いて追求されたのはおもしろいと思いました。

柄谷　そんなことを考えているうちに、だんだんと、思想家にはふたつのタイプがあるんではないか、という気がしてきました。

ひとつは、根拠をきちんと持ちたいというタイプです。つまり理性的なもの、ロゴス的なものを持ちたい。それは数学的な超越論性であるかもしれないけれど、ともかく、根本になにか基礎的なもの、根拠を見出そうとする思想家のタイプがあると思うんです。ヤーコブソンやチョムスキーはそうだと思うし、レヴィ＝ストロースもそうだと思う。彼らは、根底に代数学的な構造があればいい、あるいはあるんだという考えだと思うんです。

それに対して、もともとアナーキックなほうがいい（笑）、無秩序のほうがいい、混沌のほうがいいというタイプがあると思う。デリダとかドゥルーズというのはそちらですね。

丸山　なるほど。

柄谷　ニーチェもそうです。マルクスはどっちだかわからない。ソシュールもそうです。非常に両義的な人だと思う。

イギリスの学者がギリシア思想にはふた通りのタイプがあると言っています。ひとつはものを作品として見るタイプ。つまり、イデアなり作者なりがいて、そこからつくられたものであると見る、プラトンやアリストテレスの系統ですね。もうひとつは、ヘラクレイトスからデモクリトスの系統で、いわば混沌派で、進化論的な方向の人たち。

これはバルトや宮川淳の言葉で、作品派とテクスト派と言い換えてよいと思うんです。「作品」としての言語には、必ずイデアなり一義的な意味なりがあると思うんですね。それに対応するかたちでシニフィアンがある。しかし、「テクスト」としての言語はそうではない。じっさいには、こういうふたつのタイプに分けられないし、相関しあうものですけれども、基本的にはぼくは、ぼく自身の好みから言えば混沌派ですね。

丸山　ソシュールの場合は、強いて言えば混沌派に近いのかもしれませんが、作品派的なところもあるんですよ。

柄谷　あるんですね。

丸山　作品派といえば、むしろいままではそういう面だけが逆にソシュール像として捉えられてしまっていた。これはバイイとセシュエのおかげで *Cours* が出たものだから、*Cours* の結論に出ている「ラング主義」というか、そういうふうに受けとられてしまっている。いままでのソシュールに対する批判を大別すると、二種類あるんです。ひとつは言語学者側からの批判で、すべてヨーロッパ側からのものです。というのは、アメリカと日本はちょっと別にしたいんです。アメリカの学者は、ブルームフィールドの紹介とか、チョムスキーの批判をうのみにしてしまって、ソシュールをほとんど読まないんです。ヨーロッパの学者は原典を読んでいますが、彼らのソシュール評価がふたつに割れるのは、一九五七年を境にしてなんです。つまりゴデルの原資料が出て、虚像から実像に移った時点ですね。

まず言語学者側からの批判というのは、大半が一九五七年以前のものです。つまり、原資料を読む前の *Cours* だけに基づいた批判として、たとえばソシュールの恣意性は、デモクリトス的な相対主義にすぎないというようなことがひとつ。それからこんどは、*Cours* すなわち『一般言語学講義』の linguistique générale というのは、ポール・ロワイヤル的な一般文法にも見出される意味での「一般」という意味なんだろうか。つまり、どの言語も個別言語のレベルでこそ異なれ、その相違の底にひとつの、一般性、普遍性を見てるんじゃないかという疑問。それから三番目には、先ほども出た共時態と通時態というのは、言語現実の無視ではないか。つまり、言語というのはどんどん変わっているという現実を無視して、二分法をもちだすのは妥当ではないという批判。四番目に、ソシュールのフォルムという概念が伝統文法の形態という意味にとられたり、あるいはロシアのフォルマリスム的な意味にとられちゃって、形式主義的なものに解されている。つまり、フォルムという概念を、ひらたく言えば「中身」に対する「容れもの」みたいに考えてしまう誤解。それから、ソシュールは意味論をいっさい扱わなかったではないかという批判とか、シンタックスを無視したという非難。最後に、よく言われる「ラングの言語学」一辺倒という批判。「パロールの言語学」を予告しておきながらこれを語らなかったではないかという非難です。これが一九五七年以前の、言語学者側の批判の主なものだと言えるでしょう。

おもしろいのは二番目のジャンルに属する批判で、哲学者、文学者、『テル・ケル』なども含めて、五七年が完全に無視されちゃってるわけです。ソシュールの書いたものであれ弟子たちがデッチあげたものであれ、とにかく *Cours* からしか出発しない。これらの人たちの批判のなかで、いちばん不思議なのは、ソシュールがエクリチュールに対して音声言語を優先させている、という批判です。二番目に、シニフィエをいわば交換価値的なものと考え、シニフィアンのなかに物質性、生産性、あるいは使用価値を見ようとする考え方があります。そしてソシュールはシニフィアンを無視してシニフィエを重視する近代ブルジョア的な思想家であると非難するんですね。いわゆる労働の生産性がシニフィエの優位性のもとに隠蔽されちゃうというわけです。これは、テル・ケル派がよく言ってる。三番目は、これは二番目の変奏ですが、主体と物の関わりという現実の場における価値生産の面が無視されているという批判。それから四番目がやはり、さっきの diachronie, synchronie をめぐっての批判で、ソシュールは反歴史主義あるいは反ユマニスムに陥っているとかいうものです。

だいたいこんなような批判があるんですが、じつはこれは一つひとつ、まったく簡単に論破できる問題なんです。原資料にあたれば吹き飛んでしまうようなものがかなりある。とくにエクリチュールに対してパロールを優先したことなぞは、一度もないんですね。この巷に信じられているソシュールの音声言語中心主義がどこから出たかと思って洗い出してみたら、*Cours* のなかに、そうとられてもしかたがないような箇所があるんですよ。

柄谷　あるんですか。

丸山　しかしその箇所は全部バイイとセシュエの創作部分でしてね。どの部分がソシュール、どの部分が弟子たちの創作かということは、いまでははっきりしています。

柄谷　なるほど。

丸山　これは必ずしも彼らが師の遺稿を意識的に歪曲したのではなく、師の思想が理解できなかったがために、わからないながらも精いっぱいの善意で書きかえたことが、裏目に出たように思われます。

言語学と経済学

柄谷　いま言われた批判というのは、デリダのそれですか。

丸山　デリダばかりではありませんが、音声言語中心主義云々という点は主としてデリダです。

柄谷　ぼくは『グラマトロジー』を今年になってまた読み返したんですが、どうもデリダのソシュール批判として一般に言われているようなことは、デリダは言ってないみたいですね。

柄谷　非常に逆説的に、ソシュールは音声中心主義をとったが故に、音声中心主義から解放されてるんだ、という言い方をしてるんです。

丸山　といいますと？

丸山　そうなんですけれども、問題はその前半ですね（笑）。じつは、とってないのですから。ソシュールのフォルムの概念によって明らかになる言語の本質から言えば、その関係を顕現させるメディアは嗅覚であれ触覚であれ味覚であれ、なんでもよいのです。自然言語は、まったく偶然にそれが音声であっただけの話なんです。その意味では音声というのをまことに二次的、副次的に見ているんですね。結局、コトバは関係の網、つまり、それ自身自然的な特性によって en soi に定義されるものじゃないわけですから、これをどうあらわそうといいわけでしょう。ソシュールのいわゆる生理・調音音声学、音響音声学に関しての厳しい批判も、そこからきてるんですね。

これに関連したことで、シニフィエとシニフィアンの問題があります。シニフィアンの物質性というのはかなり多くの批判者がその出発点においている考え方です。しかしこれもじつは全部、バイイたちの創作した文章からきた誤解なんですね。数えてみたら三百六十ほど改竄箇所があるんですが、そのなかにはシニフィアンが物質的なものだと思わせかねない部分がかなりあります。たとえば「物質的面から見た言語の価値」とか、不思議なことを言っているんです。

柄谷　そこは、ぼくはソシュール自身もたぶん両義的になってると思うんですよ。だからそう読まれると思うんだけれども、同じことが使用価値と交換価値の場合も言えますね。まるでなにか使用価値が物質的にあるかのごとく考えられているけれども、使用価値もすでに価値でしょう。

丸山　そうなんですよ。まさにそのふたつを分離するところに問題がある。

柄谷　それをテル・ケル派は分離できるように思ってますが、使用価値と交換価値なんて、分離できないですよ。貨幣形態がそれを可能にしてるわけであってね。そういう分離の仕方をすることが、まさに「貨幣の形而上学」に基づいているわけで、それで貨幣を批判するというわけにはいかない。

丸山　まさにそのとおりだと思います。たしかJ・グーの発言だったと思いますが、「アリストテレスに始まってマルティネに至るまで、言語学は言語の交換価値のみを強調してきた。特にソシュールはシニフィアン、すなわち言語の使用価値をシニフィエの交換価値の下位におくことによって、記号生産の具体的労働、生産価値を否認してしまう」と非難しています。しかしその批判が向けられた文章は、バイイたちが創作した例の労働と賃金、言語学に対比されたシニフィエ、シニフィアンの箇所なんですね。「経済学においては労働と賃金、言語学においてはシニフィエとシニフィアン」というあの奇怪な文章。グーはまずこれに首をかしげて、シニフィアンと賃金という比較はおかしいじゃないか、転倒しているじゃないか。シニフィエと労働、シニフィアンのほうが労働であり、シニフィエのほうが賃金であるはずである。その労働の使用価値的、あるいは生産価値的なものをシニフィアンと見て、シニフィエのほうが交換価値的なものだと解釈すれば *Cours* が読めるということから発展して、使用価値と交換価値を分離して語っているわけですが、わたしたちにとっては、まことに不毛な議論なんです。

そんなものはバイイたちが付け加えただけであるし、シニフィアン、シニフィエは、いずれが労働であれ、賃金であれ、まったくアナロジーの対象にならないからです。ソシュールはそんなことはひとことも口にしていない。そればかりかソシュールの使った equilibre つまり均衡という語を、バイイたちはどう思ったか équivalence つまり等価物という語に書き換えちゃったんですね。「価値の均衡」と「価値の等価物」では大ちがいです。まして労働と賃金をこのコンテクストでもちだすのは、おそらくマルクス研究家から見てもおかしいだろうと思う。

柄谷　ええ。価値形態論をやるのに、労働なんかをもってくる必要はなにもないわけですよ。

丸山　そうでしょうねえ。ぼくら素人でもそう思います（笑）。

柄谷　ぼくがそういうことから自由でありえたのは、たぶん宇野経済学のおかげですね。フランス人とちがって、ぼくは宇野弘蔵とか鈴木鴻一郎のような人がやったことに基づいて考えてましたから、そんなところに労働をもちだす必要がないということは、むしろあたりまえのことなんです。ソシュールの *Cours* に経済学的な比喩があっても、ぼくはむしろそれを無視してよいと思ったのです。というのは、そんな経済学はどのみち「経済学批判」以前なのですから、ソシュールがじっさいに言語に即して考えていることのほうがむしろ『資本論』に近いと思ったんです。しかし*Cours*の編集にそういう事情があったことをはじめてうかがって、安心しました。

丸山　柄谷さんのマルクス解釈というのは、かなり独自のものじゃないかと思うんです。これまでのマルクス解釈というのは、ちょっとできすぎているような気がします。それと同じように、ソシュールにしても妙に整合的な解釈ができすぎていた。

ソシュールが誤解されていただけに、言語学そのものに対しても、大きな誤解が日本にはあるようです。たとえば竹内成明さんなんかがソシュールの名を出して言語学批判をしているが、いったいどの言語学について言ってるのかなあと思う。たしかに言語学にもいろいろあるけど、ソシュールと自称「正統派言語学者」を混同してもらいたくないんですね。「正統派言語学者」は「構成された構造」内の言語にしか興味ないんですね。反構造的な契機には全然興味を示さない。

この構造がどう突き崩されるか、あるいはサルトルじゃないけど、われわれは構造の産物でありながらそれをどう乗り越えていくかという、反構造的な契機には興味をもたない言語学者が多いんです。こうした人びとこそむしろラング主義者と呼んで、ソシュールと区別したい。ソシュールの場合は、その究極の対象はラングではなく、むしろランガージュだったと思います。彼のラングは、ある意味では方法上の概念装置のようなものなんです。

差異について

柄谷　さっき作品派とテクスト派なんて言いましたけれど、いまの言葉で言うと、構造派対反構造派ということになるわけですね。

丸山　そういうことになるかもしれません。

柄谷　しかも重要なことは、それを簡単に分けることはできないということだと思います。たとえばヘーゲルはまさしく「作品」派の人で、歴史は精神がつくったものであるという考え方ですね。その場合、精神のかわりになにをもってきても、結局「作品」派なのです。しかし、ヘーゲル自身がそう単純でないと同様に、それに対するマルクスの批判も非常に両義的なもので、一見すれば、それもまた「作品」派になってしまうわけですね。

いまのヌーヴォー・フィロゾフなんかは、マルクスをヘーゲルとならべてスターリニズムの元凶である、という調子で言ってますが、ものを読むというのは、そういうことを読むことではないと思うのです。

丸山　それはご著書にもありましたね、マルクスとヘーゲルの差異をめぐって。

柄谷　ええ。それもアルチュセールが言うように、『ドイツ・イデオロギー』で急にヘーゲル主義と絶縁したわけではないと思うんです。

丸山　なるほど。

柄谷　両者の差異は、マルクスの言葉で言えば顕微鏡的な差異の問題なんで、マルクスの最初の博士論文が、「デモクリトスとエピクロスの自然哲学の差異」でしょう。全体の差異なんか言ってないわけです。ぼくは本質的な思想家というのは、そういうところに注目する人だと思うんですね。一見して類似しているものに差異を見出すことと、相異なるものを結びつけることとは同じことです。マルクスがそういう人であるとすれば、それを読む者もまた、「ヘーゲルとマルクスの差異」を、ありふれたところに見出すべきではない。

ぼくの場合は、もう最初から退屈でそんなことを考える気もしません。ある差異性としてしかマルクスは存在していないと思うんです。ソシュールの場合もそうだと思うんです。一見すれば、構造派であり作品派なんですよ。ソシュールの考えをポジティヴにとり出すと、そうなってしまうでしょう。しかし、*Cours* だけ読んでも、ソシュールがむしろ「沈黙」において存在していることが感じられるのです。とにかくぼくは *Cours* のなかから、そうでないところだけ読もうとしたわけです。

丸山　わかりますね。さっき言われたように、構造派、反構造派をソシュールのなかで簡単に分けることはできません。

たしかにエルゴンをふまえて出発しているソシュールはその意味では作品派なんですが、ここを通らないことには彼の反構造的側面を本当には捉えられないと思うんです。人間の置かれた条件を一度透徹した意識で見据えようというのが、まず出発点だと思いますね。これを無視してただエネルゲイヤ（活動）だけを叫びますと、空しいスローガンになりかねない。

わたしが単純なパロール主義、直接発話主義に賛成しないのはそれなんで、ただパロール、主体性の回復、と叫んでみてもなんの方向も示されはしない。まず自らが置かれている人間の状況、条件を、意識された状況、条件にすること、いわゆる conditionnement subi をただ受動的にこうむっている条件ではなく、conditionnement conscient にする必要があります。そこから出発しないかぎり、乗り越えは不可能じゃないかと思いますね。構造を乗り越えることは、構造外に逃げだすことではなく、構造内に踏みとどまりながら、自らの既成性をたえず否定していくことじゃないでしょうか。

柄谷　そうですね。

丸山　永続的な止揚という言葉は、ひとむかし前やたらはやりましたが、それにかなり近い学問的な姿勢をもってるのがソシュールだと思うんです。

ソシュールが指摘しえぐり出してみせたから言語的疎外現象があるのではなくて、われわれは好むと好まざるとにかかわらず実践的惰性態と化した言語に束縛されています。これをはっきり意識しなきゃいかんということです。そうしないと構造自身が内蔵している否定的契機が見出せない。しかし一方において静態的構造分析だけにとどまっちゃうと、いわゆるラング主義になっちゃうんですね。

柄谷　そうですね。

丸山　そこに個としての主体がいっさい無視された、条件反射的な人間しかいないとか、時枝誠記さんがソシュールを誤解された点も、このへんだったようですね。時枝さんがもしソシュールの実像を知ったらば、驚かれると思う。

柄谷　それは、この前の『現代思想』（一九八〇年四月号）で「事件としてのソシュール」と題されたインタビューで拝見しましたけれども、小林英夫の翻訳の責任ですよね。

丸山　それは大きい。ぼくが口ぐせのように、日本におけるソシュール現象は二重だと言うのは、やはり、翻訳の問題が大きいからなんです。

柄谷　大きいですね。

丸山　実在体のことで、柄谷さんがよく引いていらっしゃる「ラングは実在体ではなく、ただ語る主体のなかにしか存在しない」という文、あれは正確にはソシュールの言ではありませんが非常に言いえて妙な表現、まことにソシュール自身の思想をあらわしている文だと思います。またかなり時枝さん的でもあります。

ただ、ソシュールと時枝さんは、もうひとつちがうんですよ。非常に主体的な言語観、言語主体の意識を強く打ち出しているところは共通していますけど、時枝さんの場合にはラングを飛びこしてパロール活動に行ってしまうために、ラング自体の本質である差異の概念——示差性、ネガティヴィテ、とりもなおさず恣意性の概念が欠けています。

柄谷　それは、まったくそうですね。

丸山　ですから、へたをすると主知主義に戻っちゃうような気がするんですよ。

柄谷　そうですね。時枝さんの言語学というのは、国学的なもので、ひとことで言うと「つくる」に対する「なる」なわけですよ。だから、作品派対テクスト派で言えば、当然テクスト派になるはずですが、そうならないのは逆に作品派の要素がないからなのです。

丸山　同感です。

柄谷　ぼくがいま考えてることは、市川浩さんが現在やっておられることとも共通してるわけですが、先にも言ったように、自然成長的な、つまり「なる」ようなシステムについて、はっきりさせることなのです。

たとえばドゥルーズがツリーとリゾームなんて言ってますけれども、それはアレグザンダーというアメリカの建築家が、すでに一九六〇年代のはじめからツリーとセミ・ラティスという言い方で、かなり深く考えていたことなんです。セミ・ラティスというのはツリーとちがって、横断的な交差があるし、中心がないわけです。ツリーがコンピュータだとしますと、セミ・ラティスは中枢神経みたいなものなんです。

アレグザンダーがそういうセミ・ラティスのシステムについて考えるようになったのは、自然都市について考えたときです。人工都市というのは全部ツリーになっている。機能で考えていきますから。しかし自然都市の構造がはっきりしてくるのは、じつは人工都市からなんですね。人工都市として都市を設計した場合に、なぜ自然都市のようにはならないのかというかたちで、自然都市の構造が問題になってきた。

同様に、人工言語というかたちで接近しなければ、自然言語は見えてこないと思うのです。ぼくは、ヴィトゲンシュタインの前期と後期と言われているものは、そういう逆説を示していると思うんですけどね。

丸山　というと？

柄谷　ヴィトゲンシュタインは後期になって前期を否定したなんてことはないと思う。前期の接近がなければ後期はありえないのですから。ヴィトゲンシュタインだけでなく、ハイデガーもマルクスも前期・後期と分けられますけれども、ぼくはこれは時間的な前後ではないと思うのです。ソシュールの場合は、前期・後期というふうに時間的に分けられるのでしょうか。

丸山　前期・後期ということはないと思いますね。もちろんその思想形成の過程にはかなりの揺れがあり、いわば若いころに得たひとつの直観のようなもののまわりを螺旋状にのぼっていったような気がします。

柄谷　ぼくはだいたい、前期・後期という考え方を疑っているんです。

丸山　ヴィトゲンシュタインの場合はデ・マウロに言わせれば、言語の名称目録観的な考え方というか、主知主義的な考え方が前期においては非常に強かったのが、後期になって、ソシュール的なもの、あるいはクローチェ的なものに近づいたそうですが、そんなにはっきり分けられるかどうか、疑問でしょうね。

柄谷　そう思いますね。ヴィトゲンシュタイン自身が『哲学的考察』の序文で、自分が十何年考えてきたことは、自然に見えるような論理的展開をやるとどうしてもうまく書けない、だからそれをやめたい、と言っている。じっさい彼が書こうとしている対象は、順序がうまくつけられないものであり、ある角度をとること、ある始まりをとることができないものであって、それはセミ・ラティス的な構造だったと思うんです。

それをツリー型にしてしまうのが「哲学」だと、ヴィトゲンシュタインは考えた。マルクスの場合でも根底に経済的な構造があって、上に上部構造があるというものではない。どこかに根底を置くということが本当はできないわけですね。それを置いてしまうと、「哲学」的に、つまりヘーゲル的になってしまうのです。

たとえば、マルクスが言うように「生産力と生産関係」を、分業と交通から見るとします。生産力の発展は、分業の網目の複雑化です。全然ちがうものがくっついたときに「発明」が起こるわけですから、ツリー的な分業ではそれはありえない。セミ・ラティス的な構造があるからこそ、中世のようなツリー的社会をこわしてしまう自然成長的な変容が起こりうるわけです。その場合、なにかを「原因」としたり「目的」とするのは、イデオロギーであり形而上学だというのがマルクスの批判です。

ジェーン・ジェイコブスというアメリカ人が、たとえば、農業が発展して都市ができたんじゃない、農業は都市からできたと言っています。なぜかというと、都市にだけそういう異種結合・分業の複雑化（差異化）が可能だから。農村そのものは、停滞するに決まってるわけですからね。アダム・スミスが気づいたように、工業が発展している国は農業が発展してるわけです。その反対ではない。だから「生産力」という視点で考えたとしても結局、自然言語、自然都市の問題と同じことがらに出合うのです。

とにかく、マルクス主義者は「生産力」をオウムみたいに言うか、「生産力批判」を言うかどっちかで、それがどのようなものかをちっとも考えていないのです。先にも言ったように、「混沌と秩序」に先行するような混沌を見ようとするとき、ハイデガーみたいにフィシスとか存在とか言ってしまっては、それでおしまいです。詩人になるほかない。ぼくはそこのところで、方法的にはどうしても一義的なもの、ツリー的なものから出発しなければその反対が見えてこないと思うんです。だから、ソシュールがじっさいにそう言ったかどうかはべつとしても、いわば科学としての言語学を築かなければ、言語（自然言語）にせまれないと思うのです。そういう両義性が、言語学者には理解されなかったのではないですか。

過剰性とその制御

丸山　科学という語の定義にもよりますが、ソシュールが言語学を厳密な学としようと願ったことは確かです。しかし彼はたんに経験的なデータから帰納するのではなく、ひとつの理論的なモデルを操作して、演繹的に構造をアサインしようという方法が強く見られます。そういう傾向はかなり小さいころから強かった。十四歳半ぐらいのときに書いた処女論文でも、世界の諸言語がひとつの普遍的な構造に還元されるようなモデルを考えたふしがある。

柄谷　まったくヴィトゲンシュタインの「前期」みたいなものですね。

丸山　そうなんです。ソシュールの場合は、理論モデルと現実の自然言語の間を行きつ戻りつして検証を重ねます。理論と実践の上下運動をたえずくり返したと言っていいでしょうね。

この理論モデルを操作して潜在構造を探るという方法論は、レヴィ＝ストロースに引き継がれているようです。レヴィ＝ストロースがソシュールを知ったのは、ヤーコブソンを通してなんですね。しかし、ソシュールとヤーコブソンとには根本的なズレがあるような気がするんです。たしかにヤーコブソンはソシュールを援用していますし、プラハ学派の音韻論自体、ソシュールの対立の概念や体系の概念を使ってますけれども、フォルムの概念が取り入れられていません。かなり現実主義的な機能主義と言っていいでしょう。ヤーコブソンとはすこしちがいますが、マルティネなんかは機能主義をとことんまで推し進めた人で、言語イコール、コミュニケーションの道具です。詩的言語を扱うにしても、ソシュールとはかなり違う見方をしてるようです。

柄谷　それは詩がわからない人だと思うなあ（笑）。たとえばレヴィ＝ストロースにしても、三十年くらい前の『親族の基本構造』のあたりでは、普遍的な深層構造と言ったとしても、まだ仮説としてあったと思います。だけど分子生物学が出てきたとき、仮説でなくなっちゃったでしょう。

丸山　ええ。

柄谷　あれが大きいと思う。実体的に物質として出てきちゃったわけですから。あれが構造主義を、本当に元気づけたんじゃないでしょうか。

丸山　そうですね。ある種の構造主義者をね。おそらくソシュールが生きてれば、かなり反発したと思うんですね。たとえば遺伝のプログラムの問題にしても、人間は自然的動物ですから、たしかに完全には逃れられない決定論的なものに縛られていると思うんですけれども、シンボルというか記号を使い始めてから、そうした分子生物学の枠内では捉えられない特殊な動物としての人間が生まれてきたような気がするんですね。

わたしは翻訳機械というものに関しても、かなり疑問を持っているんですよ。
柄谷　チョムスキーはそれをやってた人でしょう。
丸山　ええ。ソヴィエトでも、かなり進んでるようですが、わたしに言わせれば、言語の本質がもつ広がりと深さを過小評価するオプティミストのような気がします。
柄谷　そうですね。しかし連中の信念というのは、否定しても直らんですよ（笑）。ぼくは「意識」を脳に還元することはできないと思うのですが、かりにサイバネティックスのような考え方でいっても、違うことが考えられると思う。
つまり脳の構造というか、配線から言いますと、動物の脳はコンピュータと同じような回路が決定されていると思うんですね。ところが、人間の中枢神経はセミ・ラティス的であって、横断的な交差があり、決定不能性・過剰性みたいなものがある。これをどうにかしなければならない。そのときに人間がとれる手段としては、ヤーコブソンが言う二項対立的なシステムをつくることしかない。しかし、それは言語の本質ではない。もともと「意味」というのはセミ・ラティス的な配線からくる過剰性にほかならないのですから、人間はそれを二項対立のなかに押しこむことで処理するほかない。だから、ヤーコブソンのように二項対立を見出しても、言語を解くことにならないのです。
人間は、ある意味でいつでもコンピュータを志向していて、安定をしたい。しかし、安定は絶対にできない。安定したとしてもぼくみたいな人がいて、また混乱させるから（笑）。
丸山　逆に言えば、そこに救いがあるんでしょうね。安定してしまったら、閉じられたコードのなかにとらえられた意味の転轍手になってしまうわけで。

柄谷　ええ。だからこういうことになるんですよ。チョムスキーとかレヴィ＝ストロースとかは、人間がもっている過剰性というか混沌性を制御するためにつくりだしたところの、基本的には0と1の二分法——コンピュータと同じ原理ですけれども——を大事に扱っているのであって、過剰のほうはなんとも思ってない。それがぼくはおかしいと思う。

丸山　まさにそうですね。非ソシュール的な言語学者一般に対する詩人側あるいは思想家側からの、いちばん物足りないところがいまの surplus というか、過剰をまったく無視してしまうところです。

たしかに、メルロ＝ポンティは「言葉とはわれわれの実存が自然的存在を超過しているその余剰部分だ」と言っていますよね。とくにコノテーションの問題になってきますと、過剰のところから新しい意味がまた生まれるのであって、デノテーションだけなら話は簡単なんです。ですから、ルポルタージュ言語に満足してしまってる人びとこそ、正統派の言語学者だと言わんばかりです。驚いたことに、チョムスキー派もコノテーションには興味がない。

柄谷　ないんですね。

丸山　一方、マルティネ的な機能主義者はコノテーションにふれてはいますが、ソシュール的な意味での言語のクレアティヴィテ、つまり創造的な重要性を与えてはいない。コノテーションとは文化的な印ぐらいにしか考えていません。

その点、一九八〇年代に入ってとくに記号学的展望が開けてくると、当然、記号学的な記号と、言語記号の本質的相違が明らかになってくると思うんです。ラングというコードは、少なくとも次の三つの点において交通標識とかモールス信号とはちがっている。第一には、ラングは潜在構造であること、第二には、他のコミュニケーションの体系は、すべて言語体系に依存した副次的代替体系である点です。

第三の点は、ぼくはこれがもっとも重要な点だと思うんですが、それは、ラングなるコードが他の記号学的体系と異なった「開かれた体系」だ、という事実なんですね。つまりこれは、ラングとパロールの両者が相互依存のかたちをとりながら、自らのコードをたえず突き崩し乗り越えていくという発展性を蔵している、ということです。この意味でのパロールは、たんに類推的創造の源であるばかりか、個人の言表行為が、あらゆる瞬間に世界の再布置化であり、新しい価値創造である、と言えるでしょう。一つひとつの言語記号はそれだけではなにも意味しません。

ソシュールの考えでは、意味は、シーニュの織りなす差異のモザイクからのみ生じます。先ほど出たテクスト派という言葉ですが、そもそも texte とは tissu つまり織物の意味なんですね。作品派はこの織物を produit というか、できあがった布地として捉える。しかしソシュールはそこから出発して、tissu のなかに永遠につづく組み合わせ模様の対立を通してテクストが生まれ、変形をこうむる生成的観念を導入します。彼が「孤立した諸観念」から「ディスクール」への移行の問題を追求したのは、そこにおいてこそ、本質的言語がその発生の現場においていて捉えられると確信したからなんです。

たとえば文学作品にもしコードがあるとしても、それは交通信号などに見られる閉じられたコードじゃない。たえず自らの作品によって冒され、破壊され、乗り越えられるコードであり、文学作品においては、本質的言語がそうであるように、語り手も読み手も、既成の意味のキャッチボールをしているんじゃありません。そうじゃなくって、これまでは存在しなかった意味を生産している。しかしその新しい意味生産は、なにも新奇な語を発明することによってなされるんじゃないのです。その逆に、この意味生産活動は、既成の概念のブリコラージュとも言えるものであって、テクストはつねにそれに先だって存在するシーニュ、もしくはディスクール、さらにはプレテクストを用い、それを時間的・空間的に新たに差異化することです。

これもすべて言語記号のもつ恣意性に関わっているんですが、少なくともここで言っておきたいのは、ソシュールの一般言語学が、ニーベルンゲンに代表される神話・伝説研究や、ギリシア・ローマ詩のアナグラム研究の入口であったこと、『覚書』を書いた比較・歴史言語学者としてのソシュール、一般言語学講義を行ったソシュール、神話・アナグラム研究者としてのソシュール、というこれまで三人に分裂したかに見えていたソシュールの虚像が、記号学の原理に照射されて、一人の実像に収斂するということなんです。

記号と両義性

柄谷　その記号学の話ですけどね。この間、山口昌男さんがぼくの日本文学についての評論を記号論的だと言うので、ぼくはちょっと驚いた。逆に言うと、山口さんの言う記号論は、むしろいわゆる記号論ではない（笑）。ぼくは、文学の記号論というようなものをあまり好きになれないんですよ。丸山さんは、ソシュールは言語の非記号性ということを言ったんだと言われましたけど、その場合、「記号」の意味が違うわけですね。

丸山　これは誤解ないように言っておかねばなりません。言語記号は本質的に非記号なんですが、できあがった構造のなかでは当然、記号なんです。何かをちゃんと指さしてるんです。

柄谷　できあがったところで、記号と言われるわけですね。

丸山　ええ。わたしたちの常識では、記号とは「自分とは別の現象を告知したり、指し示したりするもの」と考え、たとえば黒雲が嵐を予告するシーニュ、煙が火のシーニュ、高熱が病気のシーニュであるのと同じように、コトバが事物や概念のシーニュであると思いこんでいる。ところがこうした一般的常識に反して、「コトバは記号ではない」という認識が、ソシュールの思想の根底にあったんですね。

もちろん、いま言ったように、コトバは結果的には「構成された構造」内では記号の様相を呈します。でもコトバ以前には、コトバが指し示すべきカテゴリー化された事物も概念も存在しないのです。本質的言語は、自らのうちに意味を担っています。つまり、コトバはいっさいの他の記号と異なって、自らの外にア・プリオリに存在する意味を指し示すものではけっしてなく、いわば表現と意味とを同時に備えた二重の存在なんですね。このシーニュの担う概念は、それが属する体系内の価値であり、主体が意識するものは、そこで対立化されている差異の束だけです。「意味は実体であるというよりは、むしろ差異体系の網目の間の空間」というのが、ソシュールの考えなんです。

この認識こそ、ポール・ロワイヤルの文法やチョムスキーに見出される主知主義へのラディカルな批判であるばかりか、同時に十九世紀的物質主義というか、事物に存在論的優先性を与える経験主義の批判でもあったと言えるでしょう。ですからソシュール的な言語観に立つかぎり、すべての認識はそれが表現体という形相をもたないかぎり、認識ではありません。そして、この表現と概念の合体したシーニュは、自然のなかにあらかじめ与えられているものではないのですから、さまざまな視点から考察できる実体ではなく、逆に、視点が生み出す対象ということになる。

指向というのは、このような非記号であるコトバによる言語外世界のひとつの解釈なんです。コトバによる差異化・対立化と言ってもいいでしょう。言語記号がいかに言語外現実を指し示しているように思われても、その指し示されている指向対象、つまりréférentは、コトバによってつくりだされた現実にすぎません。指向機能とは、言語によって構成された一文化の観念形式の内部で見られた世界の網状組織を経由してから、現実の対象物に働きかけ、これを切り取ることだと思いますね。

記号学もしくは記号論に話を戻せば、同じように見えるこの学問も、ソシュールとCh・S・パース、パースとCh・モリスでは、それぞれにかなりちがっています。最近、日本でも記号学会が誕生しましたけれど、記号学とはなんぞやと言われたら、おそらくあの会員の数と同じくらい記号学の定義が出てくるんじゃないか、というようなことを佐藤信夫さんがどこかで書いていましたね。意味論にしたって、意味とはなんぞやと言ったら、世界中の意味論者の数だけ定義があるというのと同じでしょう。

柄谷　ぼくはやはり、そこのところで作品派と混沌派があると思うんですね。混沌派というのは一見すると作品派に見えるけれども、最終的にねらっているのは、それをひっくり返すことですからね。本質的な思想家というのは、そこのところがアンビギュアスになっている。山口昌男は北大で、"Boys be ambiguous"と言ったそうですが（笑）、一緒にいたアメリカ人は理解できなかったらしい。

丸山　たしかに ambiguity は重要な問題ですね。ぼくがどうしても、「コミュニケーションの記号学」が好きになれない理由もそこにあるんで、コードにかけて解読されるようなものはソシュール的じゃない。そんなに簡単な言語現象だけなら、彼はあんなに苦しみませんよ。

ところが、コードに規制されながら逆にそのコード自身を破壊していくようなもの、あるいはコードに入れても絶対に答えが出てこないようなもの、これがやはり人間の言語の本質的なものだと思うんです。これを切って捨てちゃうと、文化自体の両義性も隠されてしまう。

ちょっと飛躍するかもしれませんが、そもそも人間はコトバを持ったために、そして文化を持ったために、とんでもない動物になってしまったような気がする。言語研究の出発点というのはつねにそこにあると思っているんです。人間の歴史なんて自然のそれに比べればまことに短い歴史ですけれども、それでもいくつかの危険な曲がり角があった。人間はそのたびにそれをなんとか乗り越えてきた。しかし誰もが指摘するように、その乗り越え自体が、もっと危険な曲がり角を用意してきたように思えます。現代の細菌兵器と核と人工衛星を組み合わせれば、一挙にしてこの巨大な文化が人類とともに破滅しちゃう。それと同じ程度に恐ろしいのは、じわじわと人間自らのうちにある自然が、文化そのものによって蝕まれていっているということ、そしてその文化の底には、人間に栄光をもたらしたコトバがある、ということです。

レヴィ＝ストロースがヒトはホモ・ファベルである以前にホモ・ロクエンスであったというのは、ソシュールの考えでもあるんですね。つまり、「道具のつくり手」になる前にコトバがなければ効用を予想した道具はつくれない。たとえ道具を使うのは可能であったとしても。

柄谷　ぼくはそこのところでマンフォードの考え方が好きなんですね。マンフォードは、人間がつくった最大のものは言語であって、道具じゃないという。つまり、人間が乗り越えねばならなかった障害は、衣食住などといったものではなくて、悪夢だというわけです。

マンフォードによれば、それは中枢神経系の混乱から生ずるものなんです。それを表出すること、あるいは規則化することで始末しなきゃならない。だからまず最初に、祭式とか踊りとか身体的な規則化を始める。それによって、混沌と過剰を処理していった。そういう規則性・分節性が言語になっていったという推測をしているわけです。ぼくはそういう起源論はどうでもよいのですが、だいたい、そのへんだろうと思うんです。だから、そこのところで人間にinnate《インネイト》な能力があるなどというのは、どうも気にいらない。ぼくは、人間は過剰を背負いこまされたどうしようもない存在だと思うんです。

丸山　非常にくだいた話が、「言葉にあらわせないような感情」とか「筆舌に尽くし難い」とかいうことを言ってること自体が、もはや言語による疎隔感を覚えてる証拠だと思います。事物にじかに触れることができなくなって、コトバの被膜を通してしか物を見ることができなくなってしまってる。おそらく、一、二歳の、コトバをいっさい知らなかった子供のころは、非常にみずみずしい物との直接的触れあいがあったと思うんです。

柄谷　はい。

丸山　それが、「構成された構造」内では、すでに自らとは無関係なかたちでできあがっちゃった意味体系のなかで、分節を強いられちゃうわけですね。分節の網を通してしか物を見ないように育てられる。そうすると、意味はもはや主体的意識が産出するものではなく、はじめからラングに内在しているものとして個人に押しつけられ、大衆は自分と無縁な意味の世界に閉じこめられるばかりか、その意味によって自分たちが逆に操作されてしまう。そういうことがあると思うんです。

言葉と物

柄谷　『現代思想』でフェティシズムの特集があったとき、ぼくは、物というのはフェティッシュの後にあるんじゃないかと言ったのです。つまり物が意味と結合していくんじゃなくて、むしろ最初にあるのはフェティッシュのほうじゃないか、と。

丸山　なるほどね。ぼくもそれに近い考え方をしてるのかもしれませんね。ぼくにとって在るものは、物化する以前のコトを生み出す視点だけなんですよ、最初は。物自身のなかに意味が潜んでいて、それを炙り出していくんじゃない。

柄谷　「物」というときわれわれが考えているのは、近代科学以後において確定された物ですからね。たとえば占星術における星は物ではなくて、記号なのです。われわれが物としての星を見出すようになったのは、知覚によってではなく、数学によってです。言い換えると、客観的な事物というものも、数学的記号によって存在しているわけですね。

丸山　そうなんです。ですからなおのこと、事物を存在せしめるのは「視点」じゃないかという気がします。たとえばゼロにひとつの意味を与えることができるのも「視点」です。いわゆるゼロ記号がそれですね。

ソシュールの形相の概念をとことんまでつきつめると、シーニュは必ずしも実質の次元に顕現される必要はなく、物理的にはゼロでもよいことがわかります。ただしそれがなにかと対立するかぎりにおいて。実質の次元ではゼロはゼロにすぎませんが、これが形相の次元で、「意味を担うゼロ」と「意味を担わないゼロ」の二種に認識されるのです。延長という言葉で言ってもいいですね。空間的延長、もしくは時間的延長というものをわれわれが把握できるためには、やはり、さっき言ったようにコトバがないとできかねるんじゃないか。つまり、いま、ここにあるものしかないんですよね、コトバをもたない動物の場合は。

家にもイヌを飼っていますが、指差し行動が理解できません。それがこの空間上の延長線を意味しているんだということが。おそらく彼らには本当の意味での象徴というか、イメージはわからないだろうと思う。剝製のイヌ、あるいは縫いぐるみでもある程度反応しますけれど、紙に描いたイヌをイヌに見せても、紙でしかないわけです。同様に時間的な延長、つまり過去とか未来も、コトバがないかぎり存在しないんです。

また、これは失語症の研究からわかっていることですが、たとえば壜《びん》という言葉が失われてしまうと、人間もカテゴリー化ができなくなります。正常人にとっては、ありとあらゆる形や材質の壜が「壜」として把握される――つまりビール壜も壜でしょうし、薬壜も日本酒の一升壜も、すべて壜というひとつのカテゴリーのもとに概念化されていますけれども、失語症患者は壜という言葉を失ったために、逆にすべての個別なニュアンスの差が見えてくるわけですね。すべてが見えることは、混沌にほかならないんです。色にしても、緑という色の実体は存在しない。緑は、赤でなくブラウンでなく黄でなく、青でないものでしかない。

柄谷　緑という概念がないところもたぶんあるでしょうね。

丸山　ええ。わたしたちのスペクトルの分割とはまったく異なった色の体系を有する言語はいくつもあります。わたしたちの意識は、対立化された差異しか受けつけないんです。

ですからそういう意味で、差異化の能力も認識も失ってしまった失語症患者の場合、森羅万象がカテゴリーの枠をはみ出して一度に押し寄せるたいへんな混乱のなかに投げ出されるわけでしょうね。この混乱は、コトバによる分節以前の、カオスのようなものとも言えるような気がしますが。

柄谷　アメリカの学者がチンパンジーに言語を覚えさせて、かなり成功したのをご存知ですか。

丸山　ワシューやサラの実験ですね。ただ、それに対する根本的な疑問は、チンパンジーに覚えさせたという言語そのものの概念規定なんですよ。多くの人にとって、言語とは単語なんですね。ある単語を、何遍も何遍も条件反射的に学習させて、ある特定の行為と結びつける第一次信号系が感覚＝運動的次元で成功すると、「サルは言語を覚えた」と言うんじゃありませんか？

柄谷　ぼくが読んだのでは、もう少し高度ですね。

丸山　どの程度まで？

柄谷　音声中心主義への批判かどうかはべつとして、それまでのように音声言語でやるとどうしても限界があるというので、カードとか手話を用いたのです。それでやると、文がつくれるらしい。

丸山　たとえばカードをならべた「メアリー、あげる、リンゴ、サラ」が、文であるかどうか、ぼくは疑っています。

柄谷　しかしぼくは、言語の有無だけでチンパンジーと人間を分ける必要はないと思うのです。問題はそれをひっくるめて、言語とはなにかということでしょう。むしろチンパンジーが、そのことから悪夢を見るようになるかどうかです。

丸山　シンボル化ができるかどうか、ということでしょうね。ぼくの言葉で言わせてもらえば「モノ」を「コト」化できるかという問題。だからこそ、文をつくるということ自体にも、かなり疑問がある。

柄谷　結局、与えられたものだからね。

丸山　ええ。やはり単語を重ねてるだけじゃないかという気がする。ところが人間は、文で語る。単語なんて、そもそもはないわけなんですね。文というひとつの大きなシーニュを用いての現実の切り取り行為は、彼らにはないという気がします。

パブロフの実験のようなものが積み重なって、それがあたかも人間の言語行為に似たものにしてる。ですから、そういう行動主義的実験心理学者たちのもつ言語観自体が問題で、名称目録観的なものや、擬鼠主義 ratomorphism 的な考えから、脱け出ていないんじゃないかという気がするんです。

柄谷　ぼくもそれは反対ではないんだけれども、やはり日高敏隆さんとかいろいろいましてね。そんなところで人間を特別扱いしないでくれ、という人がいますからね（笑）。

丸山　そういう興味深い仮説はたくさんあるんでね。右の脳と左の脳という例の角田忠信さんの説にも、わたしはじつは否定的直観があって、読んでみたけれども、やはりちょっと問題が多いという気がします。母音の問題にしても、日本語とほかの言語を比べていますが、彼の仮説をこわすに足る言語はたくさんあるし、それよりも、彼のは結局、実体論的発想です。

柄谷　そうですか。

丸山　いや、わたしのほうにも誤解があるかもしれませんが。非常におもしろく読んだけれども、納得できない点があるということです。

ソシュール革命

柄谷　さっきの話に戻るのですが、時枝誠記が言ってることはソシュールと矛盾はしない、時枝氏が読んだ翻訳のほうがちがうんだ、と言われましたよね。

丸山　ええ、大筋においてはそう思います。つまり時枝さんとソシュールがまったく同じ思想をもっているというのではなく、時枝さんの批判されたソシュールは、ソシュールではなかったという意味で。

柄谷　丸山さんは独自で考えてこられたかもしれないけれども、ソシュールについてのそういう理解の仕方は、ある意味では、日本語の言語経験みたいなものから来ていると思うんです。フランス人ならばあまり考えない視点が、日本語の経験からはごく自然に、スムーズに受けとられるというところがあるのではないでしょうか。

丸山　そうですね。マルティネの二重分節という有名な理論がありますが、あれはヨーロッパ言語の書記法的経験からでなければ出てこない発想ですね。たとえば、I go to school とありますと、school はひとまとめにくっついています。I go to はそれぞれ分かれておりますね。これが大まかに言って第一次分節にあたります。また school 自身もSCHOOLと区切れますから——もちろん音声と綴りはちがってますけれども——もうひとつの第二次分節が目につくように書かれている。

ところがわたしたちのように、いわゆる表語文字文化のなかで育てられた者にとっては、ヨーロッパ人の表音文字的思考がなかなかわからない場合もあるわけです。ソシュール自身は中国語に強い興味をもっていて、死ぬ前に中国語の研究を始めたんですが、それ以前からも表語文字とか表文文字を非常に重視していたことが、ノートからわかります。もし、病いに倒れずに中国語とその表記法を学んだら、その結果、彼の一般言語学理論にどのような修正もしくは発展が見られたかは、興味深いことですが。

一般的に言って、ヨーロッパ思想の底に「音声言語の代替体系としての表音文字」観があるのは当然でしょう。しかし、わたしたちのような表語文字文化に育った人間から見ると、音声言語以前の、根源的書差、「差延作用としての文字」観が、抵抗なく受けいれられるでしょう。時枝さんがソシュールに非常に近いけれどもまたちがうところも、それなりに評価しなくちゃいけないと思うんです。ただ、コトバのもつ示差性の問題なんですね。

柄谷　そこでしょうね。

丸山　そこに時枝さんは気づかなかった。それから、作品派とテクスト派があるとすれば、時枝さんはあまりにテクスト派になりすぎていて、ソシュールのような多義性、両義性をもってないんですね。

柄谷　作品としての言語を考えなかったからですね。

丸山　作品から出発して、同時にテクスト派としてもう一度自分の内部の作品派を批判するといった相互作用が見られないのは、残念な気がしますね。この点が時枝さんのある意味での欠点と言えるばかりか、今後わたしたちも気をつけなくちゃいけないところだと思うんです。

柄谷　たとえば三浦つとむみたいに時枝誠記から出発したために、かえってヘーゲルの疎外論みたいなところへ行ってしまう。

丸山　そういうおそれがあるでしょうね。と同時に、主知主義に陥っちゃう気がするんです、時枝さんの場合。いわゆる純粋概念というか、ア・プリオリな概念をまず考えて、それを主体がどう物質化するかという過程じゃしようがない。コトバというのは、思考の物質化でも音の精神化でもないわけですよ。

柄谷　そうでしょうね。去年、吉本隆明さんと話したことがあるのですが、二十年前に『言語にとって美とはなにか』を書き始めたときに、基本的な文献は、時枝誠記と三浦つとむであって、ソシュールという人を読めていなかったと率直に言ってましたね。

丸山　そうですか。ぼくは思想家としては敬意を払ってるものですから。吉本さんにしても時枝さんにしても。ただ吉本さんの言語論を読むにつけ、どうしてソシュールを読まないんだろうという気持が強いですね。

柄谷　そうですね。

丸山　これは柄谷さんにも申し上げたいことです。*Cours* だけであれだけ本質を見抜かれる方なんだから、原資料を読まれたら、また一層鋭い解釈をなさるんじゃないかと思う。失礼な言い方かもしれませんが。

柄谷　まったくそうだと思います。

丸山　今後、わたしなどがソシュール学にたずさわるものとしてしなくちゃいけない仕事は、なによりもまず第一回、第二回、第三回の講義録と、連続講義の少なくとも十五年前、一八九四年以前から書いていたノート類を、きちんとヴァリアントや註を付して出版することだと思っています。

柄谷　ぜひやっていただきたいと思います。ぼくなどはとにかく、「コバヤシヒデオ」という人に非常に迷惑しているのです（笑）。ぼくがソシュールをちゃんと読もうと思ったのはアメリカにいたときで、たまたま小林英夫訳はなかったけど（笑）。

丸山　ただ、小林さんの業績だけはいくら強調してもしすぎることはないと思います。とにかく一九二八年に、あれを全世界に先がけて訳したことは炯眼というべきです。

柄谷　もちろんそれは文壇の小林秀雄も同じであって、なにも否定だけで終わるわけじゃないけれども。これは変な話ですが、日本でマルクスの研究が進んでいるのは、第一次大戦後のドイツのインフレのせいだと思います（笑）。とにかく資料が大量に日本に入って来たということが大きいと思う。そういう物質的な問題は欠くべからざるもので、その意味でソシュールの研究も、とにかく物質的に充実していなければダメだと思います。ソシュール研究は、日本で発展する可能性が強いと思います。そういう意味で、丸山さんに徹底的にやってもらいたいと思う。

丸山　どうも恐縮です。人間というのは、いろいろな興奮がありますね。ぼくも快楽主義ですから、いろんな興奮状態に陥ることがあるんですけれども（笑）。ソシュールになると夜も眠れないことがいまでもあるくらいなんで。とにかくメチャクチャにソシュールに惚れぬいてみて、それから乗り越えることが可能ならば乗り越えてみたい。もちろんソシュールに対しても、ある程度批判はありますからね。惚れたからにはとことんまで知りたいというのが現実の偽らぬ気持ですが、知れば知るほど謎が深まるというのもまた本当なんですね。なにしろ生まれるのが一世紀ほど早すぎたという人ですから。

その意味で、一九八〇年代から後の思想界においては彼の本当の姿がますます明らかになるだけに隣接諸科学に与える影響は大きいと思いますよ。すでに「コペルニクス的転回」とか、あるいは神話およびアナグラム研究を指して、ヤーコブソンじゃないけど「第二のソシュール革命」なんて言われていますが、しかしまだまだ彼は知られていない。これからじゃないかという気がしますね。

柄谷　そういうふうにソシュールを読み直しうるということも、やはりソシュールの言語についての考え方ではないかと思います。

丸山　同感です。

〔『現代思想』一九八〇年十月号〕

現代文学と〝意味の変容〟

森敦

演繹と抽象化

柄谷　本当のことを言うと、ぼくは、今日の対談はもうちょっと後にしてもらいたかったんですよ。ぼくが『文藝』の十月号（一九八二年）に、森さんは「意味の変容」（『群像』一九七四年連載）をなぜ出版しないのかというようなことを書いたために、思いがけずも、『群像』が反応してきて、さっそく対談させようということになったわけでしょうが、実際問題として、「意味の変容」というテクストはほとんどの人が知らないし、今日われわれがしゃべっても何について語られているのかもわからないだろうと思うんです。ぼくのほうでも、自分の仕事はまだ終わってないから、本当は森さんにぼくの仕事を読んでもらってから、しゃべりたかったのです。

もうひとつは、ぼくは前から森さんが出版しない以上、「意味の変容」を自分で出版してやろうと思っていたんですよ。それは、ぼくともう一人二人意中にある人物がいるんだけれども、彼らと一緒に、膨大な註釈と、自由奔放なる解釈と、森さん自身に対するインタビューも含めた、かつてないようなスタイルで、あれを出版しようというプランをだいぶ前から考えていたのです。先月あんなふうに突然のごとく『文藝』に書いたけれども、本当はぼくはそういう企画をもっていたわけですよ。だから、「意味の変容」という得体の知れない作品に関して、こまごまとしたことを綿密に論じたいにもかかわらず、同時にいまこうした対談で論じたくないという気持がある。

しかもぼくの側にはこういう事情があるんです。ぼくは前に『群像』に「マルクスその可能性の中心」というのを連載したけれども、ちょうどそのとき、森さんが「意味の変容」を連載していたわけですね。ぼくはよくわからなかったんだけれども、ものすごくその仕事が気になっていたわけです。当時われわれを担当していた橋中さんが編集長をやめてからぼくに述懐していたけれども、そのころまでの文芸雑誌、少なくとも『群像』の常識から言うと、ああいうわけのわからぬ評論をふたつも連載させると、非常に評判が悪くて（笑）、みんなに文句言われたんですよなんて言ってましたが、そういう因縁もあるわけです。

つまり、「意味の変容」という作品に関して、ぼく自身の奇妙に因縁的な執着がある。それから、「意味の変容」がぼく自身がいまやっていることと密接に関係しているということがあって、本当はこういうふうな場所ではなくて、プライベートにやりたかったわけです。だから、今日しゃべることは、どういうふうになるかわからないけれども、なにかメチャクチャに難解になったとして、読む人がわからぬと言っても、それは『群像』の責任であって、わたしの責任ではない（笑）。それはあらかじめ断っておきたいと思う。

森さんと話をすれば、京城中学とか一高とか、具体的な話が出てくるわけですよ。そういうことはぼくはあまり信用してないんですね。ウソだと言っているわけじゃないですよ（笑）。奇妙な印象なんです。会うと、いつも非常に具体的な話になってくるんだけれども、だからといって、その人の実在性みたいなものはあまり感じないわけですね。ひとことで言えば、非常に抽象性を感じるわけですよ。ふつうに言われるのとちがって、抽象性というのは、じつは豊かなものなのです。そういう抽象性がどこからきているのか。

たとえば、伝記的作家、批評家が森敦論を書くとすれば、書けるだろうけれども、まったく意味がないだろうと思う。あるいはぼく自身に関しても、もし誰かが書いたとしても、そんな伝記は成り立たないと思うんですね。伝記的な批評というか、ノンフィクションかなにか知らないけれども、そういうことが成り立つと思っている人はたくさんいますね。でも、森さんに関してはそういうものはかりそめにも通用しない、とぼくは思っているのです。

だから、印刷工場にいたって、ダムにいたって、そこにいたという実在感がないし、またべつにそういうことに意味があるとも思わない。しかし、その上で逆の角度から見れば、それはたいへん意味がある。そういう奇妙なありようが、森さんの「方法」そのものからきていることは確かです。それは、ぼくには、少なくとも日本では類例がないように思われるのです。「わが青春わが放浪」の短いエッセイのなかで、自分は帰納的にやるんじゃなくて、演繹的にやるんだと書いておられるわけですね。だから、その出発点は、ほかの作家——すべてのほかの作家とは言わないけれども——とも、まるでちがうと思うんですね。

ぼく自身がいまやっている仕事はまったく演繹的なもので、じつはそれを他人に納得させるための手続きに苦労しているだけなのです。それ以外は簡単なことです。それで森さんの仕事が非常によくわかるようになったんですね。それはここ二年ぐらいです、わかるという感じがしてきたのは。

数年前にも森さんに、どうして「意味の変容」を出版しないのかと、車の中で言ったことがありますね。

森　あります。

柄谷　そのときも気になっていた。が、まだよくわからなかった。ずっと気になっていたけれども、最近、わかるという感じがしてきたんですよ。

森　いまおっしゃった、ぼくが印刷屋に勤めた、ダムをつくっていた、それから東大寺にいたとか光学会社にいたとかということを、ぼくの友達たちは、じっさいに遊びに来て、見て知っているんですがね。それでも信じられないと言うんですよ（笑）。

それで、ぼくの亡くなった女房に、小島信夫さんが来て「森さんというのはわかりますか」と言ったんですよ。なにがわかろうと、ぼくにひとつの韜晦癖があるわけじゃないですよ。むしろ一所懸命おったぞ、おったぞといって宣言しているんだけれども、そのおり方が、どうも常識を超えておるというふうに思われているのか。ところが、ぼくは常識を超えているようなことはやってないんですよ。

柄谷　ぼくは、それはまったくそう思いますよ。「意味の変容」を読めば、そのことは非常によくわかります。たしかに、「意味の変容」のなかには光学工場もあれば、ダムもある。印刷屋もありますね。しかもそれらは思想的展開と別個にあるような事実じゃなくて、たとえば望遠鏡なら望遠鏡そのものに即して、論理が展開されているでしょう。そこのところで、光学工場にいたとか、印刷屋にいたということが抽象化されてしまっていると思うんですよ。

森　そうです。

柄谷　しかもそれが、本質的にそうならざるをえないような方法でなされていると思うんですね。だから、「意味の変容」を読めば、森敦はいちばんよくわかるとぼくは思う。これを読まないで『月山』、あるいはこんど出た随筆集を読むなら、わからないと思う。「意味の変容」をなぜこの人は出さないのかと思っていたけれども、それこそ韜晦ではないかという気がするが(笑)、あれを出すと、わかっちゃうんじゃないか。

森　そういう思いもあります。それから、もうひとつあります。あれだけは何回も書き直して、完璧なものにしておきたい。

柄谷　いまでも書き直していますか。

森　いや、ペンをとっては書き直していませんけれども、どういうふうに考え方の構造が成り立つものかどうか、そういうことはいつも考えていたんですよ。

小説の背後・論理の背後

森　わたしは、商売ではないんですけれども、働いていないとき、人びとのいう放浪していたころ、謄写版を切っていたんです。そのガリ版なるものがカラーグラフで、実物をお見せしないとわからないのですけれども、ものすごい謄写版なんですよ。たいへんなものなんです。これど、一度お見せしましょう。自分で謄写版を切った本を一冊出したいと思っていたんですね。だいたい色だって、十五、六色ぐらい使うんですよ。十五、六度刷りぐらいするんです。とてもじゃないけれども、その謄写版のことは、現物を見ない方には想像もつかないが、たいへんな模写をしたり、山を描いたり、字を書いたりしたんですね。

それは、お金がないからしたんじゃないんです。お金は働いておるうちにためておりました。働いている間は徹底して働きます。そのときはあまりに働くことに全力を用いましたから、海水浴に行ったこともなければ、なにもないんですわ。ぼくは一人でがんばっておったわけです。その結果、やめたら、その謄写版を切っていたんです。

わたしの亡くなった女房は不思議な人で、ぼくが働くことがいやなんですよ。なんとかして働かないでくれ、働かないでくれと言うんです。それで、どこかきれいな海とか、きれいな山に住みたいというようなことを言って、働かせまいとしたんですね。二人で楽しく、働かない間はいましたけれども、ひとつその謄写版で、少なくとも一冊だけ本を出したい。自分の書いた、自分のものを。謄写版を切っていると、女房は神経の弱い人だったから、安心するんでしょうね。お金なんか全然入りはしないんですけれども、金がいらないような生活をしていたんですね。

そのときに、ぼくはいろいろな手紙をたくさん書きました。その手紙は、おそらく千通を超すんじゃないでしょうか。

柄谷　それは残っていますか。

森　おそらく残っていると思うんですよ。ある人に、その手紙を返してくれと言ったんです。そうしたら、一人だけ返してくれた人がいるんです。もう一人の人は、複写して、ぼくがその人のことを痛烈にやっつけているものでない、褒めているものだけをコピーして二通送ってくれたんです。

ぼくは、手紙というのは唯一の自分の心の支えでしたから、毎日毎日、起きて手紙を書くんです。あれだけ長い手紙を書けば、必ず返事が来ます。それで、吹浦という小さな農漁村ですけれども、そこにいたときは、郵便局に私書箱をもっていたんです。そのくらい手紙が来たんです。

だけれども、そのときに、これは文学的な表現になりますが、返事は来るけれども、手紙のやりとりの相手が増えていくんじゃなくて、だんだん減っていくわけですね。もし書く人がなくなったら、いったい誰に向かって書くのか。ぼくは全部、固有名詞のある人たちに一所懸命に手紙を書いているんだけれども、それはもちろん、ぼくの生活なんか書いてないんですよ。困ったとか、こういうことはいやだったとかいうことは、書いてないんですよ。

相手の作品に乗って、論理一点張りのことを書いていたんです。論理一点張りのことを書いていたんだけれども、ふつうの小説を裏返して——ふつうの小説は、裏に論理は多少もっていますよ、どんな人でも。いちばん簡単なやつは起承転結といいますか、そういうようなことでも論理のひとつなんですね。論理がなくては書けない、とぼくは思っていたんです。それで、小説の背後に論理をもつんじゃなくて、論理の背後に小説をもってもいいじゃないか、というような思いで書いた手紙なんです。

その手紙をいよいよ書く人がなくなるということはなかったですけれども、自分が勝手にだんだん書かなくなったんです。そして、なくなったと自分で思っちゃったんですね。それで、大げさなことになりますけれども、ひとつ誰もいなくなったら、天に向かって手紙を書くよりしようがないじゃないかということで、私が『月山』を書かしていただいたときには、「何々です」とか、「何々であります」とかいう手紙の文章で書いたんですね。

手紙というものは、訴えているか、あるいは攻撃しているか、どちらでもいいんですけれども、本質的には訴えているものです。訴える人があるということはなかなかの救いであり、それに甘えているわけですね。だけれども、訴える人がついにいなくなったときには、天に向かって訴える以外になにものもないんです。といって、じっさいはそういう状態になったんじゃないですよ。ただ、そういう状態に自分を置こうと思ったんです。

というのは、ぼくの亡くなった女房は、ぼくが小説を書くのもいやなんですね。なぜいやかというと、自分を書かれるとか、書かれないということじゃないんです。しんどくなっちゃうと言うんですね。神経が弱いから。だから、書かないでくれ、書かないでくれ、こういうことを言っておった女房なんです。だから、いよいよ女房がいなくなって、ぼくは天に訴えるというような気持になったんですよ。

柄谷　それが「意味の変容」ですか。

森　いや、いや。それは「意味の変容」じゃないんです。つまり、小説だけ書いているんじゃないんだ。小説にもいろんな小説がある。裏もあれば、表もあるんだ。だから『月山』は背後に論理をもってきました。あれは、いちいちどこどこと指してくだされば、みんな理屈があるんですね。

柄谷　それは「意味の変容」を読めば、よくわかります。

森　けれども、それればかりじゃないんだ。これを裏返したもの、つまり論理の背後にむしろ実体験があるようなものも、ぼくの生涯のなかでひとつ書いておきたいというんで、どこに出すと言わないで書いていれば、女房も喜んでいますから、そういうようなことを謄写版で書いていたんですね。謄写版というのは、なんともいえず精神が集中するものなんですよ。その字があって、その字以外になにものもないものなんですね。

柄谷　直せないわけですね。

森　謄写版だって字は直せますよ。切り抜いて直すこともできますし、蠟を塗って直すこともできます。直すことはできるけれども、直さないほうがきれいなんですね。だから、どうしても一字を書くのに心魂を打ちこむわけですね。

　ぼくは打ちこんで、いろいろなことを五つばかりに分けて――五つというのはあれですけれども、だいたい三回働きましたから。ひとつは、光学会社で働きました。ひとつは、ダムをつくる会社で働きました。ひとつは、いまも働いているんですけれども、印刷屋で働いておる。働いてみるとわかるんですけれども、働いている人は、働くことはじつに無意味だと思っているんですよ。いかに意味がそこにあるのかということを知らないんですよ。だから、ダムをつくった、それにも意味があるんですね。それは水をせきとめるというだけでもおもしろいことなんで、東京に出てくれば自動車が洪水になるという原因は、赤信号、青信号ということでせきとめられているんですよ。

こういうことをぼくは考えているんだから、こっちの方面でもひとつ書こう。ぼくは『月山』を書いて世の中に出るとは夢にも思っていませんでしたから、ぼくの友達が一人ひとり文壇に出ていき、かつ名声を博していくということについては、ぼくは、非常な喜びをもっていたんですよ。たとえば、小島さんが『抱擁家族』というのをお書きになっても、ぼくは全然やきもちというのはないんですよ。彼はぼくのやろうとすることを書いてくれるんだ。偉くなって、うれしいな。これはぼくを偉くするような言葉で、ちょっとうまくないですけれども、本当のことを言って、そうなんですよ。

ぼくは学校も自分でやめましたから、たとえば奈良に行って、東大寺に行く。東大寺は華厳宗ですから、華厳経を読むのかというと、そうじゃないんですね。それは、東大寺に教えに来る先生がいらっしゃるわけです。これはおそらく『赤西蠣太』の原点になったんじゃないかと思うような人なんです。戒壇院というところがありまして、戒壇院の横にきれいな座敷があるんです。その座敷に、たしか京都大学の先生をしておられたというお話なんですけれども、真宗のお坊さんで松原恭譲という方がおられた。松原恭譲という人の楽しみは、『赤西蠣太』にあるように、お菓子を選ぶんですね。お菓子は、箱に入れまして持ってくる。それを出さして、ひとつずつ皆食ってみて、これとこれとこれを置いていけというようなことなのですが、非常におもしろい話だと東大寺の人たちは言っておりました。志賀さんの『赤西蠣太』にそういう描写が出てきますから、その松原恭譲先生のことを書いたんじゃないかと思ったんです。

ぼくは華厳経を読んだわけじゃないんです。まったく読まないと言ったらウソになりますけれども、本当に読んだわけじゃないんです。だけれども、ぼくはお隣の勧進所というところに住んでいましたから、おもしろい人だと思って、松原恭譲先生のところに遊びに行って、いろんなこと、人生とはこんなものだというようなことを話すわけです。たとえば、生と死というものは、紙の裏と表みたいなものだ、これは誰でも言うことなんですね。生死一体の形容詞として、紙の裏と表と同じだと言うわけです。

ところが、ぼくは、これはおもしろいではすまされない。もし本当なら、なにかの論理が成り立たなければいけない。これは、たとえばわれわれがひとつの円を描くと——円じゃなくても、四角でも何でもいいんですけれども——内部と外部ができるわけです。そうすると、先に描いた円は、生と死の境界線というのになるわけです。ところが、境界線という以上、それは内部についておるのか、外部についておるのか。もし外部についておるということになれば、位相数学でいう近傍になるわけです。

ゲーデルとラッセル

柄谷　ぼくがむかしから謎のように思っていたのは、森さんがそのように考えてしまうということが、何からくるのかということなのです。

たとえば森さんと小島さんの『文藝』での連載対談で、小島さんがぼくとあなたのことを話題にしたことがあるでしょう。去年、小島さんの日本文学大賞受賞を祝う会のときに、ぼくが森さんの隣に坐って話していて、森さんが突然大きい声を出して、小島さんに言わせれば、あ

ん な声を森さんが出したことは聞いたことがない、いったいなんの話をしていたのかという。それはむろん、ゲーデルの話だったわけです。いま言われてきたような事実、そういうものではない何かを、ぼくはそのときに森さんに見たんですよ。そのとき、ぼくはびっくりしたんです。

森　いや、それはびっくりしたのはぼくのほうですよ。びっくりしちゃった。それでぼくはそういうわけで一所懸命そういうことを考えよう考えようとしていたわけですよ。さっきの生と死が表裏一体ということも、内部外部という考えから出発しなければ証明できない。これはちょっとむずかしい話になるけれども。

柄谷　そのときも森さんは「意味の変容」だけは直して直して……というふうに言われたんですよ。それはマラルメみたいに、「一冊の本」という感じでいられると思ったのですね。しかし、必ずしもそうではない。

それではなぜそうなのかと問うたときに、わたしはゲーデルでもって挫折して数学をやめた、したがって、ある一冊の本を書けばいいんだ、それしか書けないというふうに思ったのだ、と言われましたね。そのとき、はじめてぼくはわかったと思ったのです。もちろんうすうす見当がついていたから、ゲーデルの話をもち出したのですが、そこまではっきりしているとは思わなかったのです。

友達にいろいろ手紙を書いたと言われましたけれども、ぼくは、ほとんど相手はわかっていないと思うんですよ（笑）。正直言ってぼくもわからなかったから。ゲーデルで挫折したという、その時点はいつごろですか。

森　それは奈良にいたときです。

柄谷　何年ぐらいですか。ゲーデルの不完全性定理は一九三一年、昭和六年ですね。

森　もちろん後ですけれども、ぼくは恥ずかしいけれども、原書をびっしり読んで、そして、これはあかんと思ったんじゃないんです。数学の本にそういう紹介があった。

柄谷　ぼくもそうですけどね。

森　いまになったら、ゲーデルの原書のとおりに証明するほうが、じつはあらゆる註釈書よりも楽であるということはわかったんですけれども、ぼくはいろんなことを考えて、結局、弁証法とかなんとか言ったって、矛盾論というものに足を突っこまなければどうにもならんじゃないか。

柄谷　森さんは「意味の変容」のなかでも、矛盾として実存するところのあらゆるものは、まさにそのために矛盾でなくなろうとすることによって変容し、不可逆的な一次元空間、すなわち時間を生み出すというようなことを書いていますが、その矛盾というのは、弁証法でいう矛盾ではなくて、自己言及的な形式体系に生じざるをえない矛盾のことでしょう。

森　そうです。

柄谷　たとえば数学史において、ラッセルなんかはロジカル・タイピングということでその矛盾を処理しうると考えたと思う。それで、数学は論理学のなかにおさまってしまう。一方、直観主義というか、直観論理のほうでは、排中律というのを認めない。いわば、数学は論理じゃないよというわけです。ぼくは直観主義が好きですが、あまりにも早くおりてしまったという気がする。

ところが、ゲーデルという人は、ヒルベルトの形式主義をそのまま つづけて、しかも強引かつ巧妙に自己言及的な形式体系をつくって、形式主義を自己破綻に追いこんだ。ということは、ラッセルも直観主義も、全部ゲーデルのなかに含まれてしまうわけですね。

森　そういうことですね。

そのラッセルなんですけれども、それがぼくにとってたいへんな悲劇であったわけです。というのは、あれの『プリンキピア・マテマティカ』ですが、中学校の生徒のときに、「世界大思想全集」という本があったんですよ。

柄谷　そのころもう訳があったんですか。

森　あったんです。それでそれを読んだわけですね。

柄谷　ホワイトヘッドと共著のやつでしょう。

森　ええ、そうそう。それですっかりとりこになっていったわけですよ。

それによると、ゆえに一足す一は二であるというようなことが、論理を追ったあげくに出てくる。それでこれはすばらしいことだなあと思ったのが、運の尽きなんですわ。ところが、いまおっしゃったように、バートランド・ラッセルという人は、矛盾論にいってないんですよ。無矛盾論で押そうとしたわけですね。

柄谷　そうですね。まあ論理主義ですね。

森　だいたい、数学は論理学の一部なりと言ったぐらいの人なんだから、それで自分があまり数学のことを考えていやになっちゃって、数学嫌いになっちゃって、あの『プリンキピア・マテマティカ』という本は、後篇が出てないんですよね。途中で終わっちゃった。終わっちゃったんじゃない、書けなくなったんですね。それはそれで、たいへんなことでしょうけれども……。

それで、中学校で読んだと言ったら秀才のように見えますけれども、じっさいのところ『プリンキピア・マテマティカ』という本は、残念ながら中学校の数学の難問題よりやさしいんです。論理を追っていくんですから。それさえ暗記していれば、次から次、次から次といく。事実やさしいんです。だから落ちこんでいったんです。やさしいほうを読もうと思ったんですね。

だけど、やさしいほうを読もうと思ってそれにいっているうちに、ふっとぼくは、自分はそういう業績をあげてみたい、これは大それた考えだったんだけれども、まだそのころヴィトゲンシュタインなんて出てないんですね。出ておったのかもしれませんけれども、ぼくらは知らなかった。

柄谷　ヴィトゲンシュタインというのは、直観主義でしょう。

森　だけども、その直観主義というのがこれまたおもしろいよ。

柄谷　おもしろいですよ。おもしろいというよりも……。

森　だけども、本当ののっぴきならぬ矛盾論というものに……。

柄谷　持っていってないでしょう。

森　いや、持っていかなければダメなんです。すべてダメだ。

柄谷　ぼくはだから森さんがいくらしゃべりまくっても、この話をしないかぎりは、あなたの論理は絶対に人にはわからないと思っているわけですよ。

森　いや、ありがたいと思っていますけど……。

柄谷　数学はやさしいところほどむずかしい。中学生で、基礎論なんかに打ちこんだら、とうていあたりまえの数学者にはなれませんよね。森さんはなんでもないことのように言うけど、メチャクチャな中学生だったと思います（笑）。

内・外・境界

柄谷　森さんの言う内と外、表と裏の境界、それはトポロジーで言う境界だけれども、もともとは実数論で、デデキントから出てきたものでしょう。

森　切断。

柄谷　ええ、切断ですね。数学ではそういうふうに発想が移動していきますね。この切断を、ぼくは禁止と解釈するわけです。ぼくはものすごく演繹的にやっているんだけれども、ゲーデルを逆用して、最初に自己言及的な体系を設定してしまうのです。この手続きで苦心しているんですけど。ところが、自己言及的な形式体系からは、ひどい矛盾・過剰が生じてしまう。それは幾何学的に言い換えますと、メビウスの帯になっているわけですね。

そうすると、ラッセルの禁止もそうですが、メビウスの帯をとにかくねじって、方向づけ可能な空間をつくることが不可欠になる。その禁止、切断の結果としての境界というところが、じつは一種の回転扉になっているわけです。なぜかというと、本来はつながっているものですね。メビウスの帯では、表と裏は分けられない。だから内と外というふうに分けても、本当はそれはつながっているわけですね。ですから、本当は分けられないものを無理やりに切断したところに境界がある。したがって、またその境界を侵犯しなければならないという、逆の運動が生じるというふうに考えるのです。これはまったく形式主義的な考察ですが。

それを具体的に言えば、文化人類学における内部と外部、秩序と混沌の境界とか、あるいは意識と無意識という境界とか、あるいは資本主義の問題とか、いろんなレベルでぼくは考えているわけです。しかし、その前に、形式化が必要なのであって、そういう手続きなしにやると、不毛だと思うのです。

たとえば、森さんが言う「あの世」と「この世」のトポロジカルな考察に関して言えば、現在ある程度やっている人がいますよ。

ソ連の文化記号論者ロトマンなんかは、未開社会あるいは物語における内と外という問題を、トポロジカルに扱っているわけです。山口昌男の中心と周縁、秩序と混沌の弁証法というようなものと違うのは、トポロジーを導入しているところですね。しかし、ロトマンのは、非常にスタティックです。山口さんはそれを動的に見ようとしている。秩序すなわち内部に、外部のやつが境界を越えて侵入してくる。それがトリックスターとか、ストレンジャーと呼ばれる。あるいは、内から外へ排除されるのがスケープゴートと呼ばれる。いずれにしても、それは内部（秩序）の活性化をもたらす文化装置であるというわけです。

しかし、これは形式的に見えるけれども、経験的なものにもたれている。つまり、理論をどこそこの未開社会とか、あるいはいまの文化現象にあてはめて、逆に理論を証明するという仕組みになっています。もっと形式化すればいいと思うわけですよ。

秩序と混沌との〝弁証法〟などという言葉は、ぼくは嫌いです。それからエントロピーとかなんとかの比喩も嫌いです。動的なものを見るためには、もっと厳密な形式化が必要なのです。そこで、自己言及的な形式体系を論理的に先行させるほかない。内と外という問題は、上と下でもいいし、表と裏でも、前と後でもいいわけでしょう。とにかく、ある境界が設定され、その境界はふたつに切断されたどちらかにのみ属するわけです。

森　そうなんですよ。いまおっしゃったとおりなんです。それで、ぼくもちょっと申し上げますが、先ほど松原先生のお話をして、生と死というのは紙の裏と表みたいなものだ、これは仏教の常套法ですね。だけど、証明にならないですよ、そんなことは。

で、先ほど申し上げました、われわれは近傍を、わたしの近傍をわたしの領域として生を考えている。柄谷さんは柄谷さんの近傍をしょせんは自分の領域として生活なすっている。そうすると、その近傍というものには、境界線がないわけですね。境界線というのは、近傍にはない。いつでも外部についているんですから。

しかも、その内部と外部というのはまったく照応する。これは円を描きまして、任意の一点を内と外とにとって、外のほうをA'ならA'として、中のほうをAとして、そして、AOとA'Oとを掛けるものがrの自乗に等しいというような式を出せば、内部の近傍というのは完全に照応するんですよ。

ただ、近傍というのはじつに困ったもので、近傍となったら中心がないんですね。本当は、つくるまではあるんです。それはゼロ点というものがあります。しかし、じっさいはアルキメデスの足といって、近傍には中心がないんですよ。ひとつの中心を定めて円を描くと、それを境界として内部外部ができる。しかもその境界を外部に属するとした瞬間、内部は近傍として、近傍の任意の点が中心となりうる。これはなかなかおもしろいと思うんです。

ところで、ぼくは理解するという言葉は、あることをやさしく言うことだと思っているんですよ。いかにしてやさしく言うか。

柄谷　それじゃ、ぼくの考えていることをやさしく言いましょう（笑）。

自己言及的な形式体系というのは、わかりやすい例で言えば、大脳の中枢神経系のようなものなんです。これはコンピュータ（人工知能）とちがうんですね。つまり、そこには中心がないんです。あるいは中心が任意なのです。コンピュータというのは、どうやったって閉じられた体系です。ところが、脳の中枢神経系は、「体系」ではないし、中心はない。それが体系化され中心が存在する状態が、自己言及性の禁止としての「意識」あるいは「文化」なのであって、本来的にはないわけです。したがって、中心をつくっちゃうということは、ひとつの禁止のあらわれであって、だからそれをまた非中心化せざるをえないというのも、やはり必然なんですね。

だから、境界の問題というのは、形式的に扱われているかぎりにおいて、ありとあらゆる領域に及ぶと思うんです。精神分析とか人類学というのは、やっぱり生物学的な事実、進化論、いろんな自然主義的前提をおくわけですよ。フッサールが形式化するためにカッコに入れた「自然主義」的前提を。たとえば、人間というのは早すぎて生まれてくる、したがって、構造化されなければならない。それが生後何カ月かで生じる。そういうのが精神分析、とくにラカンの理論だけれども、そういうものはまずもって疑わしい。生物学的〝仮説〟を前提としているでしょう。ぼくはそれはダメだと思う。そんなものでまた宗教なんかを切れるわけはない。ラカン自身の仕事は、じつは非常に形式的で数学的なので、その部分はいいけれど、「鏡像段階」の論理なんか経験的に受けとるとアホらしい。鏡がなかったらどうするのか、と言いたくなる。

しかし、ぼくは森さんの「意味の変容」というのは、形式的につきつめて、宗教や文学というものの根拠および無根拠を、全部明らかにするという仕事だと思っているわけです。

森　つもりだったんです（笑）。

柄谷　いやいや、やっぱりそうしているんじゃないですか。

森　本当はそのつもりだったんです。

柄谷　ぼくはそう読んでいます。しかも、このテクストは、森さんの「つもり」を超えて、もっと広げられると思っている。それでぼくは森さんの「意味の変容」について、ゴチャゴチャ言いだしていたわけですよ。ご本人は知らないでしょうけど……（笑）。

〝時間〟について

柄谷　今年、京都大学に集中講義に行ったんですね。あそこに浅田彰という秀才がいるんですよ。ぼくはいままで秀才というのに会ったことがないんだけれども、彼は本当に秀才なんですよ。こんなやつがいていいのかという青年なんだけれども（笑）。二十五歳くらいで人文研の助手をしています。この人に「意味の変容」のゼロックスを渡したら、次の日にさっそくこれを読んできて、じつに見事にそれを解釈するんですよ。

たとえば、こういう部分があります。「時間という一次元空間は、いかなる空間の矛盾も遅速の矛盾に置き換えて直進する」。この後はだいたいキルケゴールの「反復」とか、ニーチェの永劫回帰の問題とつながる問題をやっている部分なんですけれども、浅田君は、いまぼくが引用した部分を産業資本主義の問題に結びつけたわけです。

ぼくは前に「マルクスその可能性の中心」で書いたのですが、商業資本というのは、いわば空間的に異なる価値体系から差額をとるだけですね。産業資本主義というのはそうじゃなくて、剰余価値を遅速の差異に見出していくものです。具体的に言うと、それが技術革新ということなのであって、これは、われわれが願望しているからではなくて、どうしようもなく止まらない。

ところで、これは本当はなにによるのかと言うと、貨幣の問題になるんです。簡単に言うと、商品体系は自己言及的体系なんですね。だから、貨幣というのは、商品体系に根拠を与えるメタ・レベルなんだけれども、貨幣と商品の分離は決定的にはできない。つまり、メタ・レベルにあるべき貨幣が対象レベルにもぐってくることをさけることはできない。これは産業資本主義ではじめてはっきりするけれども、原理的にそうなのです。それに注目したのはマルクスとケインズだけです。数理経済学といわれるものは、こういうパラドックスをとりのぞいて成立しているのです。産業資本主義の構造とは、ケインズが乗数効果（マルチプライアー・エフェクト）と言ったけれども、商品体系のなかに貨幣が還入してくるというところからくる、とめどない自己増殖なんですね。

このことを、浅田君は「意味の変容」の一行とパッと結びつけたのですね。だからぼくは、森さんが言っていることはあなたの「つもり」を超えて理解できると言ったけど、これはそのひとつの例ですね。

森　それはおもしろいなあ。

柄谷　おもしろいから、ぼくはあれこれ註釈つきの本を出そうと言っているわけです（笑）。

森　ぼくは時間というのは、じつはそうわからないんですが、ただ、こういうことを思っています。時間というものに従えば、いかなるものも整列すると思っています。時間という目を通してしまえば、どんなものも整列をするんです。

柄谷　それはソシュールが言っている言語の線状性ということとつながりますね。

森　ああ、そうですか。そういうことを言っておるのか。

柄谷　ただし、それをなんとか横にズラしたいというのが、現在テクストがどうのこうのと言っている連中なんですね。あるいは、ソシュール自身が、言語の線状性をくつがえす問題を、アナグラムとかそういうかたちで考えていたんだと言っているわけね。そういうところまで応用できるわけです、森さんの言っていることは。

たとえば数学的に考えられる「時間」というのと、物理学でいう「時間」とは全然ちがうでしょう。たとえばの話、数学で六次元空間なんて簡単な話ですね。三次元空間を二つの点が運動しているとしたら、六次元空間を一点が運動していると考えりゃいいわけだから。物理学だと、四次元というのがやっぱりいちばんむずかしいらしいんですね。

森　それは柄谷さん、いま「時間」の話が出たんですけど、しかし、空間というものには整列はないんですよ。

柄谷　いや、ぼくが言いたいのは、別の話ですよ。数学上の空間というのは、要するに位相的な構造でしょう。そこから出発して捉えられる時間は、どういうものか。それは物理学の「時間」とはちがうし、ベルクソンやフッサールが言う「時間」ともちがう。つまり、永劫回帰とか反復とかいう問題というのは、物理学の「時間」や意識の「時間性」から考えるとダメなんで、位相構造としての……。

森　そのとおり、そのとおり。

柄谷　ここでたとえば「一次元空間」という言葉が使われているけれども、それは二次元、三次元ということじゃないわけで、位相空間としての空間でしょう。

森　そうそう。

柄谷　そこから見れば、「時間」はどういうことになるかと言うと、ある矛盾をもっている、つまり自己言及的な矛盾をもっている空間をとにかくなんらかのかたちで処理する、それが時間だ、そういうことになるのではありませんか。やっぱりぼくは、そちらの方向でやらないと資本主義の問題も解けないと思う。だから、経済学を数学的にやっている人というのは、すこしも数学的にやってないわけですよ。十八世紀とか十九世紀の数学でやっているわけですね。

ところが、ぼくの考えでは、たとえばマルクスは、資本主義社会の富というのは商品の集合だというところから始めるわけです。つまり集合論から始めているわけです。森さんが「意味の変容」で印刷屋の文選工の認識として言ったように、意味をとらなければ構造は見えてこない、構造がなければ意味が出てこない。つまり、意味をとにかくとってしまう、それから構造をつくっていく、そうすると、別の意味が出てくる。森さんがやっているのはそういう仕事だと言ってよいけれども、このことはあなたが書いているように、非常に恐ろしいことなんだ、人がいやがることなんだというわけですね（笑）。

マルクスの場合で言うと、資本主義社会の構造は古典経済学ではすでに考えられている。これを全部やめてしまう、全部とっちゃう、商品の集合にすぎない、そういうかたちの形式化をして、それからその構造を考えていくわけですね。そうすると、いままでの意味だとか構造だとか言われたものと、まるで違った構造が出てくる。そういう意味でぼくは『資本論』を読んだわけです。

しかし、これはべつに経済学だけの問題ではないのであって、文学テクストの問題でもあるし、宗教の問題でもあります。さっき言った浅田彰みたいな連中は、そういうことを全部理解します。

ぼくはあなたを非常にいらだたしく思うけれども――というよりも、よくもまあこういうことを考えていた人がいるな、しかも光学工場やダム工事の現場から、とうてい他人が理解しない手紙を千通も書いたりして、と思うわけですよ（笑）。ぼくはいま全部わかっているとは思いません。しかし、よくもまあこんな人がいたなということだけはわかりますよ。ぼくは一緒に『群像』で連載していたでしょう、しかし、そのときにはまるでわからなかったんですね。非常に気になってましたけどね。この男は何者だというのがずっとひっかかりました。

それが小島さんの受賞を祝う会のときに、たまたま隣に坐って、ゲーデルの話が出て、あなたは興奮した。それでぼくは、ああ、なんだ、と思ったんですね。なんだというのは、要するにちゃんと筋道があったんですよね。突然にこんな人が出てくるはずがないと思う。

だから、たとえば「リアリズム一・二五倍論」でも、非常にユーモラスに書かれているけれども、重要なことが言われているわけですね。たとえば、哲学者だったらこういうふうには言わない。ガリレオの望遠鏡なんかもち出してこないと思う。フッサールみたいな人だったら、こういう言い方をするわけですよ。ガリレオ以来、たとえば太陽が東から昇って西に沈むとか、あるいは夜が明け日が暮れる、こういう知覚世界と断絶した、数学的に把握される世界ができて、それがあたかも客観的なのだ、リアルなのだと考えられるようになった。まさにそれが「西洋の諸学問の危機」なんだということを書いているわけですね。

しかし、森さんが言っていることのなかで非常におもしろいと思うのは、たとえば、要するに倍率一倍というのはある種の極限だということですね。つまり、人間が知覚世界から完全に離反した、数学的に構成された物理学の世界というものが出てきたわけだけど、それでは二つの世界は接続できない。そこで、一・二五倍ぐらいにすると、二つが接続して、リアリズムが成立する。この「一・二五倍」という怪しげな比率がリアリズムの怪しげさをあらわしていて、なんともおもしろいところなんですが、これは非歴史的に書かれているけれども、本当は歴史的な問題なんですね。

ぼく自身も、歴史的に書ければ書ける部分というのを、形式的に書こうと思っているわけです。これまでの方法では、どうしたって進化論が出てくるわけだし、生物学が出てくる、物理学が出てくる。発生とか、起源とか、そういう問題が出てくるでしょう。そういうのはもうダメだと思っています。ところが、思想史的・文学史的に言える部分を、森さんはただの望遠鏡の話でもって問いつめる。これは文学的・比喩的であるというよりは、極度に論理的・形式的なものだと思う。そんな話を友達にしゃべっていて、わかったんですか、みんな（笑）。

森　唖然としたんじゃないんですか。

柄谷　それを手紙で書いていたわけですか。

森　ええ、そうです。華厳経のなかに、「つんぼのごとくおしのごとし」という言葉があるけれども、釈迦が悟りの世界を話したんですね。悟りの世界といったって、恍惚境を話したんですね。だいたい、恍惚境というのは表現できないわけなんですよ。たいへんなものなんですよ、恍惚というものは。それでみんな恍惚になっちゃったわけなんですね。ぼくは、わかったかわからぬかわからぬけれども、わかってはいなかったんじゃないですかね（笑）。ただ、柄谷さん、ぼくも命短しですから、言っておきますけれども、その手紙のなかでこれはぼくの意見だというやつは、手紙と同時に日記帳に写してあるんです。

宗教と論理

柄谷　小島さんが『月山』の文庫本の解説で、坂内さんという人のノートから、ということで書いていますね。森さんがしゃべったとおりかどうかはわからぬけれども、と書いてあるんですが、そのなかでこう言ってますね。「三角関係というのは実は一般的じゃないんで、四角関係こそ一般方式であって、三角関係というのはそのなかの一項がゼロになった時としてそのなかに含まれていると考えている」という条りがあるでしょう。これはまるっきり数学的構造主義ですね。

森　そうです。

柄谷　ぼくはあんまり好きじゃないけれども、ラカンというのは、フロイトの理論を数学化している人なんですね。そうすると、Ｚのかたちで書くんだけれども、Ｓ（主体）とＡ（他者）が、左上と右下におかれている。こういう四角関係を「鏡像段階」と呼ぶわけですが、このベクトルを逆にしてＡからＳに変換するとＳの消去になるんですね。つまり死なんですよ。フロイトが「快感原則を超えて」を書いたときに、理論的画期的な転換をしたんだけれども、それは死の衝動が根本にあるということですね。しかし、彼は、それを無機物への回帰衝動として考えていました。ところが、ラカンのように数学化するとちがってくる。死の衝動というのはなにかというと、それはトポロジカルに言えば、やっぱり境界をとにかく越えて、メビウスでもいいけれども……。

森　そう、メビウス。そのとおりですよ。

柄谷　メビウスになるということですよね。

森　そうです。

柄谷　西洋人の場合いろんなことを考える人がいて、キルケゴールみたいな人もいるし、ニーチェみたいな人もいる。「意味の変容」の最初の部分は、ツァラトゥストラに似ている。しかし、森さんはちがうなと思っていたんですよ、ちょっとね。それが幽玄という感じだと思う(笑)。

森　幽玄か……。

柄谷　幽玄というのは結局、幽明の境において、それを反転するということなんでしょうね。

森　そうです。

柄谷　つまり、外部に属している境界が内部に属するという反転をすればいいわけでしょう。それが幽玄だというわけでしょう。

森　そうです。そのとおりです。

柄谷　その考えが奈良の坊さんの言ったことじゃないんですか。
森　そうです。
柄谷　それはただたんに言われているだけであって、論理的ではないでしょう。
森　ないです。これは後にふれるつもりですが、本来は徹底的に論理構造をもっているべきはずなのに、不思議なことに、彼らは論理的であることを恥じらうのです。
柄谷　ぼくはそれはちょっと変だと思うんですけれども、ぼくは仏教でいちばん好きなのはナーガールジュナ（龍樹）です。ナーガールジュナは、要するに論理を破るのに論理をもってするでしょう。それは禅とかそういうのとは違うと思う。あるいは唯識とも。ナーガールジュナはゲーデル的なんじゃないですか。
森　そうです。
柄谷　だから、仏教が論理を嫌うということは必ずしも一般的に言えない。しかし、ぼくの印象では、早くおりすぎる。それは安易に見えるのです。
森　いやいや、そうでもないんです。こういうことなんです。仏教のことだったらちょっと……。
　アレキサンダー大王は、ものすごい勢いでインドをやっつけましたね。それでバンダリズムを行う。ところが、後から宣撫工作を行うんです。その宣撫班がなにを持ってきたかというと、アリストテレスの論理学を持ってきた。そのためにインドのお経に因明学というものがあるんです。それによって初めて、いままで小乗教だったのが大乗教になったんです。

柄谷　それは本当に事実ですか。

森　事実です。だいたいこれが西に行くと、アリストテレスの論理学があって、そしてこんどは神学というものができる。だから、そういうものが成り立とうと思えば、なにか強烈な論理がなければならぬわけですよ。強烈じゃなくても、誰でもわかっている論理がわからなくちゃならぬ。ぼくはその因明学というのを読んで、これは甘く考えたらダメだ。彼らはもう何百年も前から、もちろんゲーデルみたいな思想に達しているわけじゃないんだけれども、そういうものを志していたんだ。もちろん、アリストテレスはゲーデルの法則は知りませんけどね。

柄谷　近年に気がついたんだけれども、日本人で現代論理学をやっている人は、最終的に仏教へ行く人が多いですね。末木剛博がそうだし、大森荘蔵も、はっきり書かないけれど、そんな感じです。ぼくが仏教に関心をもつようになったのは、倫理的な意味からではないんですね。なんていうのかな、親鸞とか、ああいうのはむしろ興味ないですね。

森　救いというのは、やっぱり矛盾論に立脚しているんじゃないですか、簡単に言えば。

柄谷　そうですね。つまり、倫理的な問題を、いったん論理的に変形して考えてみたときに、宗教の問題がどうしても出てくるのであって、ぼくはいわゆる「宗教的文学者」が嫌いなんですよ。

ところで、森さんは「意味の変容」で最終的に宗教を肯定しているのか、否定しているのか。それとも、それを哄笑しているのか。

読者のために引用しますと、「いま、外部とされる領域に属する境界に、時間と呼ばれる一次元空間が直交するとすれば、それは唯一の大円を描いて円環するであろう。しかし、もしそれが必ずしも境界と直交しないとすれば無数の円環の想定を可能とするであろう。ある宗教は時間と呼ばれる一次元空間が唯一の大円を描いて円環するところのものをもって世界とし、ある宗教はその無数の円環するところのものをそれぞれ世界として包含する。しかし、それがいかなる世界であったにしても、わたしがそこにいるというとき、すでに世界は内部なるものに変換し、境界がそれに属せざるものとして無限なるものとなるから、そこに大小なく対等とされねばならぬ」。

ここで、「ある宗教」のうち、前の部分はいわばユダヤ・キリスト教で、あとはいわば仏教でしょう。すると、これは、どっちでもいい、ただし、どちらも局部的なものでしかないということなのでしょうか。すると、救いというのは何になるわけですか。

森　救いというのは、やっぱりこれは根源的にゲーデルが証明しているように矛盾なんですよ。矛盾が正であり、正調であり、弁証法であり、すべてがそれによって成り立つわけですよ。

だけど、どうでしょうか。本当は帰一願望が、矛盾があればあるほど、あるわけですよ。それは柄谷さんのおっしゃっている経済学においても、文学においても、全部あるんですよ。だから、文学なんかで地獄を書くことはやさしいんですよ。煉獄を書くのもやさしいんですよ。しかし、天国を書ききった人というのは、本当に世界文学のなかで何人かしかいない。それは、天国というのは、やっぱり矛盾論の脱却ですからね。ところが、矛盾しているんですから。

柄谷　うんうん、わかりますよ。

森　そういうことなんですね。

柄谷　だからぼくはその救いと言うときに……。森さんの「意味の変容」では、ふつう、宗教で考えられている救いというのは、全部否定されていると思うんです。そうではないですか。キルケゴールは、いまだかつてキリスト教徒はいなかったと言っている。彼はキリスト教というのはパラドックスなんだといって、バンと飛躍するわけですが、パラドックスまで煮つめていかなければ絶対に出てこないようなものとして、信仰を考えている。

森　本当にぼくは不思議だと思うんです。キルケゴールが微分法を習ったはずはない。ところが、彼の論理は微分法ですね。微分法で全部しますね。ドストエフスキーは、ロバチェフスキーに習ったはずはないんですね。『カラマーゾフの兄弟』のなかでイワンが出てきて、平行線の問題を話しますね。それで、じつに神変不可思議な話である、しかし、それが現実なんだということを、イワン・カラマーゾフが言うわけです。

ところが、ちっとも不思議はないんだ。無限遠点というのも、ゼロ点と同じようにそれに対応する一個の数字にすぎない、そういう考え方で数学は進んできたから、あらゆる点であらゆる二直線というものを一点に結ぶんだ、結んだのはいいけれども、それを無限遠点と称する——勝手に決めた点ですね。それはゼロに対応するものとして認めた。だから全部、円の外側をどっちか内側をどっちかということですよ、球形の。

柄谷　ぼくはそこに興味があるわけですよ。ゼロというのは、インド人が発明したわけですけれども、それは、数であると同時に、英語でいうプレイス・ヴァリュー・システム（位取り記数法）を成立させるゼロですね。そうすると、二重になっているわけですよ。ひとつの数であると同時に、数系列を成立させている……。

森　おっしゃるとおりです。というのは、ぼくは奈良の瑜伽山にいたんです。東大寺を出ましてから、瑜伽山に十年くらいいましたけれども、瑜伽というのはなんだといったら、ヨガに決まっていますね。翻訳しないで、真言で言ったわけですかね。そこでいろいろ考えたんだけれども、鈴木大拙さんが、人間がいちばん偉くなるということは、一定の主観を持っていることだと言ったんですよ。

一定の主観を持っていることだ、ということがなければぼくは考えつかなかったんだけれども、つまり主観と客観が一致する、向きが反対で同じ力のベクトルのものが一直線上にある、そうするとゼロになりますね。ベクトルは反対であるけれども一直線であるということを説明しようと思ったら、足してゼロになるということを言えばいいんですから。

それでぼくは、やっぱり鈴木大拙さんみたいに主観を一定に保つということはできない。主観と客観の一致ということを考えたんです。主観と客観はまったく反対の方向をもつベクトルと仮定して、同一線上に置いて足せばゼロになる、このゼロを無とか空《くう》とかいうんですね。だから、ゼロという数字が先にできたんじゃなくて、無とか空とかの後だと思うんですけど。

柄谷　歴史的にそのとおりです。ゼロの発明は七世紀ごろですから。ただし、サンスクリットでは、空という言葉はゼロと同じ語ですね。

森　それは訳してからそう言ったんですか。

柄谷　はじめからそうです。英語でも空をエンプティネスといいます。だからゼロを空集合（エンプティ・セット）として捉える集合論は、逆に、空という概念を別のかたちで回復させてきたとも言える。仏教というかたちをとらずに、構造主義を通して、空が西欧思想に浸透してきたと言えるのではありませんか。

〔『群像』一九八二年十一月号〕

コンピュータと霊界

中沢新一

ポップ・オカルティズム

柄谷　ぼくの今日の役割は、中沢さんにしゃべってもらうことだと思って来たんです。個人的なことも含めて、自由にしゃべって下さい。

中沢さんなんかが大学へ入ったのは、七〇年代になってでしょう。

中沢　ええ。

柄谷　ぼくの場合だと、ドラッグ・カルチュアとかヒッピーとか、そういうようなのが身近にあったのは、六〇年代の半ばぐらいですね。そのころ蟻二郎というアメリカ文学者がいて、LSDについての本も書いたりしています。六〇年代なかごろから、彼とはよくつきあった。一緒に本を出したこともあるんですよ。いまは絶版になっている『現代批評の構造』（思潮社）という本で、もう一人はケネス・バークをやっていた森常治さんでした。

この三人には共通点はなにもなかった。まあ共通してるのは、英文学者の間で評判が悪いということだけだったですけどね（笑）。蟻二郎はそのころずいぶんそういうことをやってました。新宿の風月堂が国際的にヒッピーのたまり場だったころです。彼は、ユングや柳田國男についてもよくやっていました。しかし、ぼくはよくつきあったわりには、まるで影響を受けなかった。ただなんとなく気が合ってつきあっていた。

中上健次とつきあい始めたのも、そのころです。彼もいわゆるフーテンでしたからね。六〇年代には新左翼の潮流があると同時に、一方で、いわば「神秘主義」的な潮流があったわけですが、中上君はその両方をもっていました。蟻二郎にしても中上健次にしても、あれぐらいぼくと資質のちがう連中と、しかも彼らとだけつきあっていたというのは、いまから考えても不思議な気がしますね。

ぼくは、理性というかロゴスというか、そっちのほうでやるタイプで、結果的に坂部恵の言う「理性の不安」につきあたるとしても、あくまでもロジックというかロゴスということにこだわってやる、ということでいましたけどね。それは今もそうだけども。しかも全然資質が違うのに、たとえば中上君なんかとは、ずうっとつきあってきている。やはり、おたがいにあい補うところがあったからだと思うんですけどね。

ただ、六〇年代にアメリカからワーッと入ってきたドラッグ・カルチュアとかポップ・オカルティズムに、ぼくはなんとなく嫌悪をもっていた。身近に知ってたんだけども、なんとなく嫌悪をもってて、いまからふり返ると、その理由がよくわかるような気がするんです。中沢さんが、カスタネダあるいは「ドン・ファンの教え」に関して、最終的にドラッグじゃないんだ、それは補助にすぎない、というようなことを言ってるでしょう。おそらくそれは、かなり知的な問題と絡んでくることだと思うんですね。六〇年代の時期には、ぼくはなんとなくイヤな感じがした。ただのアホになるだけじゃないかというような。

中沢　ぼくらがちょうど大学へ入ったころというのは、ふたつの新しい流れみたいのがあって、ひとつはいまのお話にでたLSD体験まで含めたポップ・オカルティズムです。もうひとつは、いろいろなスタイルをもった構造主義的な思考法というやつです。ぼくなんかは、ちょうどその両方の波のなかにいたわけですね。

最初のころのぼくは、アメリカのポップ・オカルティズムに対しては、なんかゴチャゴチャしすぎてて、納得できないところがたくさんあったわけです。で、どっちへ傾いたかというと、構造主義的理性のほうなんです。けれど構造主義というのは二面性があって、ロジックへの愛着とともに、そういうロジックの根拠に対する不安というものが同時にあらわれてきちゃうでしょう。それに、ぼくがそのころ興味をもって入れこんだ民俗学の問題を追っていって、日本の神というものを捉えようとすると、構造主義を一回ぐるっと経めぐって、ポップ・オカルティズムのなかに粗っぽいかたちであらわれていたものが、また甦ってきたのです。ただそこでは、そのころ流行したポップ・オカルティズムのような、いかにもアメリカの田舎っぽいゴチャゴチャした、ぼくが嫌悪感をもったようなものじゃなくて、もう一回クリアなかたちになったところで甦ってくるものとして、霊界とかオカルト的な問題に関わることになったわけです。

柄谷　そうか。入り口としてはわりあいオーソドックスなところから。

中沢　そうなの。オーソドックスだし、おそいんですよ、ぼくは。どうしても、構造主義的理性みたいなものをわりとまじめに考えてやってましたからね。

カスタネダの方法

柄谷　カスタネダに関するあなたの論文（「孤独な鳥の条件―カスタネダ論」『チベットのモーツァ

ルト』所収）を読んだけれども、そこにも、中沢さんの考えてきたプロセスがよく出ているように思いました。たとえば、ガーフィンケルのエスノメソドロジーについて、それを、一種の現象学的な還元というか態度変更みたいなものとして捉えていますね。

中沢　そうですね。

柄谷　さらに、それを突きぬけるものとして、カスタネダを読んでいる。ぼくの考えでは、現象学というのは基本的に構造主義であり、あるいは論理主義だと思うんです。それらをあわせて突きぬけるという課題を、カスタネダの文脈に積極的に見出していくという感じですね。

中沢　同じ現象学といっても、エスノメソドロジーが生まれてきたのは、アルフレッド・シュッツを通してアメリカへ入った、後期フッサールの生活世界論としての現象学です。それは、本来のフッサール現象学のもつ最大の起爆力である論理主義から一歩後退したところで、象徴構成主義みたいな現象学になったものだと思います。

ガーフィンケルは、そっちのほうの現象学から入っていって、それを宙づりにしてしまおうとしたわけです。エスノメソドロジーの教育方法は禅の公案とよく似ていて、そこから生活世界論の良識をおかしてしまおうとしていた。だから論理主義の極限でそれを行うというのではなく、生活世界のロジックの段階で、そのロジックをダブル・バインド状況におこうとしたわけだと思います。

カスタネダが「ドン・ファン・シリーズ」を書きながら、初めのころ辿ろうとしていた問題についてだけ言うなら、こういうエスノメソドロジーと深い関係があることは、アメリカでもいろいろと取り沙汰されています。しかし後期のカスタネダの作品は、そういうエスノメソドロジーのテーマを超えて、禅とか密教とか、いわゆる神秘主義一般の問題につながっていって、もっと気持のいい肯定性に辿りつこうとしているんじゃないでしょうか。

ドン・ファンのやり方というのは、弟子にドラッグを与えて、それによって捉えどころのない非日常的な感覚領域に落としこんで、その状態を捉えるためには、弟子のもっていた言語や思考の体系は全部アウトじゃないか、というふうに問い詰めていきますね。それでこんどは呪術師特有の別の体系をあたえながら、なおかつ最後にはそれもまたひっくり返していく。

ところが禅の場合は、同じプロセスが非常に明晰に分化してきてしまったところがあると思うんです。ひとつは、リアリティというものは究極的に言語によって捉えられないのではないかということを理解させるために、幻覚剤をあたえるんじゃなくて、むしろ公案というかたちを使って、弟子をどうしようもない地点まで追いこんでいくやり方をしますでしょう。そこだけ見てると、ガーフィンケルのエスノメソドロジーとよく似ているなと思えるんですけども、禅というのは、その背後にやっぱりメディテーションの体験がありますよね。それは言ってみれば一種の実在主義というか、連続直観みたいなものを、メディテーションのなかで体験するわけなんですね。

そうすると、禅のシステムでは、座禅によるメディテーションがもたらす実在主義的な肯定性と、公案を使って言語的なシステムを決定不能性の状態に追いこんでいく否定性が、ちょうど対になっているように見えます。

そこで、もう一度カスタネダの場合を見ますと、あそこでドン・ファンというシャーマンがやってることは、まず弟子に幻覚剤をあたえ、知覚構造を変えていく。それで世界というものがいままでの思考法や捉え方ではおさえきれないことを、見るようにさせていく。世界の解釈システムがどんなものであっても、結局は相対的なもので、根拠がない、ということを知覚を拡大する体験を通して言おうとしてるわけでしょう。

しかしそれでいながら、最後にドン・ファンは、もう幻覚剤もいらない、いろんな複雑なテクニックもいらないで、なおかつカスタネダのあらわしている言葉で言うと、「世界のひも」を見るというか、連続直観というか、とにかく、とことん肯定的なものを直視できる状態に入れ、ということを言うわけですね。それはぼくには、禅がふたつの対として並行させてやっているのを、精神の遍歴物語として時間的にならべている、そういう関係にあるんじゃないかというような気がするんですね。

アメリカのエスノメソドロジーというかたちになった現象学は、本来の論理主義としての現象学とちがって、むしろ、なんか一種のカルトみたいになっていくでしょう、たとえばガーフィンケルなんて。それは背後に、禅的な思考法みたいなものを受容する、アメリカ的事情があるんだろうなあという感じなんです。それがやがてカスタネダの作品のなかで、順々に、順々に、物語化のなかで明晰になってきている気がして、ぼくは、あの文章（「孤独な鳥の条件」）を書くときには、それをむしろ演劇化してみようと思ったわけなんです。

オカルティズムに欠けているもの

柄谷　ガーフィンケルなんかが、日本の人類学の間でポピュラーになってきたのはいつごろですか。

中沢　いや、ポピュラーにはならないんじゃないですか。いまだにならない。ただ山口昌男なんかは比較的早い時期に、シュッツの影響を受け始めた社会学に目をつけていて、その時点で紹介はしてますね。

ただ日本では、同じシュッツから出たバーガーとかルックマンのような、常識的なことをご大層に言う人たちはもてはやされるのに、ガーフィンケルみたいなのは、あまりにアメリカ西海岸的でちょっとわかりにくいところがあるし、彼自身、自分の書いたものの翻訳をいままでさせなかったという、ちょっとカルトっぽいところも減点対象になっているんじゃないですか。

柄谷　藤村久和という、梅原猛が大きな影響を受けている人がいますね。「アイヌの霊の世界」について、研究するというよりも、むしろアイヌから学んだというような人ですね。あの人はぼくと同じぐらいの年齢のはずだけど、たぶんそういうガーフィンケル派の人類学なんかとは無関係にやったと思うんですがね。

中沢　そうですね。

柄谷　にもかかわらず、アイヌから霊界について教わるというか、そういう姿勢を一貫してとってきている。

中沢　アメリカの人類学にも、むかしからインディアンから智慧を学ぼうというとても謙虚な伝統があるみたいです。クラックホーンとかボアズとかポール・ラディンとか、みんなそういう意味では感じのいい人たちです。

柄谷　この間、カスタネダについての論評をあつめた本が翻訳されましたね。それを見ると、翻訳してる二人の女性がICUで人類学をやってる人でしょう。だから、人類学者の間では相当はやってるのかなと思ったんですけど。

中沢　どうなのかな。もうちょっと微妙なところがあるみたいです。

　ぼくがネパールにいたとき、アメリカ人の人類学者でネパール人のシャーマンの研究をやるために、シャーマンになってやっちゃおうっていうのがいたんですね。その彼が最近本を書いて、彼の大学の先生が序文を書いてるんですけども、カスタネダより彼のほうがすばらしいってカスタネダを皮肉るわけね。なぜならば、そこには彼の導師《グル》が登場して、ちゃんと写真まで撮して載せてるじゃないかって言うわけです。つまりカスタネダの『ドン・ファン』には、当のドン・ファンの写真も出てこない。おまけにカスタネダ自身が写真を出さないしね。ドン・ファンが、実在するのか実在しないのかってところまで決定不能にしちゃう、なかなかのところがあるんです。

　そこまで徹底する人類学者っていうのは、まずいないんじゃないかな。

柄谷　非常に戦略的に書かれてますよね。

中沢　ええ。ところが、カスタネダの影響を受けたはずのバーバラ・マイヤホフのような今のアメリカの若い人類学者においては、むしろそういうインディオのシャーマンが実在するんだってことを写真で見せるし、自分の体験してることが事実であることを強調するための客観的な記述法をとっていて、それらはどれもカスタネダほどのレベルには達していないにしても、そういう科学主義的なかたちでのパーティシパント・オブザベーションみたいなものは、だんだん拡がりつつあると思います。

ただグルの写真を、本当にいるんですよって感じで出してる人たちの本は、やっぱりそれほど西欧的な枠組みを脱け出してないですね。

柄谷　脱け出してないですね。

六〇年代の、結局はシャロン・テイト事件みたいになるようなオカルティズムに欠けているのは、いわばメソッドだと思うんですよ。それは、いま禅のことも言われたけども、古代からいろんな考察が徹底的になされてきて、ある程度システム化されてて、すなわちテクニックになっているような〈知〉だと思うんですね。彼らはそういう認識なしにやってるでしょう。それは高度成長時代の悲鳴のようなもので、あるいは、高度成長期の「自己拡大」の別のあらわれであってね。

中沢　そうですね。

柄谷　それでは結局、大なり小なりシャロン・テイト事件や人民寺院事件になるほかない、という気がしますね。「世界をとめる」といっても、なんかそこに認識の裏づけがないと危ない。現存する心理的な依存関係や支配関係を超えるどころか、それを幻影的に拡大してみせることにしかならない。

中沢　ぼくなんかが、ああいうポップ・オカルティズムに感じた危機というのも、なんていうか、自分よりもつねに強力なものをもとめて、それによって秩序のないところに秩序をあたえていくという、ハイ・オーダー志向があるでしょう。たとえばドラッグを使うにしても、自分の生体システムをわけのわからない領域に向かって開いていって、それをとりこむことによってより巨大になった存在として、また世界を大きくつかもうというところがあるわけですね。それは、一種の拡大されたシステム理論のようなものになっちゃうところがあるんですよね。

ネパールでの修行

柄谷　最初に行かれたのは、チベットですか。

中沢　ネパールです。チベット人がいるところですが。

柄谷　それはどういうつもりだったんですか、その時点では。

中沢　困るんですよね、それ言われると（笑）。もともとわりといい加減なほうだし、やっぱりいろんな要因があって、オカルティストふうな言い方もできるし、たとえば夢のなかにグルが出てきたとか。それから仏教ふうに言ったっていいし。

柄谷　夢に龍樹（ナーガールジュナ）が出てきたとか（笑）。

中沢　ええ、招きにあったとかね、言っちゃってもいいし、それはいろんなふうに理由づけできると思うんですよね。ただ、そういう龍樹の招きに近いような、なんとも説明しがたいものというのは、たしかにありました。

でももうひとつは、はっきり理由づけのできることで、これは知的な延長上にあるんですね。構造主義的理性の問題に絡んでくるんですけども、それについては柄谷さんにもいろいろ責任があって（笑）、そのころお書きになったもの、たとえば「構造主義における構造性の根拠」（『マルクスその可能性の中心』所収）とか、そういう問題ってのは、ぼくにはずいぶん影響をあたえました。

柄谷　そうですか。

中沢　そこでたとえば、西欧の超越的な言語論とはちがう内在的な言語論のようなものが本当に可能なのか、ということが考えられました。

超越的なものを前提にする言語論では、いつも超越者が、物質的なもの感覚的なもの動物的なものをサクリファイスするところから、構造ということが考えられている。ところが、そういう殺害のメタファーが根底になくても、言語についての記述ができるんじゃないかということは、その当時インドの言語論を読んでて感じたことがあったんですね。

それは、構造主義のベースにある一種の形式化の問題、これは超越的言語論の問題につながっていきますけれども、それとはちがうかたちの言語論を通して、構造主義的理性の起源のようなところを脱けてみたいということでした。

でも、それをやるには、ニーチェふうに言えば、もっと大きな「超越者なき神秘主義」というのがどういうかたちであるのか、じっさいに知る必要があるし、そのためにはここはもうカスタネダふうなんですけども、やっぱり自分でやってみなきゃいけない、というように思いこんじゃったんですね。

　しかし、不安がすごくあったんです。こんなことしてていいんだろうかとか、失敗の可能性がすごく大きいだろうなあとか。でも結局、どう転んでもいいやと思って。

柄谷　「邯鄲《かんたん》の歩《あゆみ》」みたいに、歩き方を勉強しに行って歩き方がわからなくなって、這って帰ってくるとかね（笑）。

中沢　そう。そうしたら、そのことに関しては比喩的に答えるしかないんですけども、バシッとうまくいった。

柄谷　そういうふうに運命づけられてたのかな（笑）。

中沢　そういうこと言うと、すぐそれもんふうに思われるのがちょっと困るんですけどね。でも運命づけられていたというよりもむしろ、いろんなとこからきてるものが、ある一点で、そこへ集合してポーンと飛んじゃうことがありますでしょう。

柄谷　ありますね。

　ぼくの場合でも、二十代から、あるいは十代から、いろんな問題を考えてきましたけど、なにかひとつ抜けているという感じがありました。それは、簡単に言うと、〈死〉の問題です。それが欠けているために、どういう問題をやっていても、なにかが抜けてしまうことになるわけです。最近、なんか突然に飛躍したみたいに、いままで考えてきたことが一挙に重なってきたような感じがしますね。中沢さんとは去年の暮にはじめて会って、年来の知己のように思ったけれど、たぶん、もっと前に会ってると、あんまり話もできなかったと思うんですね。

中沢　そうでしょうね。

柄谷　いまなんとなく、あらゆる問題が全部つながってきて、それは歴史的にもつながってるんじゃないかって気がしてきたんですけどね。

中沢　つながるって話で言えば、最初にネパールへ行って修行を始めたころ、柄谷さんがお書きになった「豚に生れかわる話」じゃないですけど、ぼくはじつは修行で二度ほど豚にさせられたんです。

最初の段階の修行というのは、とにかく豚と一体になることが大事なんですね。つまり輪廻転生の問題と慈悲の問題を、結びつけようとするわけなんです。もし輪廻転生ということがあって、意識の流れが、人間が死ぬことによっても断絶するものじゃないとしたら、とチベットの坊さんたちは考えるわけですね。

いまそこにいる豚や牛というのは、過去の生において、少なくとも一度は自分の父や母であったはずだ。そのときのぼくは豚であったかもしれないし、もっと小さいミジンコであったかもしれないけども、とにかく母とか父であったことは、まちがいない。

そこで、彼らは断言するんだけども、この宇宙に存在している、ありとあらゆる生命は微細なものから始まって巨大なものにいたるまで、過去の生においておまえの父や母でなかったものはひとつもないはずだ、と。そういうふうにわりと理づめに考えていって、こんどは、たとえばそこにいる牛はおまえの父や母であった、というシンパシーの状況に自分をつきつめていくわけです。それでラマはぼくを屠場へつれていく。そこで、豚や牛が殺される状況に立ち会わせる。

そのときは、毎日そういうことを言われてますから、ぼくもいい年こいて、ちょっとおかしくなってくる。もう本当に哀しくて哀しくてどうしようもなくなって、泣き伏すような状態をつくっちゃうわけですね。そうやって、過去世において父や母が無条件に注いでくれた愛情というのを感じて、そこから逆にこんどは、自分のほうから自然にわいてくる慈悲というものを体験しなきゃいけないということで、まず一回目は豚にさせられた。

もう一回豚になったのは、もうちょっと修行の階梯が進んでからです。密教の修行のベースをある程度つかんで、さあこれから最後の段階へ入っていくというときにやるんです。

それまでは、六道輪廻している生きものは時間の流れによって捉えてきていた。ところがこんどは、それを空間性にしてくるんですね。つまり意識体というのはひとつしかないんだ、とこころが心の構造性という限界づけによって、それぞれの世界をそれぞれの生きものがちがうように見るようになる、と考えていくんです。たとえば、いまここでは人間がこうやって自分の世界を構成して見てるんだけども、同じところを餓鬼だとか地獄の住人が見たら、全然ちがう世界を見ていることになる。

チベット人がここで言いたいのは、地獄とか餓鬼の世界というのは、なにも空間的に離れたとこにあるわけじゃない。地下界とか、はるか他界にあるんじゃなくて、トポロジーの問題としていま、ここに同在しているんだということなのですね。つまり、世界の多層性ということを言おうとしているんです。

柄谷　ええ、わかります。

中沢　おまえがもし地獄の住人になったら、ここにある水は、鉄の焼けただれた液体に見えて恐怖するだろうし、餓鬼が見たら、それはバターに見え空腹をそそるだろう。だから、「いま・ここ」のリアリティというのは、意識のトポロジーを変換させることによって、六道にある意識の全体につながっている。そこでそれらすべてを体験しちゃわなきゃいけないといって、奇妙な修行を始めるわけですね。そのなかで豚にさせられたわけです。犬にもなるし、ミミズなんかやるときはたいへんでした。森のなかで裸になって演劇をするわけです。ほとんど憑かれたようになって。

　そういうふうにして、最後は、神様というものも根拠ないんだってところまでつきつめるわけです。神様だって意識体のひとつのトポロジー構造にすぎない、というわけです。本当に「構造性」みたいな言葉を使って説明するんですよ。とにかくこの世に、ということは六道におけるありとあらゆる意識は、どれひとつとっても根拠ないんだってことを、そういうふうにして体験させるわけですね。

ルーツとしてのチベット密教

柄谷　いま、時間的なものを空間的に転換してやる、と言われた。それは、ニーチェの永劫回帰もそうなんだけど、ふつうは時間的に考えられてますけどね。やっぱりあれも空間的な問題なんでしょう。

中沢　そう思いますね。それに、たとえば地獄が、空間的なかなたとか地下界とか、深層にあるというのを否定するんです。三次元的な空間知覚を変形していこうとしてるみたいです。

柄谷　それはトポロジカルなものですね。

最近、アメリカのトポロジストが「四次元ユークリッド空間はふたつ以上ある」という証明をしましたけど、むしろ直観的には、むかしから考えられていたわけですね。ニーチェもそういうことを、断片のなかで言ってます。世界はひとつであることはおかしい、たくさんあるのではないか、ということを。

中沢　そうですね。

柄谷　「ひとつしかない」ということは、すでに禁止をはらんでいるわけです。

われわれはどうも、輪廻について時間のほうで考えてしまうけど、それは言い換えれば、世界はいくつもあるというのと同じことなんでしょう。

中沢　そう思いますね。

柄谷　いずれにしても、「四次元ユークリッド空間」においては語りえないような問題ですけれどもね。ただ、それは心理的に体験されるほかないとしても、心理的な問題じゃないと思うんですよ。

中沢　ええ。それから、なぜこの輪廻に生きている生きものがダメかというのは、世界はいっぱい（まあ六つですけどね、仏教だから）あるはずなのに、ほかの五つを禁止するわけでしょ、おのおのの生きものが。そういうことがまずダメだと言うわけですね。とにかく多層的で多様的にあることを言いますけども、しかしそれでいて、なおかつそれを否定してきますね。

つまり、世界が多様的にあらわれ出るそれらすべての根源にある力みたいなものに、この否定性を通じて立ち戻っていったところで、こんどは反転して、多様性そのものを否定的に肯定する、受け入れることができる――そういう状態をつくりだそうとしています。

柄谷　そういうことは、チベットの場合はずいぶん古くから確立してるわけでしょう。それがぼくは不思議でしょうがないんです。六〇年代からいろんな神秘主義、オカルティズムがあらわれたけど、そのルーツを辿れば、チベット密教に行きつくほかない。しかも、そこで龍樹の中観派以来、論理的につきつめられてきている知に比べると、現在のそういう神秘主義などは力が弱いんじゃないのか、という気がするんだけど。

中沢　そうなんですね。たとえばブラバツキー夫人なんかが始めた神智学では、彼らは根拠をどこにもってくるかというと、やっぱりチベットとかインドへもってくるわけです。カリスマ的な力をもったマハトマとか、導師という見えない存在が必ず必要なんです。それがどういう存在なのかは、神智学派のなかでは隠されるわけです。いまブラバツキーの書いたものを読んで、彼女はチベットへでかけ、チベットのグルから教えを受けたというものを読むと、どうしても貧弱さの感じをまぬかれません。これはたぶんチベットじゃなくて、フランスあたりで受けた啓示じゃないかというふうな感じもするわけです。

そういう意味では、ルドルフ・シュタイナーが神秘主義のなかで画期的な意味をもつとしたら、カリスマ的な存在とかマハーグルにあたるものを、つまり見えない深層の超越者を、必要としないのだ、というところから彼が始めたことだと思いますけどね。

柄谷　ただシュタイナーというのは結局、キリスト教でしょう。ですから、なんか最終的におもしろくないいんですよ（笑）。

中沢　それはぼくも感じます。

柄谷　むしろブラバツキーを読むと、いい加減であるけれど、なんかほっとするような気がする。

中沢　それは逆に言うとブラバツキーとかグルジェフなどが、いつも異世界というか、異端の宗教のなかに、自分のイマジネーションを求めたからなのではないでしょうか。一方でマハトマみたいなカリスマ的な異教的存在をつくらなきゃならなかったにしても、ですね。でも、シュタイナーはそういうのを追放しちゃった。そうするとやっぱりキリスト教の内部での、ああいうかたちの神秘主義になってくるんだと思いますけど。

鈴木大拙とスウェーデンボルグ

柄谷　ちょっと話は飛ぶんだけども、こないだから鈴木大拙を読んでたんですけどね。彼はスウェーデンボルグについての翻訳と、それから紹介書を書いてますよね。ぼくは、大拙がどうしてスウェーデンボルグをあれだけ紹介しようとしたのか不思議でしたが、彼の説明によると、キリスト教的な党派性やルサンチマンがなくて、ある意味で仏教に似たものがあると言うんですね。スウェーデンボルグというのは、いわば霊界から見た「宗教批判」だと思うんですよ。

じっさいにスウェーデンボルグは、宗教に関して非常に皮肉っぽく書いています。たとえば彼が幽体離脱して霊界へ行くと、ある牧師が一所懸命説教していて、誰も聞いてないのを見ます。その牧師は、「この世」で人に説教することに快感をおぼえていて、死んでからもそれにこだわっているわけです。あの世に行っても、まだあの世について説いているわけですからね。現に霊界に来ている人びとが、そんなデタラメな説教を聞くわけがないのにもかかわらず、まだそれにこだわって、いまだに説教している（笑）。結局、霊界について最もふさわしくない人たちはキリスト教の宗教家だ、というようなことを言ってますよね。おそらく、そういうところを大拙は気に入ったんじゃないかと思うんです。

しかし、はたしてそれだけの理由でスウェーデンボルグを翻訳したのか疑問です。むしろ、大拙自身がスピリチュアルな体験をもっていたのではないかと思うんです。ぼくの感じで言うと、一般に禅の人というのはあの世のことはあんまり考えてないみたいに見えるんですよ。

中沢　考えてないでしょうね。六道輪廻の考えとか、そういうのは出てこないですね、禅のなかでは。

チベット仏教のひとつのおもしろさは、あれは禅とかインドのタントリズムとかの集合でできていて、東洋の神秘主義の集大成みたいなところがあるんですがね。そのなかで、さっきもちょっと言ったように、六道輪廻の考えは、じつはだんだん教えが高くなってくると、消えてくるところがあるんです。その高いところとは、初期の禅宗——四川省とか青海省なんかで発達した初期禅宗のあり方とすごいつながりを持ってるんですけども、そこでは六道輪廻していく考えというのは消えていくと思うんです。

まあ、ある意味では仏教が、ヒンドゥ教の六道輪廻の考え方を引きこまざるをえなかったところに、ダメなところがあるんじゃないかっていう考えもあるだろうし。ぼくは、必ずしも六道輪廻の考えが通俗的なかたちのままでなければならないとは思いません。

柄谷　ただ、すごく現世的な感じがしてね。だからわりあい禅宗ってのは近づきやすいわけだけど。

中沢　逆な意味でね。

柄谷　だけど、それだけではダメなんではないかという……。

中沢　チベット仏教で六道輪廻がだんだん消えてくるというのは、むしろ逆なんで、それらをトポロジカルにつきつめていって、おおもとの霊界のようなところに辿りついていっちゃうんですよ。

柄谷　むしろ、そっちを前提しているわけでしょう。

中沢　ええ、それがあるから六道輪廻とか地獄とか、そういうものは相対的なものとして消えちゃうんですね。

柄谷　宗教そのものが消えていくわけですね。

中沢　そうなんですね。それは柄谷さんがおっしゃるとおりだと思います。

柄谷　だけど、ぼくの知ってる禅宗の坊さんが何人かいるんだけど、「宗教」そのものを超越しているかに見えて、本当は俗物ではないかと思うんですよ(笑)。

中沢　禅のお坊さんほどそういうのが多いってのは、本当みたいね。また、それが悟りのスタイルだなんていうふうな。

柄谷　はじめはレトリックだと思ってきいていても、じつは本当にそうなんじゃないかなとも思ったりして。

中沢　いや、そういうのを見分けるのたいへんですよ。チベットなんかで、瘋狂者というのがいるんです。彼らはチベット仏教のなかでもいちばんおもしろい人たちなんですよ。つまり、宗教的なものを否定していくことにかけては、天才的な霊能者たちなのね。彼らがやることといったら、若いときはすごく修行しますけども、高い程度に達すると、朝起きて酒をくらって寝てばっかりというような人が多いんですよね。そうすると、チベット人には酒くらって寝てばっかりいるって人は、ほかにもいっぱいいるわけで、彼らもすごいラマじゃないかと言われている。全然見分けがつかないでしょう。まあ、その九〇パーセントは本当につまんない、ただ寝てばっかりいる人たちなんですけどね。

ゲーデルと龍樹

柄谷　そういう区別がつかない問題は、カントが霊能者について言っていることと、ある意味で似ていますね。つまり、霊的なものは、もともと感覚的には、知覚的には、捉えられないものなんだから、それをなんらかのかたちで感覚的に感受したりする人がいても、どれも根拠がないんだと言える。霊的な知というのは、一方でまったく心理学の観点から見られることができる、というわけです。

カント自身は『視霊者の夢』のころは、スウェーデンボルグを肯定したいのだけれど、それを肯定している自分を嘲笑しています。そういう決定不能性のままで、スウェーデンボルグ論を書いているわけなんですね。これは非常に奇妙なおもしろい論文ですね。どちらかに決められないわけですよ。

中沢　ぼくなどもネパールから帰ってきた当初は、こういうことをしゃべるについて非常に警戒してました。まことしやかな風聞が、いろいろ流れたりして。それがいかにつくられていくかってのがわかりますし。

柄谷　ぼくもちょっと聞きました。オカルトボーイとか、空を飛んだとかね（笑）。

中沢　だから最近ですよ、こうやって明るくオカルトをしゃべれるようになったのは。

柄谷　中沢さんから以前にきいた話でよく印象に残ってるのは、龍樹が二人いて、時代は何世紀もちがうんだけども、中観派の龍樹と密教の龍樹が二人いて、これがチベット密教では同じ人物だと考えられているという話ですね。つまり、論理的に徹底的な否定性という側面と、逆に直観的で徹底的な肯定性という側面とがひとつになっていることが、チベット密教の理想像なんだということをきいて、それですごくうれしかったんですけどね。

ぼくはゲーデルの問題をやっていて、自分自身が「決定不能性」に追いつめられてしまったような状態でいたわけです。しかし、ゲーデル自身は実在論者でしょう。したがって一方にすごくプラトニックな実在論者がいる、片一方でまったく破壊的なやつがいる。しかも、それは同じ人物なんですね。

中沢　そうなんですね。

柄谷　ぼくは、前からゲーデルと龍樹がよく似ていると思っていたのですが、それは形式的な否定性・破壊性においてだけでした。中沢さんからチベット密教の龍樹像をきいて、納得がいきました。

ゲーデル的問題と東洋神秘主義のつながりは、ホフスタッターなども強調していますけれど、中沢さんのほうがもっと本格的ですね。あなたは、この間「逃走者のための神秘主義」(『現代詩手帖』一九八三年三月号)のなかで、こういうことを書いていますよね。

「ここでは話を極端に形式化してすすめることにしよう。そのほうがこの変化の事態をもっと的確につかむことができるだろうから。ミスティックの領域の存在は、人間の意識の中のシステム的なものと切り離して考えることはできないし、また逆にミスティックをともなわないシステムというものは存在しえない、というゲーデル的な問題にそのことは深く関わっている。

それはこんな風にも表現することができる。

《宇宙の一部をなす意識という観点から見れば、宇宙に関するどのようなシステム的な説明もそのシステム自体にはけっして答えることのできない、少くともひとつの疑問を生みださざるを得ない。》(ジョン・ヒック『認識としての神秘体験』)」

これを読んで、ぼくはビックリしたんですね。それに近いことを考えていたんだけれども、あまりにもぴったりしてるから。

中沢　これに関して言えば、かなり柄谷さんのお仕事を意識して書いていますし、むしろガラクタの山のような論文集のなかにそのひとつを見つけて、ああすばらしいって引用してるようなところがありますけどね。

柄谷　ほかの部分はダメなのかな。

中沢　でも、これはすごいですけどね。ただ、ホフスタッターの『ゲーデル、エッシャー、バッハ』などにも「無門とゲーデル」という一章がある。禅の『無門関』を使って、公案禅とゲーデル問題が共通性をもっているんだということを書いていますよね。それからここにも出てきたジョン・ヒックというのは、もうちょっと現象学的な方向からくるんですけども、もちろんゲーデルを意識して書いてますから。

柄谷　まったくそのとおりの言葉を使っているものね。

笑いと密教

中沢　公案のシステムについて言えば、柄谷さんがお書きになってるように、一種のダブル・バインドの状況に弟子を追いこんでいって、システムについての根拠をシステムの内部に求めることはできないのだ、というところまで追いこんでいく。ホフスタッターはそのところをはっきり書いてますけどね。けれど、もう一方には禅というのは、さっき言ったように、一種の連続体直観みたいなのがある。だから、禅者はけっこう自信もってゲーデル問題に取り組むわけですね。

それからもうひとつ、禅のなかで、これはあまり強調されていないんだけど、密教の問題につながってくることで、笑いの問題があると思うんですよ。これはこんどの『現代思想』のクリステヴァ特集に書いたんですけども（「チベットのモーツァルト」）、禅は笑いをどう捉えるかということですね。

その場合、まあ簡単に言ってしまえば、システムが無根拠だというときに笑う。つまりそれは、全然ニヒルな笑いじゃないんですよ。それをクリステヴァにひっかけて言うと、ウワウワウワウワと動いているリゾーム状態にひとつの固定点が打たれることから、意味世界の構築というものが始まる。ウワウワウワと動いている無限の多様体に、点を打って固定した瞬間にパッとわき出してくるような、そういう笑いなんですね。禅者の笑いは。

禅者がどういうとき笑うのかをテーマにして、アメリカ人が書いた本があるんですけども、そこでヨーロッパの笑いと禅者の笑いが比較されていて、ヨーロッパでは批判の笑いとか、ブラック・ユーモアとしての笑いというのがある。だけども禅者の笑いというのは、無限の多様体、リゾーム状のものがウワウワ動いているのにポッと固定点を打って、そこから意味世界が構築され始める瞬間に笑うんですね。それは、そこから構築されてくる世界を肯定しつつ笑いのなかで受け入れていくような、非常に不思議な笑いなんです。それがむしろ密教の世界へつながっていく。

柄谷　ぼくは、去年のはじめ「笑い」について書こうと思って、雑誌の予告まで出ていながら、頭の調子が悪くて書かなかったことがあるんです。ぼくは禅の笑いのことは考えていなかったのですが、それに近いことを考えていたような気がします。一般的に笑いについてやる人は、フロイトかベルクソンなんですね。それから、梅原猛の「笑い」論もそれに基づいているんだけども、アルフレッド・スターンというのがいる。これは要するに価値による笑いなんですね。

中沢　そうですね。

柄谷　そういう文献のなかで、やはりいちばんおもしろいのはフロイトなんです。ただし、それはジョーク論ではなくて、そこから省かれたユーモアの問題なんですよ。ぼくの読み方では、ユーモアというのは、決定不能の状態なんですね。笑いの問題は、もっとも本質的な問題だと思います。

中沢　そうですね。

ユーモアと決定不能性

柄谷　そういう意味で、気が狂うのと同じぐらいに重要な問題だと思うのです。そうだとすれば、「笑い」の問題は、エネルギーの節約（経済）などということでは片づけられないものをはらんでいるはずです。しかし、たとえばフロイトが言っていることで、それこそ本当にふきだしてしまうのは、フモール（ユーモア）はわからない人がいるということです（笑）。フロイトの説明では、ユーモアは負け惜しみに近いけれども、そうはならないある状態みたいなものですね。ぼくの考えでは、ユーモアの反対概念は、ルサンチマン（宗教）であり、サルトルの言う想像力（空無化）ですね。

フロイトの示唆することを強引に拡張していくと、ユーモアというのは、ある「意味」が確立してしまうことを宙づりにするというか、決定不能性につき落とすということではないかと思う。それは、いま言われた禅の笑いと似ているような気がします。宗教としてであれ、なんであれ、「意味」が確立してしまうその直前にとどまることがユーモアだとすれば。それは、本当はフロイトとは関係ないかもしれないけれど、とにかくそういうふうに考えていました。

中沢　だからさっきの龍樹の話ですけど、二人の龍樹というのが、フモールということでつながっているように思えるんですね。

一人の龍樹は中観派の龍樹で、これはどんな言説のシステムも、それを決定不能性へ追いこんでいく、すごい強靱な否定性の頭脳をもっている。とにかくインドのあらゆる哲学者を恐怖させるような龍樹がいる。みんなこわくてしようがないんです。だから龍樹を殺したいんですよね。ところがもう一人の龍樹、タントリストの龍樹がいる。もちろんこれは歴史的に仏教学的にいえばぜんぜん別人物にはちがいないんですけども、チベットの密教伝承は二人が同じ人物だという。タントリストとしての絶対的肯定性の龍樹は、じつによく笑うんですよね。

密教は、無意識の問題をつきつめていって、人間の意味世界の構築性が生まれてくる起源の状態までも把握しようとします。言語が捉えられないリゾーム状の状態から、そこに、ある禁止や固定化が加えられて意味の構築性が動き始める。その瞬間を、密教は体験し、なおかつそれを記述しようとするんです。その意味の世界ができてくるときに、タントリストの龍樹は、陽気に笑うんですよね。さっきおっしゃったことと関連して言えば、肯定でもあるし否定でもあるような、なんとも捉えどころのない笑いをする。

コンピュータ・神秘主義・YMO

柄谷　たとえば、ツァラトゥストラも笑いますね。それは、禅の笑いとどう関係するのか。とにかく、笑いというのは最大の問題だと思うんですけどね。これをやるにはちょっとぼくは用意が足りないと思って、それで書けなくなった(笑)。

さっきホフスタッターの話が出たけども、ぼくはコンピュータ科学と東洋神秘主義のつながりがおもしろいと思っています。六〇年代ぐらいの神秘主義と現在の神秘主義とに決定的なちがいがあるとすれば、そこにあるとぼくは思うんですよ。コンピュータの影響というのは大きいと思う。

中沢　そうですね。

柄谷　ここ十年くらいのコンピュータの計算力の発展は、尋常じゃないでしょう。六〇年代の場合は、コンピュータをいわば親の仇みたいに考えていましたよね。つまり、コンピュータライズされるということは、人間にとって許しがたいものだったわけですね。

中沢　むかしは新宿の郵便局に郵便番号自動読取り機がきただけで、反対運動しましたね。

柄谷　そういう運動をやっていた人は、いまたいがいエコロジストかなんかになってると思うんですね。緑の党とか（笑）。

コンピュータがおもしろいと思うのは、結局、二十世紀前後の「数学の危機」にあった諸問題を現実化しちゃったことですね。それは、コンピュータの計算力によって可能になったわけですね。マンデルブロの「自然のフラクタル幾何学」なんかは、そのひとつだと思います。たとえば、海岸線の距離を測るとき、それは拡大していくと無限の長さになるわけでしょう。ふつうは、海岸線をすごく単純化して、スムーズな直線として見てしまうわけですが。

中沢　持続ってやつ。

柄谷　ええ。ところが地図をどんどん拡大していくと、おかしくなる。相対性理論もそうですけれども、光速に近いようなものを考えていくと全部おかしくなるとか、量子的なレベルでいくとおかしくなるのと同じように、おかしくなるわけですね。

われわれは、ある中間領域で、わりあい安定したところにいるわけですけどね。その部分をちょっとでも拡大すると、おかしくなってくる。まあ日常生活には関係ないから、放っておくわけですが。たとえば、デコボコしたり穴ボコがあったりする平面のかわりに、スムーズな平面を想定している。それ以上に微細なものは考えない。ニーチェに言わせると、意図的に忘れようとしてるんだ、というふうになるわけですが。

中沢　忘却。

柄谷　ニーチェはそれを「生存のためのパースペクティヴ」として見ていたわけですが、ぼくは、むしろそれは計算能力の欠如のせいではないかと思うんです。

現在のコンピュータなら、いままでいい加減にすましていた部分が計算できるわけでしょう。これまでは、メルロ゠ポンティの知覚論とか、そういうのはみんなそうだけど、古典的な計算力に基づいてるように思うんですよ。計算力があがってくると、非常に奇妙な現象がいっぱい起こってくる。

そういう意味で、「知覚を変える」ということで言えば、計算力の飛躍的な拡大というものが、現実にこれまで見ないですましていたものを見えさせてしまう。それも、非常に奇妙なかたちで見えてくる。たとえばゲーデルの定理なんか古い話ですけど、コンピュータ科学のなかでリアルに出てくるわけです。薬のおかげで知覚が拡大変容するというよりも、いわばコンピュータの計算力のおかげで知覚が拡大し変容してきている、と言ってもいい。だからまた、神秘主義もまたそれに対応しているように思うんですね。

中沢　たとえば蓮實重彥さんなんかの場合は、映画によって拡大したいっていうわけでしょう。つまり1秒間に24コマを刻みこんでいく映画のフィルムによって、1秒間の知覚を24コマに微分していく。それによって、ズサンな視覚の持続を微分していこうとする。もちろんコンピュータほどじゃないですけども、そういう試みのような気がする。

柄谷　だけど、蓮實さんはやっぱり、映画というおくれたテクノロジーにノスタルジーがあると思うのね。

中沢　ええ、そうなんです。たかが24コマという（笑）。

柄谷　いまは基本的にビデオの時代だから。蓮實さんの映画批評そのものは、ビデオ的だけれどね。

中沢　走査線のデジタル微分のスピードまでは、たどりつけませんからね。

柄谷　しかも、これは複雑化しようと思えばいくらでもできるでしょう。

　これまで知覚と言われていた、あるいは感性と言われていた領域というものは、もしくはそれを根拠としてしまうような思想は、ほとんど実質的にその根拠を奪われてしまっていると思う。それは「人間疎外」というようなものでなくて、これまで、理論的にはどうであれ安定していた「人間」なるものの領域を、疑わしくしてしまう。だから、コンピュータ科学と神秘主義は、ウラハラにくっついてくるような気がするんですよ。それは六〇年代の神秘主義とは決定的にちがうんじゃないか。あれはどう見ても、自然に戻ろう、自然の感性に戻ろうという感じだったですね。

中沢　そうですね。

　ぼくはネパールから一度帰ってきたとき、いちばん感動したことというのは、じつはＹＭＯ（イエロー・マジック・オーケストラ―一九八三年十二月散開）なんですね。まえから細野晴臣という人の音楽がとても好きで、〝はっぴいえんど〟なんかのあと細野さんがインドにかぶれちゃったりしてるころとか、とにかくずっと彼の音楽を聴いてきたんです。でも途中ちょっといなかったから、中断して帰ってきてみたら、なんとＹＭＯをやってた。

彼が『地平線の階段』という本で書いていることは、とてもユーモラスに、神秘主義とハイ・テクノロジーとが交響楽のようにして結婚できる状態ってのがあるんだという。それを知ったとき、ぼく、ほんとにうれしくなった。

柄谷　ぼくも、彼を引用したことがあるんですよ（「リズム・メロディ・コンセプト」『隠喩としての建築』所収）。

中沢　そうですか。

柄谷　いま知的にもっとも敏感なのは、音楽家だと思うんですね。それはコンピュータ・サイエンスの問題に、直接的に取り組んでいるからだと思う。

中沢　そうですね。

柄谷　それは、感性とか知覚といわれていた部分の制度性に、もっとも自覚的であるということだと思うんですよ。好むと好まざるとにかかわらず、それはもう不可避的ですからね。

光のイメージ

柄谷　話はちがいますが、最近の宇宙論、あるいは宇宙から文明に及ぶ進化論的説明を見ると、奇妙なパラドックスが出てくるわけですね。

それは、科学者が考えているよりずっと古い問題の再版だと思う。たとえば品川嘉也の『意識と脳』という本を読むと、意識というのは結局、宇宙の自己意識だってことになるんですよね。情報理論で一貫して説明して、そして出てくるのが、どことなくヘーゲルみたいなんですね(笑)。

中沢　ヘーゲルに似ちゃうってのは、意味シンですね。

ダグラス・ホフスタッターなんかもそう言ってるんだけども、意識と無意識があるのはおかしいんじゃないか、要するに意識は意識なんだ。暗い無意識みたいなのがあるのは、それは頭が悪いだけであって、意識しかないんだって。深層と表層とか、暗いの明るいのとか、そういうんじゃなくて、もう意識しかないと言う。それは神秘主義のいちばん基本的な考えにつながることですけど、無意識なんてものはつくられたもので、もともと意識しかないんです。そういう考えが科学のなかで可能になってきてるのは、コンピュータの働きによるところがすごく大きい、と思うんですけどね。

それとともに、ユダヤ・キリスト教の超越論的なものがそこに働いていると思うのは、そこではいつも、意識や記号の発生というのを光のイメージで捉えようとしている。光が闇のなかへ射しこむイメージです。光はいつも上方とか、曙の東からくるんですけども、決まって超越論的なものが前提になる。すると意識もつねに闇とか、暗いところと明るいところという対立で捉えられてしまう。それはおかしいと思うんですね。

なぜなら、神秘主義が問題にすることで言えば、要するに意識そのものが光でしょう。光でしょう、なんて言っちゃっていいのかな。つまり光が超越者の側から照らされてきて、それによってカオスとしての感覚的なものの物質的なものがサクリファイスされて、世界の構築が始まる。これでいくと、それまではカオスの闇しかないみたいですけれど、それは超越論的なものの転倒による詐欺でしょう。

そこで、神秘的な修行というのは、無意識といわれている状態がべつに暗くもなんともなくて、そこがものすごくクリアな光に溢れてる、というふうな体験をしようとするわけですね。

でも、そうするとこんどは、意味世界の構築をうながす外側の超越的光って何なんだということになってくる。イスラム教なんかの神秘主義は、そこですごい苦闘しちゃうわけですよ。彼らは、超越的なものを前提にしますからね。で、神秘的な修行で生まれてくる内的な光を、どうやって調停させていったらいいかってことを、イブン・アラビーみたいな人は「存在一性論」というかたちで示すわけですけども。

柄谷　井筒俊彦さんが書いてるやつ。

中沢　そうですね。だけども、それが仏教の場合だとドップラー効果なんですね。つまり、鮮度が落ちてくるんですよ、こっちへ来るに従ってね。だから超越者の領域から光なんか来やしない。

柄谷　デリダの言葉で言えば、差延みたいなものですか。あるいは、超越者が立てられてしまうと隠蔽されてしまうような、自己差異性（自己言及性）そのものというか。

輪廻というのは結局、二元化によって生じるでしょう。仏教の考えは、そういう二元性のよってきたるズレ自体に迫れ、ということなのかしらね。

中沢　タントリズムだから、わりと素朴な言葉を使うんですけども、「心そのもの」と「心」と分けるんですね。セム・ニーというのが「心そのもの」で、セムというのが「心」なんです。セムとは志向性をもった意識で、フッサールが目的論的理性と言うようなものなんですけどね。

で、「心そのもの」は「明」なんだけども、「心」のほうは「無明」という。ところが、この明と無明というのは一瞬にして分かれるんです。分化ではなく、貨幣の裏表と同じように一体のものなんだけども。「心そのもの」には、ある力が内蔵されているんです。無とか空とか言われてるんだけども、そのなかになにかの力がある。外へ発散するとか、そういうものじゃなくて（外がないわけですから）、不思議な力があるんですね。その力が、明と無明に一瞬にして分かれる。無明のほうは、輪廻する現象意識になる。それは人間が母の胎内に入るときにできるものじゃなくて、もっと前に決まっちゃってるという。『チベットの死者の書』という本は、そのことをテーマにしてますが、要するに母胎に入る前に、輪廻する意識のかたちは決まってしまっているわけです。というのは……その意識はもう、目的論的理性を内蔵してることになります。それが母親の胎内に入って、子供として生まれてくるわけだから、彼らの子供のイメージは、単純に無邪気というものとはちょっとちがうんですけど。

だけども、「明」の状態にある知、ドップラー効果で濁っちゃうようなものじゃない光の領域が、輪廻のサイクルのなかに入らないものとしてある、ということなんですね。

柄谷　ウーン、わからなかった（笑）。

中沢　いやいや、説明がうまくなかったです。

神秘主義とヘーゲル

柄谷　ウィリアム・ジェームズなんか読んでると、ヘーゲルのことをまるっきり神秘主義として扱ってるのね。ぼくらが読むヘーゲルというのは、マルクス経由とかキルケゴール経由とかでしょう。

中沢　ええ。

柄谷　ジェームズにとっては、ヘーゲルは神秘主義なんですね。

中沢　キリスト教神秘主義……。

柄谷　そうですね。たとえば、カントはその〝批判哲学〟において実在的なもの、神秘的なものの問題を、明確に整理しちゃったわけですけどね。だからシェリングとかヘーゲルは、それをとにかく乗り越えようというかな、ある意味では、もっとも神秘的な考え方をしていたとも言えるわけですね。

中沢　シェリングの場合なんか、ことに。

柄谷　だからヘーゲルの読み方が、ヘーゲルの「疎外」は生産であるとか、そういう読み方ばっかりじゃダメなんじゃないかな、と思ったですけどね。カントがつきつけたパラドックスを、強引に乗り越えようとした人として読んだほうがおもしろい。

中沢　ジェームズの読み方っていうのは、すごくおもしろいですよ。西田幾多郎がやっぱりジェームズのことをすごく買いますでしょ。で、エルンスト・マッハはあんまり好きじゃない。

そういうところの西田幾多郎の勘は、ぼくはすごくいいと思うんですね。エルンスト・マッハは、ある意味でポップ・オカルティズムのようなところがありますよ。つまり彼の感覚主義と一種のウルトラ科学主義が結びついて、超人意識みたいになってくる。そこでマッハの場合、より強大なシステムとか拡大されたシステムということに向かっていきますね。

西田幾多郎が、ウィリアム・ジェームズのほうは気に入ってマッハのことは気に入らなかったというのは、そこでシステムを巨大に、強力なものにしていくっていうんじゃないものを、ジェームズのなかに見てたような気がするんですけどね。ヘーゲルもある意味で、より強力で強大になっていくシステムをつねに弁証法のなかで求めているようにも見えるけれども、そうじゃないような気もする。

柄谷　まあヘーゲルの研究者によると、『精神現象学』というのは、じつは永劫回帰の書なんだというように理解して、ニーチェをちゃんと先取りしてるとか言っているね（笑）。

中沢　都合いいなあ。

柄谷　そういうふうに都合よくやってる人もいる。ただ、この雑誌の特集が「神秘主義」だからわざと言うわけですけどね。「ヘーゲル批判」はある意味で簡単ですけれども、ヘーゲルが「精神」と呼んだものは、青年ヘーゲル派が言う「自己意識」や「人間」とちがって、文字どおり神秘主義的なものだと思うんです。

折口信夫とエジプト神秘主義

中沢　これはジャック・デリダが書いていることですけれども、ヘーゲルの記号学のなかにエジプト問題というのがある。フロイトもそうですけどね。エジプトの神秘主義が、フロイトに関してもヘーゲルに関しても、すごく大きい問題をもってるんですね。記号の問題については、象形文字ということです。ヘーゲルの神秘主義ということを考えると、どうしてもキリスト教の問題とヨーロッパにとってのエジプトという問題が出てくる。
柄谷　そのことに関連して言うと、折口信夫も出発点はエジプトです。奇妙な符合ですね。
中沢　ええ、エジプトですね。たとえば『古代研究』の表紙は、あれ『死者の書』でしょ。
柄谷　そうです。ずっと後も方法的に同じじゃないかな。
中沢　そうですね。
柄谷　だから、彼には先祖信仰というのが全然ないんだもの、柳田さんとちがってね。出てきたところが、どう考えても日本じゃない。
中沢　そうなんですね。だから柳田さんと折口さんが討論でぶつかるとこでおもしろいと思ったのは、「まれびと論」で、折口の「まれびと論」に関して、柳田はそれを一種の先祖神にすり替えていくわけですね。
　なぜ神様が移動するかというと、隣の村の先祖神から昇格した神様が、威力があるというんでこっちへ来てもらう、そういうふうにして神様が動いていくんだというように、まれびとの問題を先祖神にすり替えていくやり方をするんですよね。で、折口さんが、相手が先生だから「そうかなあ」って頭をかかえるところね。あれは全然日本じゃないと思います。

柄谷　戦後の「神道の人類教化」などの一連の論文でも、柳田を暗黙に批判していますね。神道を、先祖信仰から切り離さないかぎりダメだという。折口は、絶対に日本から出てこない発想をもっていますよね。

ぼくはフロイトとユングを、柳田と折口というふうに比べたくてしようがないわけですけど、比べるとうまくいかないからね（笑）。いわばイデアル・ティプスとしての柳田と、イデアル・ティプスとしての折口は、絶対に大ゲンカしなきゃいけないはずなんですけどね。なんでそれを……。

中沢　仲良しにするというのは、やっぱりエディプスかしら（笑）。

柄谷　まあ彼らの場合には、フロイトとユングみたいに民族問題が絡んでないということもある。ユダヤ人問題とか……。

中沢　差別問題とかね。

柄谷　だから大事にはいたらなかったわけでしょうけども。意見がちがうのに、弟子としての折口はずいぶん我慢してると思うんだ。ケンカしてくれたほうがおもしろかったんだけど。

中沢　そうですねえ。柳田とケンカしたのが中山太郎みたいな人だったというのは、ちょっと不幸ですね。

柄谷　折口がケンカしたら、もっとちがうでしょう。ある意味では、柳田のほうは折口にずっと迷惑していたとも言えるわけですね。柳田は、民俗学を「科学」として確立したかったので、彼自身の、折口と共通している資質を抑制してきたと思います。

　ぼくは、フロイトはやっぱり一種の霊能者だった、それをひた隠しにした人だ、と思うんです。とにかく精神分析を十九世紀的な意味で「科学」にしなきゃいけなかったからね。

中沢　そう。それこそユダヤ教の言語論にしてるんですね。ただ、フロイトの場合はカバラの言語論ですし、そしてカバラの言語論というのも、キリスト教に内在してる両面性を付け加えたという程度のものかもしれないですから、結局ああいうところに落ち着いていくことになると思うんですけどね。

吉本隆明の他界論

柄谷　ぼくらの六〇年代からの経験では、まず吉本さんの『共同幻想論』というのがあったわけです。それから『心的現象論』とか、そういうものを新鮮な感じで読みましたけどね。結局、柳田、折口とかなんとかいったって、吉本さんがやってるから読んだようなもんですからね。それはあなた方ぐらいのときだったら、どういう感じなのかな。
中沢　大学へ入ったころ、ぼくらの上の人たちっていうのはみんな、吉本狂いですからね。ことにぼくは宗教学科なんてとこにいましたから、そこの人たちはもうほとんど吉本です。新興宗教の研究に入っていった人たちというのは、みんな吉本隆明の影響で入っていきます。
　それに対して、ぼくはその時期、吉本さんが言ってることっていうのも、もっと単純なかたちにできるんじゃないか、ということを考えました。それには構造主義の影響があると思うんですね。それについては、山口昌男なんかがああいうかたちで対応した問題ともつながってきますけども。

ただ、いまになって考えると、その当時ぼくは、吉本さんの書いていることを、よくわかってなかったんだろうとも思うんですね。それから何年かたって読み返してみて、いちばん衝撃的だったのは他界論ですね。吉本さん自身が、それから後につづく『心的現象論』を『試行』に連載していくなかで、たとえば死後の問題に突きこんでいくというのは非常に感動しちゃうんです。しかし、その扱い方なんですけども、吉本さんはやっぱり、そういう領域に出ても、わからなきゃいけないんだという強迫感みたいなものを、ぼくはそこに感じてしまう。

柄谷　なるほどね。

中沢　そのわかるということですが、たとえばデジャ・ビュとか、心的異常の問題に還元していくかたちでわかっていくというのが、どうも。

ちなみに最近の『試行』に書いてる、「チベットの死者の書」に関して言えば、吉本さんはそれを古拙な宗教意識のなかの問題として還元していくわけですけども、彼らはそんな古拙なもんじゃなくて、むしろ吉本さんが問題にしてるようなものを、そうとう意識してやってる。つまりいまの言葉だったら、たとえばゲーデル問題だとかいろんなふうに形式化できるような問題を、彼らなりの言葉のなかでふまえてやってる。他界というものを、とにかくわからなきゃいけないというのが、なんかよくわからない。

柄谷　吉本さんは、あなたのいう言葉で言えば、結局わかろうとする、わかるということでやろうとする。そのことに快感を見出してるわけですね。ぼくは、わからない、認識できない、ということを証明することに快感を見出すほうでね。別な言い方をすると、吉本さんはやはりなにか「根拠」があるべきだと考えて、存在するものを意味づけようとするわけですが、ぼくなんかは、根拠のないことを証明すると、かえって楽しくなる（笑）。

ただ、いまの宗教論とか源氏物語論とかいう仕事を見ていると、吉本さんがいわば「わからないもの」にひどくこだわっていることがわかります。どう考えても、あのこだわりというのは、それを信じてるとしか言うよりないようなこだわり方ですね。

中沢　そうですね。それは思います。

柄谷　一発で片づくはずなんですけどね、あの種の「批判」は。

中沢　ああやっちゃえばね、本当は。それをくり返しくり返し……。

柄谷　あんなにくり返しやるのは、むしろそれを信じてるからじゃないか、と思ったりするんですけどね。

中沢　そういうふうに読んでもらえば、すごくいいんだけれどなあ。

自己言及性のパラドックスと絶対的肯定性

柄谷　ぼくは、ユングの言葉で言えば「人生の午後三時」ということになるんでしょうけど、俗に言えば厄年ですね。ぼくのなかで、〈死〉あるいは死後の世界という問題が突然出てきたのは、たぶんそういうことと関連していると思います。

　ぼくは死後の世界というか霊界というものを、一方では完全に心理学の問題であり、あるいは胃の問題である（笑）、と考えているんですけども、片一方で、そういうものを否定することは絶対にできないんではないか、というふうに思うようになったわけですね。

　もっと前から、論理的には、この世をこの世だけで完結的に捉えることができない以上は、なにかがなければならないだろうと考えていました。それは「四次元ユークリッド空間は二つ以上存在する」というのと同じように、背理法に基づくものです。ところが、他界とか霊界とかいうのをかりに認めてしまうと、たとえばこれまで疎遠に見えた書物、あるいはたんに知識として読んでいた書物が、急に新鮮に眼にとびこんでくるようになったわけです。楽しく読めるようになった。

　たぶん「神秘主義」の特集で書いてる人なんか、ぼくの推測では、まあイェイツをやるためにには神秘主義をやらねばならんとか、そういう感じでやってると思う（笑）。自分自身は本気でそう思っていないと思うんですね。ぼくが本気でそう思うと言ったら、あいつは最近頭がおかしいということになってしまうわけです（笑）。中沢さんは、それをちゃんとまともに受けとってくれた人なんだけどね。たとえば霊界があるんだと考えたときに、過去のものを読むと、全然読み方がちがってきたわけですよ。これはどういうことだろうという感じがしますね。

中沢　柄谷さんがいまゲーデル問題についてお書きになっていることを、ぼくがこの数年の体験ということを経ないで読んだとしたら、そうとうハードなものに思えたような気がするんですね。だけど、いま柄谷さんのお書きになってること、『隠喩としての建築』の仕事や数学論の仕事にしても、ぼくはそれをすごく楽しいことに受けとめられる。一種の否定性を突きつめていく問題というのが、ぼくには、むしろすごく明るいことに捉えられるんです。

それはある意味で、まあ柄谷さんの言葉で言えば霊界だろうし、無限の連続体というものの直観かもしれないけど、そういうとこへ入ったとき、否定を突きつめていくということは、あるいは人間が生きていくことの無根拠性を突きつめるということは、ものすごくユーモラスで楽しいわけ。だから生きていくことが楽しくなるんですね。

柄谷　そうなんです。ぼくは、なんだかんだ言っても、本当に突きつめたわけではなかったと思う。やはり逃げていたわけですね。だから、どうしようもなくなったときに、まいってしまった。

ネガティヴなことをやるための肯定力みたいなもの、そういうものが必然的に要請されてくるんじゃないか。そういうことが自分に、人生の午後三時に起こったんではないか、というふうに自分では解釈してるんだけどね。

中沢　ですから、ゲーデル問題なんかを自己言及性のパラドックスのなかへ入ったままでやっていくと、これはちょっとシンドイことになる。しかし、ゲーデルがプラトン的な連続体直観をもっていたように、もし絶対的肯定性というものがあったとしたら、それは自己言及性のパラドックスそのものを、むしろ笑いとともに受容できるようになる。そうやって人間を解放できる、と思いますね。
　禅にしても、タオにしてもそうなんですけど、東洋思想においては、人間の解放ということをたんにあるシステムから別のシステムへ移るということじゃなくて、システムの無根拠性ということがわかった瞬間に、すごい愉快になるなにかだ、と言ってるような気がするんですけどね。
柄谷　そうですね。
中沢　でも、あまり急いで結論めいたことを言ってはいけない。それは柄谷さんがおっしゃったように、早急に結論を出してはいけないということで、これはギリギリやっていかなきゃいけないことなんです。否定性の内部ではね。
柄谷　それからやっぱり、ぼくは理論的にわかることはわかりたい。だからコンピュータでもそうだけど、十年前だったら言えないことを、いまは言えるわけでしょう。したがって龍樹で終わりってことはない、どんどんつづくはずだ、と。だけど、それをやっていくための自分自身のパワーのようなものが、肯定的なパワーが、なければやれないと思うんですね。
　ぼくなんかから見たら、いま希望を語ってる人は全部ニヒリズムとしか見えない。自分でそう思ってないから、ニヒリストじゃないつもりだろうけど、ちょっと突きつめれば、ことごとくニヒリズムにならざるをえないような思想なんですね。だからこれから先、ある程度突きつめていけば、こういう神秘主義というタイトルの問題が、どんなかたちであっても出てこざるをえないだろうと思いますけどね。

中沢　ただ、その神秘主義というのが、六〇年代はじめにあったようなものではなくて、すごく陽気に、ポップでいいような、そういう神秘主義になって、もっと「神秘主義」という言葉自体を軽くできるようなものになればいいなあと思います。まだよくないと思う。

柄谷　まだよくないですね。

中沢　ですから、こういうことを言うと柄谷さんだっていまだに、頭がおかしくなったなんて言われるわけでしょう（笑）。

〔『ユリイカ』一九八三年六月号〕

本書は、『ダイアローグⅠ』(一九八七年七月、第三文明社刊)、『ダイアローグⅡ』(一九九〇年六月、第三文明社刊)を底本といたしました。

柄谷行人《からたにこうじん》対話篇《たいわへん》I　1970-83

二〇二一年三月一〇日第一刷発行

柄谷行人《からたにこうじん》

発行者——渡瀬昌彦
発行所——株式会社　講談社
東京都文京区音羽2・12・21　〒112-8001
電話　編集（03）5395・3513
販売（03）5395・5817
業務（03）5395・3615

デザイン—菊地信義
印刷——豊国印刷株式会社
製本——株式会社国宝社
本文データ制作—講談社デジタル製作

講談社
文芸文庫

ISBN978-4-06-522856-2

講談社文芸文庫

金子光晴 ―詩集「三人」 原 満三寿―解／編集部―年
鏑木清方 ―紫陽花舎随筆 山田肇選 鏑木清方記念美術館―年
嘉村礒多 ―業苦|崖の下 秋山 駿―解／太田静一―年
柄谷行人 ―意味という病 絓 秀実―解／曾根博義―案
柄谷行人 ―畏怖する人間 井口時男―解／三浦雅士―案
柄谷行人編―近代日本の批評 I 昭和篇上
柄谷行人編―近代日本の批評 II 昭和篇下
柄谷行人編―近代日本の批評 III 明治・大正篇
柄谷行人 ―坂口安吾と中上健次 井口時男―解／関井光男―年
柄谷行人 ―日本近代文学の起源 原本 関井光男―年
柄谷行人 中上健次 ―柄谷行人中上健次全対話 高澤秀次―解
柄谷行人 ―反文学論 池田雄一―解／関井光男―年
柄谷行人 蓮實重彥 ―柄谷行人蓮實重彥全対話
柄谷行人 ―柄谷行人インタヴューズ1977-2001
柄谷行人 ―柄谷行人インタヴューズ2002-2013 丸川哲史―解／関井光男―年
柄谷行人 ―[ワイド版]意味という病 絓 秀実―解／曾根博義―案
柄谷行人 ―内省と遡行
柄谷行人 浅田彰 ―柄谷行人浅田彰全対話
柄谷行人 ―柄谷行人対話篇 I 1970-83
河井寛次郎―火の誓い 河井須也子―人／鷺 珠江―年
河井寛次郎―蝶が飛ぶ 葉っぱが飛ぶ 河井須也子―解／鷺 珠江―年
川喜田半泥子―随筆 泥仏堂日録 森 孝一―解／森 孝一―年
川崎長太郎―抹香町|路傍 秋山 駿―解／保昌正夫―年
川崎長太郎―鳳仙花 川村二郎―解／保昌正夫―年
川崎長太郎―老残|死に近く 川崎長太郎老境小説集 いしいしんじ―解／齋藤秀昭―年
川崎長太郎―泡|裸木 川崎長太郎花街小説集 齋藤秀昭―解／齋藤秀昭―年
川崎長太郎―ひかげの宿|山桜 川崎長太郎「抹香町」小説集 齋藤秀昭―解／齋藤秀昭―年
川端康成 ―一草一花 勝又 浩―人／川端香男里―年
川端康成 ―水晶幻想|禽獣 高橋英夫―解／羽鳥徹哉―案
川端康成 ―反橋|しぐれ|たまゆら 竹西寛子―解／原 善―案
川端康成 ―たんぽぽ 秋山 駿―解／近藤裕子―案

▶解=解説 案=作家案内 人=人と作品 年=年譜を示す。 2021年3月現在

講談社文芸文庫

川端康成──浅草紅団|浅草祭　増田みず子-解／栗坪良樹──案
川端康成──文芸時評　羽鳥徹哉──解／川端香男里-年
川端康成──非常|寒風|雪国抄 川端康成傑作短篇再発見　富岡幸一郎-解／川端香男里-年
川村 湊編──現代アイヌ文学作品選　川村 湊──解
上林暁──白い屋形船|ブロンズの首　高橋英夫──解／保昌正夫──案
上林暁──聖ヨハネ病院にて|大懺悔　富岡幸一郎-解／津久井 隆──年
木下杢太郎-木下杢太郎随筆集　岩阪恵子──解／柿谷浩──年
金達寿──金達寿小説集　廣瀬陽一──解／廣瀬陽一──年
木山捷平──氏神さま|春雨|耳学問　岩阪恵子──解／保昌正夫──案
木山捷平──井伏鱒二|弥次郎兵衛|ななかまど　岩阪恵子──解／木山みさを-年
木山捷平──鳴るは風鈴 木山捷平ユーモア小説選　坪内祐三──解／編集部──年
木山捷平──落葉|回転窓 木山捷平純情小説選　岩阪恵子──解／編集部──年
木山捷平──新編 日本の旅あちこち　岡崎武志──解
木山捷平──酔いざめ日記
木山捷平──[ワイド版]長春五馬路　蜂飼 耳──解／編集部──年
清岡卓行──アカシヤの大連　宇佐美 斉──解／馬渡憲三郎-案
久坂葉子──幾度目かの最期 久坂葉子作品集　久坂部 羊──解／久米 勲──年
草野心平──口福無限　平松洋子──解／編集部──年
窪川鶴次郎-東京の散歩道　勝又 浩──解
倉橋由美子-スミヤキストQの冒険　川村 湊──解／保昌正夫──案
倉橋由美子-蛇|愛の陰画　小池真理子-解／古屋美登里-年
黒井千次──群棲　高橋英夫──解／曾根博義──案
黒井千次──たまらん坂 武蔵野短篇集　辻井 喬──解／篠崎美生子-年
黒井千次──一日 夢の柵　三浦雅士──解／篠崎美生子-年
黒井千次選-「内向の世代」初期作品アンソロジー
黒島伝治──橇|豚群　勝又 浩──人／戎居士郎──年
群像編集部編-群像短篇名作選 1946～1969
群像編集部編-群像短篇名作選 1970～1999
群像編集部編-群像短篇名作選 2000～2014
幸田 文──ちぎれ雲　中沢けい──人／藤本寿彦──年
幸田 文──番茶菓子　勝又 浩──人／藤本寿彦──年
幸田 文──包む　荒川洋治──人／藤本寿彦──年
幸田 文──草の花　池内 紀──人／藤本寿彦──年
幸田 文──駅|栗いくつ　鈴村和成──解／藤本寿彦──年

講談社文芸文庫

幸田文——猿のこしかけ　小林裕子——解／藤本寿彦——年
幸田文——回転どあ｜東京と大阪と　藤本寿彦——解／藤本寿彦——年
幸田文——さざなみの日記　村松友視——解／藤本寿彦——年
幸田文——黒い裾　出久根達郎-解／藤本寿彦——年
幸田文——北愁　群ようこ——解／藤本寿彦——年
幸田文——男　山本ふみこ-解／藤本寿彦——年
幸田露伴——運命｜幽情記　川村二郎——解／登尾豊——案
幸田露伴——芭蕉入門　小澤實——解
幸田露伴——蒲生氏郷｜武田信玄｜今川義元　西川貴子——解／藤本寿彦——年
幸田露伴——珍饌会 露伴の食　南條竹則——解／藤本寿彦——年
講談社編——東京オリンピック 文学者の見た世紀の祭典　高橋源一郎-解
講談社文芸文庫編-第三の新人名作選　富岡幸一郎-解
講談社文芸文庫編-追悼の文学史
講談社文芸文庫編-大東京繁昌記 下町篇　川本三郎——解
講談社文芸文庫編-大東京繁昌記 山手篇　森まゆみ——解
講談社文芸文庫編-『少年倶楽部』短篇選　杉山亮——解
講談社文芸文庫編-『少年倶楽部』熱血・痛快・時代短篇選　講談社文芸文庫-解
講談社文芸文庫編-素描 埴谷雄高を語る
講談社文芸文庫編-戦争小説短篇名作選　若松英輔——解
講談社文芸文庫編-「現代の文学」月報集
講談社文芸文庫編-明治深刻悲惨小説集 齋藤秀昭選　齋藤秀昭——解
講談社文芸文庫編-個人全集月報集 武田百合子全作品・森茉莉全集
小島信夫——抱擁家族　大橋健三郎-解／保昌正夫——案
小島信夫——うるわしき日々　千石英世——解／岡田啓——年
小島信夫——月光｜暮坂 小島信夫後期作品集　山崎勉——解／編集部——年
小島信夫——美濃　保坂和志——解／柿谷浩一——年
小島信夫——公園｜卒業式 小島信夫初期作品集　佐々木敦——解／柿谷浩一——年
小島信夫——靴の話｜眼 小島信夫家族小説集　青木淳悟——解／柿谷浩一——年
小島信夫——城壁｜星 小島信夫戦争小説集　大澤信亮——解／柿谷浩一——年
小島信夫——[ワイド版]抱擁家族　大橋健三郎-解／保昌正夫——案
後藤明生——挾み撃ち　武田信明——解／著者——年
後藤明生——首塚の上のアドバルーン　芳川泰久——解／著者——年
小林勇——惜櫟荘主人 一つの岩波茂雄伝　高田宏——人／小林堯彦他-年
小林信彦——[ワイド版]袋小路の休日　坪内祐三——解／著者——年

講談社文芸文庫

小林秀雄	栗の樹	秋山 駿——人／吉田凞生——年
小林秀雄	小林秀雄対話集	秋山 駿——解／吉田凞生——年
小林秀雄	小林秀雄全文芸時評集 上・下	山城むつみ—解／吉田凞生——年
小林秀雄	[ワイド版]小林秀雄対話集	秋山 駿——解／吉田凞生——年
小堀杏奴	朽葉色のショール	小尾俊人——解／小尾俊人——年
小山清	日日の麵麭|風貌 小山清作品集	田中良彦——解／田中良彦——年
佐伯一麦	ショート・サーキット 佐伯一麦初期作品集	福田和也——解／二瓶浩明——年
佐伯一麦	日和山 佐伯一麦自選短篇集	阿部公彦——解／著者———年
佐伯一麦	ノルゲ Norge	三浦雅士——解／著者———年
坂上弘	田園風景	佐伯一麦——解／田谷良一——年
坂上弘	故人	若松英輔——解／田谷良一、吉原洋一—年
坂口安吾	風と光と二十の私と	川村 湊——解／関井光男——案
坂口安吾	桜の森の満開の下	川村 湊——解／和田博文——案
坂口安吾	白痴|青鬼の褌を洗う女	川村 湊——解／原 子朗——案
坂口安吾	信長|イノチガケ	川村 湊——解／神谷忠孝——案
坂口安吾	オモチャ箱|狂人遺書	川村 湊——解／荻野アンナ—案
坂口安吾	日本文化私観 坂口安吾エッセイ選	川村 湊——解／若月忠信——年
坂口安吾	教祖の文学|不良少年とキリスト 坂口安吾エッセイ選	川村 湊——解／若月忠信——年
阪田寛夫	庄野潤三ノート	富岡幸一郎—解
鷺沢萠	帰れぬ人びと	川村 湊——解／著者、オフィスめめ—年
佐々木邦	凡人伝	岡崎武志——解
佐々木邦	苦心の学友 少年俱楽部名作選	松井和男——解
佐多稲子	私の東京地図	川本三郎——解／佐多稲子研究会—年
佐藤紅緑	ああ玉杯に花うけて 少年俱楽部名作選	紀田順一郎—解
佐藤春夫	わんぱく時代	佐藤洋二郎—解／牛山百合子—年
里見弴	恋ごころ 里見弴短篇集	丸谷才一——解／武藤康史——年
澤田 謙	プリューターク英雄伝	中村伸二——年
椎名麟三	神の道化師|媒妁人 椎名麟三短篇集	井口時男——解／斎藤末弘——年
椎名麟三	深夜の酒宴|美しい女	井口時男——解／斎藤末弘——年
島尾敏雄	その夏の今は|夢の中での日常	吉本隆明——解／紅野敏郎——案
島尾敏雄	はまべのうた|ロング・ロング・アゴウ	川村 湊——解／柘植光彦——案
島田雅彦	ミイラになるまで 島田雅彦初期短篇集	青山七恵——解／佐藤康智——年
志村ふくみ	一色一生	高橋 巖——人／著者———年
庄野英二	ロッテルダムの灯	著者———年

庄野潤三—夕べの雲　阪田寛夫—解／助川徳是—案
庄野潤三—インド綿の服　齋藤礎英—解／助川徳是—年
庄野潤三—ピアノの音　齋藤礎英—解／助川徳是—年
庄野潤三—野菜讃歌　佐伯一麦—解／助川徳是—年
庄野潤三—ザボンの花　富岡幸一郎—解／助川徳是—年
庄野潤三—鳥の水浴び　田村 文—解／助川徳是—年
庄野潤三—星に願いを　富岡幸一郎—解／助川徳是—年
庄野潤三—明夫と良二　上坪裕介—解／助川徳是—年
庄野潤三—庭の山の木　中島京子—解／助川徳是—年
庄野潤三—世をへだてて　島田潤一郎—解／助川徳是—年
笙野頼子—幽界森娘異聞　金井美恵子—解／山﨑眞紀子—年
笙野頼子—猫道 単身転々小説集　平田俊子—解／山﨑眞紀子—年
笙野頼子—海獣|呼ぶ植物|夢の死体 初期幻視小説集　菅野昭正—解／山﨑眞紀子—年
白洲正子—かくれ里　青柳恵介—人／森 孝一—年
白洲正子—明恵上人　河合隼雄—人／森 孝一—年
白洲正子—十一面観音巡礼　小川光三—人／森 孝一—年
白洲正子—お能|老木の花　渡辺 保—人／森 孝一—年
白洲正子—近江山河抄　前 登志夫—人／森 孝一—年
白洲正子—古典の細道　勝又 浩—人／森 孝一—年
白洲正子—能の物語　松本 徹—人／森 孝一—年
白洲正子—心に残る人々　中沢けい—人／森 孝一—年
白洲正子—世阿弥 —花と幽玄の世界　水原紫苑—人／森 孝一—年
白洲正子—謡曲平家物語　水原紫苑—解／森 孝一—年
白洲正子—西国巡礼　多田富雄—解／森 孝一—年
白洲正子—私の古寺巡礼　高橋睦郎—解／森 孝一—年
白洲正子—[ワイド版]古典の細道　勝又 浩—人／森 孝一—年
杉浦明平—夜逃げ町長　小嵐九八郎—解／若杉美智子—年
鈴木大拙訳—天界と地獄 スエデンボルグ著　安藤礼二—解／編集部—年
鈴木大拙—スエデンボルグ　安藤礼二—解／編集部—年
曽野綾子—雪あかり 曽野綾子初期作品集　武藤康史—解／武藤康史—年
田岡嶺雲—数奇伝　西田 勝—解／西田 勝—年
高井有一—時の潮　松田哲夫—解／武藤康史—年
高橋源一郎—さようなら、ギャングたち　加藤典洋—解／栗坪良樹—年
高橋源一郎—ジョン・レノン対火星人　内田 樹—解／栗坪良樹—年

講談社文芸文庫

高橋源一郎	虹の彼方に《オーヴァー・ザ・レインボウ》	矢作俊彦——解／栗坪良樹——年
高橋源一郎	ゴーストバスターズ 冒険小説	奥泉 光——解／若杉美智子-年
高橋たか子	誘惑者	山内由紀人-解／著者——年
高橋たか子	人形愛|秘儀|甦りの家	富岡幸一郎-解／著者——年
高橋英夫	新編 疾走するモーツァルト	清水 徹——解／著者——年
高原英理編	深淵と浮遊 現代作家自己ベストセレクション	高原英理——解
高見順	如何なる星の下に	坪内祐三——解／宮内淳子——年
高見順	死の淵より	井坂洋子——解／宮内淳子——年
高見順	わが胸の底のここには	荒川洋治——解／宮内淳子——年
高見沢潤子	兄 小林秀雄との対話 人生について	
武田泰淳	蝮のすえ|「愛」のかたち	川西政明——解／立石 伯——案
武田泰淳	司馬遷—史記の世界	宮内 豊——解／古林 尚——年
武田泰淳	風媒花	山城むつみ-解／編集部——年
竹西寛子	式子内親王|永福門院	雨宮雅子——人／著者——年
竹西寛子	贈答のうた	堀江敏幸——解／著者——年
太宰 治	男性作家が選ぶ太宰治	編集部——年
太宰 治	女性作家が選ぶ太宰治	
太宰 治	30代作家が選ぶ太宰治	編集部——年
田中英光	空吹く風|暗黒天使と小悪魔|愛と憎しみの傷に 田中英光デカダン作品集 道籏泰三編	道籏泰三——解／道籏泰三——年
谷崎潤一郎	金色の死 谷崎潤一郎大正期短篇集	清水良典——解／千葉俊二——年
種田山頭火	山頭火随筆集	村上 護——解／村上 護——年
田村隆一	腐敗性物質	平出 隆——人／建畠 哲——年
多和田葉子	ゴットハルト鉄道	室井光広——解／谷口幸代——年
多和田葉子	飛魂	沼野充義——解／谷口幸代——年
多和田葉子	かかとを失くして|三人関係|文字移植	谷口幸代——解／谷口幸代——年
多和田葉子	変身のためのオピウム|球形時間	阿部公彦——解／谷口幸代——年
多和田葉子	雲をつかむ話|ボルドーの義兄	岩川ありさ-解／谷口幸代——年
多和田葉子	ヒナギクのお茶の場合|海に落とした名前	木村朗子——解／谷口幸代——年
近松秋江	黒髪|別れたる妻に送る手紙	勝又 浩——解／柳沢孝子——案
塚本邦雄	定家百首|雪月花(抄)	島内景二——解／島内景二——年
塚本邦雄	百句燦燦 現代俳諧頌	橋本 治——解／島内景二——年
塚本邦雄	王朝百首	橋本 治——解／島内景二——年

講談社文芸文庫

塚本邦雄	西行百首	島内景二—解／島内景二—年
塚本邦雄	秀吟百趣	島内景二—解
塚本邦雄	珠玉百歌仙	島内景二—解
塚本邦雄	新撰 小倉百人一首	島内景二—解
塚本邦雄	詞華美術館	島内景二—解
塚本邦雄	百花遊歴	島内景二—解
塚本邦雄	茂吉秀歌『赤光』百首	島内景二—解
塚本邦雄	新古今の惑星群	島内景二—解／島内景二—年
つげ義春	つげ義春日記	松田哲夫—解
辻邦生	黄金の時刻の滴り	中条省平—解／井上明久—年
辻潤	絶望の書｜ですぺら 辻潤エッセイ選	武田信明—解／高木 護—年
津島美知子	回想の太宰治	伊藤比呂美—解／編集部—年
津島佑子	光の領分	川村 湊—解／柳沢孝子—案
津島佑子	寵児	石原千秋—解／与那覇恵子—年
津島佑子	山を走る女	星野智幸—解／与那覇恵子—年
津島佑子	あまりに野蛮な 上・下	堀江敏幸—解／与那覇恵子—年
津島佑子	ヤマネコ・ドーム	安藤礼二—解／与那覇恵子—年
坪内祐三	慶応三年生まれ　七人の旋毛曲り 漱石・外骨・熊楠・露伴・子規・紅葉・緑雨とその時代	森山裕之—解／佐久間文子—年
鶴見俊輔	埴谷雄高	加藤典洋—解／編集部—年
寺田寅彦	寺田寅彦セレクション Ⅰ 千葉俊二・細川光洋選	千葉俊二—解／永橋禎子—年
寺田寅彦	寺田寅彦セレクション Ⅱ 千葉俊二・細川光洋選	細川光洋—解
寺山修司	私という謎 寺山修司エッセイ選	川本三郎—解／白石 征—年
寺山修司	ロング・グッドバイ 寺山修司詩歌選	齋藤愼爾—解
寺山修司	戦後詩 ユリシーズの不在	小嵐九八郎—解
十返肇	「文壇」の崩壊 坪内祐三編	坪内祐三—解／編集部—年
戸川幸夫	猛犬 忠犬 ただの犬	平岩弓枝—解／中村伸二—年
徳田球一 志賀義雄	獄中十八年	鳥羽耕史—解
徳田秋声	あらくれ	大杉重男—解／松本 徹—年
徳田秋声	黴｜爛	宗像和重—解／松本 徹—年
富岡幸一郎	使徒的人間 —カール・バルト—	佐藤 優—解／著者—年
富岡多惠子	表現の風景	秋山 駿—解／木谷喜美枝—案
富岡多惠子	逆髪	町田 康—解／著者—年

講談社文芸文庫

富岡多恵子編 -大阪文学名作選　富岡多恵子-解
富岡多恵子-室生犀星　蜂飼 耳——解／著者———年
土門拳 ——風貌|私の美学 土門拳エッセイ選 酒井忠康編　酒井忠康—解／酒井忠康—年
永井荷風—日和下駄 一名 東京散策記　川本三郎—解／竹盛天雄—年
永井荷風—[ワイド版]日和下駄 一名 東京散策記　川本三郎—解／竹盛天雄—年
永井龍男—一個|秋その他　中野孝次—解／勝又 浩——案
永井龍男—カレンダーの余白　石原八束—人／森本昭三郎-年
永井龍男—東京の横丁　川本三郎—解／編集部———年
中上健次—熊野集　川村二郎—解／関井光男—案
中上健次—蛇淫　井口時男—解／藤本寿彦—年
中上健次—水の女　前田 塁——解／藤本寿彦—年
中上健次—地の果て 至上の時　辻原 登——解
中川一政—画にもかけない　高橋玄洋—人／山田幸男—年
中沢けい—海を感じる時|水平線上にて　勝又 浩——解／近藤裕子—案
中沢新一—虹の理論　島田雅彦—解／安藤礼二—年
中島敦 ——光と風と夢|わが西遊記　川村 湊——解／鷺 只雄——案
中島敦 ——斗南先生|南島譚　勝又 浩——解／木村一信—案
中野重治—村の家|おじさんの話|歌のわかれ　川西政明—解／松下 裕——案
中野重治—斎藤茂吉ノート　小高 賢——解
中野好夫—シェイクスピアの面白さ　河合祥一郎-解／編集部———年
中原中也—中原中也全詩歌集 上・下 吉田凞生編　吉田凞生—解／青木 健——案
中村真一郎-死の影の下に　加賀乙彦—解／鈴木貞美—案
中村真一郎-この百年の小説 人生と文学と　紅野謙介—解
中村光夫—二葉亭四迷伝 ある先駆者の生涯　絓 秀実——解／十川信介—案
中村光夫選-私小説名作選 上・下 日本ペンクラブ編
中村光夫—谷崎潤一郎論　千葉俊二—解／金井景子—年
中村武羅夫-現代文士廿八人　齋藤秀昭—解
夏目漱石—思い出す事など|私の個人主義|硝子戸の中　石﨑 等——年
西脇順三郎-*ambarvalia*|旅人かへらず　新倉俊一—人／新倉俊一—年
日本文藝家協会編-現代小説クロニクル 1975～1979　川村 湊——解
日本文藝家協会編-現代小説クロニクル 1980～1984　川村 湊——解
日本文藝家協会編-現代小説クロニクル 1985～1989　川村 湊——解
日本文藝家協会編-現代小説クロニクル 1990～1994　川村 湊——解
日本文藝家協会編-現代小説クロニクル 1995～1999　川村 湊——解

講談社文芸文庫

柄谷行人

柄谷行人対話篇Ⅰ 1970−83

デビュー以来、様々な領域で対話を繰り返し、思考を深化させた柄谷行人の対談集。第一弾は、吉本隆明、中村雄二郎、安岡章太郎、寺山修司、丸山圭三郎、森敦、中沢新一。

かB18
978-4-06-522856-2

柄谷行人・浅田 彰

柄谷行人浅田彰全対話

二〇世紀末、日本を代表する知性が思想、歴史、政治、経済、共同体、表現などの諸問題を自在に論じた記録——現代のさらなる混迷を予見した、奇跡の対話六篇。

かB17
978-4-06-517527-9